可居室藏周叔弢致周一良函

附周珏良致周一良函

周景良　王貴忱　孟繁之　王大文　編著

SPM 南方出版傳媒
廣東人民出版社
·廣州·

圖書在版編目（CIP）數據

可居室藏周叔弢致周一良函附周珏良致周一良函 / 周景良，王貴忱，孟繁之，王大文編著 . —廣州：廣東人民出版社，2018.10
ISBN 978-7-218-13186-3

Ⅰ . 可…　Ⅱ . 周… 王… 孟… 王…　Ⅲ . 書信集－中國－當代　Ⅳ . ① I267.5

中國版本圖書館 CIP 數據核字（2018）第 215086 號

KEJUSHI CANG ZHOUSHUTAO ZHI ZHOUYILIANG HAN FU ZHOUYULIANG ZHI ZHOUYILIANG HAN
可居室藏周叔弢致周一良函附周珏良致周一良函
周景良　王貴忱　孟繁之　王大文　編著

出 版 人：肖風華

責任編輯：張賢明
裝幀設計：瀚文工作室
封底篆印：鞠稚儒
責任技編：周　傑　易志華　吴彦斌

出版發行：廣東人民出版社
地　　址：廣州市大沙頭四馬路 10 號（郵政編碼：510102）
電　　話：（020）83798714（總編室）
傳　　真：（020）83780199
網　　址：http://www.gdpph.com
印　　刷：廣州市浩誠印刷有限公司
開　　本：787mm × 1092mm　1/16
印　　張：20.25　　字　數：290 千字
版　　次：2018 年 10 月第 1 版　2018 年 10 月第 1 次印刷
定　　價：198.00 元

周叔弢先生像

序一

貴忱先生以所藏先父弢翁遺札三十九通、先兄珏良遺札十八通並景良所藏先父弢翁遺札四通、姪啟鋭處藏先父弢翁遺札二通，交付廣東人民出版社印行，誠善舉也。寫信時代人際交通不便，聯繫多賴書信，故此編數量雖不多，亦足以觀當年先父生活思想及父子往來之大概。當時雖然重視政治理論學習，然以先父近九十高齡，主事者未必要求有多。而函中先父一再探討理論、辨析疑義，足見學習時自覺深思而不應付。篤實修身，出於自然也。展讀信札，當年情景宛在眼前。彼時生活節奏緊張，極少私人閒暇，為人子者，省親不能以時，饋養不能盡意，每念及此，慚愧感慨之情，不覺發乎內心。

貴忱先生示下此編，因識數語以呈。

周景良

二〇一七年八月一日

序二

周叔弢先生是德高望重的古籍版本學家、藏書家。一九五三年，余北上省親之際，有幸得與周先生邂逅於津門天祥商場書肆，獲蒙指點版本之學。憶此六十多年前舊事，至今念念不忘。丁酉因言獲咎後，未敢與先生通候，直至七十年代後期，才有機會向先生請安。先生性謙和敦厚，晚年多有貽書，誘學不絕，貴忱獲益尤多。因與周叔弢先生往來，得識其嗣子周一良先生。一良先生是一位治學嚴謹、為人謙和的史學大家。他長余十五歲，每每關愛備至，言傳身教，貴忱之幸也。

一良先生曾將父親周叔弢先生寫與他的若干信箋投贈，囑余有機會發表出來。此事不佞念茲在茲，沒齒難忘。余与周叔弢先生幼子景良先生过从甚密，二人合议，由孟繁之先生整理注釋，商请廣東人民出版社正式出版，善哉，泰初師之願圓矣。

王貴忱

二〇一七年八月二十日

目録

附周玨良致周一良函……二一七

周叔弢致周一良函

説明

可居室者，嶺南王貴忱先生之齋號也。王貴老處藏有二十世紀五十年代至八十年代周叔弢先生致周一良先生函三十九通、周珏良先生致周一良先生函十八通，皆係太初先生健在日所親贈者。壬辰以還，余協助周景良先生整理弢翁日記、遺札（國家圖書館出版社規劃項目），徧蒐各方，計得弢翁札約七百通。微弢翁致一良先生，父子通函，總景良先生并啟鋭先生處，僅得六通。以七十餘年父子，寥寥此數，每引為憾事。乙未歲杪，沈津先生北來，得林小安先生之介，與余及景良先生把晤。席次，談及近年所整理之弢翁日記、遺札、題跋，弢翁所藏酒票，及所發見之顧起潛先生致弢翁函、起潛先生一九三〇年代為弢翁過録諸家題跋之徐子晉《前塵夢影録》。沈先生語嘗於廣州王貴老處得見弢翁致一良先生函數十通。此乃景良先生、啟鋭先生及區區所不知者也。丙申新正，徐蜀先生攜向日自王貴老處所拍攝之弢翁致一良先生、珏良先生致一良先生父子兄弟通函圖版前來，呈景老與余，并屬余代為董理、編次，希望付之剞劂，借出版機構之力，以廣流播。總弢翁致一良先生函，合三家之藏，凡四十五通。雪泥鴻爪，從一個個側面反映出弢翁在二十世紀五十年代初至一九八四年二月十四日逝世前數月三十餘年間之大致生活情略。函札内容，或父子談書論學，或述及社會近聞、家事，或敘以近況，或記一代掌故，間及國家大事，非僅一代文化史料，亦一代社會史料、生活史料矣。二十世紀後半葉正值中國社會空前急劇變化之時，弢翁以花甲、古稀之年置身其間，由其獨特經歷、視角折射出之人世世相，對於後人了解及研究此段社會文化史乃至中國現代史，均具有無可替代之參考價值。爰總三家之藏，編次、箋注如下，以饗讀者。標題仍以「可居室藏」，非徒以卷帙多寡，且記周氏父子二代與可居室主人之不世因緣矣。原札中之誤字、增補字、衍字，分以（　）〔　〕〈　〉標出，「相形而不相掩」，存其真而求其實也。丙申仲春，孟繁之記於燕東園。

一九五二年五月十九日

一良閲：

我九號赴唐山，十三號向全體職工交待，低頭認罪。因為坦白比較澈（徹）底，態度誠懇，職工允許過關，并建議政府從寬處理。從此我從鬼變成人矣。〔一〕北京圖書館「三反」不知結束否？趙萬里不知問題嚴重否？我現決定將全部藏書（善本與普通本、外文書籍）捐獻政府，擬指定交北京圖也。〔二〕爾尚有書箱在此，我的書中爾如有留者，望早決定為要。

父字

五月十九日

〔一〕弢翁《日記摘鈔（一九五二—一九六二）》一九五二年五月記：「五月九日，到唐山。市長閻達開，政委李力果，副市長朱康，啟新軍代表趙光。五月十三日，在啟新工廠群眾大會上交代（『五反』運動），從鬼變人。五月十四日，在李政委處午飯。三月餘以來，第一次暢飲。有人告訴我，我過關是中央指示。『衣冠整齊，保護過關』。五月十五日，回津。（五月十七日政府接管開灤。徐達本任主任。）」（弢翁《日記摘鈔（一九五二—一九六二）》原件，現藏周景良先生處）

〔二〕弢翁《日記摘鈔（一九五二—一九六二）》一九五二年六月二十九日：「鄭西諦（案鄭振鐸）來談捐書事。趙斐雲（案趙萬里先生）以為是意外大事。」八月三十一日：「張蔥玉、趙萬里、高希曾來取藏書。」周景良先生處藏弢翁一記事本之中「獻書」條云：「一九五二·八·二九·（點收）（信件）。重要善本書籍七一五種，二六七二冊。張珩、趙萬里。」此前一年，弢翁曾將所藏《永樂大典》一冊捐獻北京圖書館。弢翁於一九五一年八月二十日致函北京圖書館云：「敬啟者：頃閱報載，貴館展覽《永樂大典》，內列十一冊為蘇聯列寧格勒大學東方學系圖書館所移贈，此種真摯友好及偉大國際主義精神具體表現，實從古未有之盛事，傳播書林，永留佳話。僕舊藏《永樂大典》一冊（杭字韻卷七六〇二至七六〇三），謹願捐獻貴館。不敢妄希附偉大友邦之驥尾，以傳珠還合浦，化私為公，此亦中國人民應盡之天責也。專此。敬上　國立北京圖書館。周叔弢啟，一九五一年八月廿日，天津桂林路二十號。」此次之後，弢翁對北圖續有捐贈，其中一九五四年二月十六日第二次捐獻，善本古籍三二種，一二〇冊。

另，周紹良先生《周叔弢傳略》：「老人搜藏善本書籍，并不只是為個人玩賞，或借以沽名釣譽，標榜自高，他的思想第一（下轉六頁）

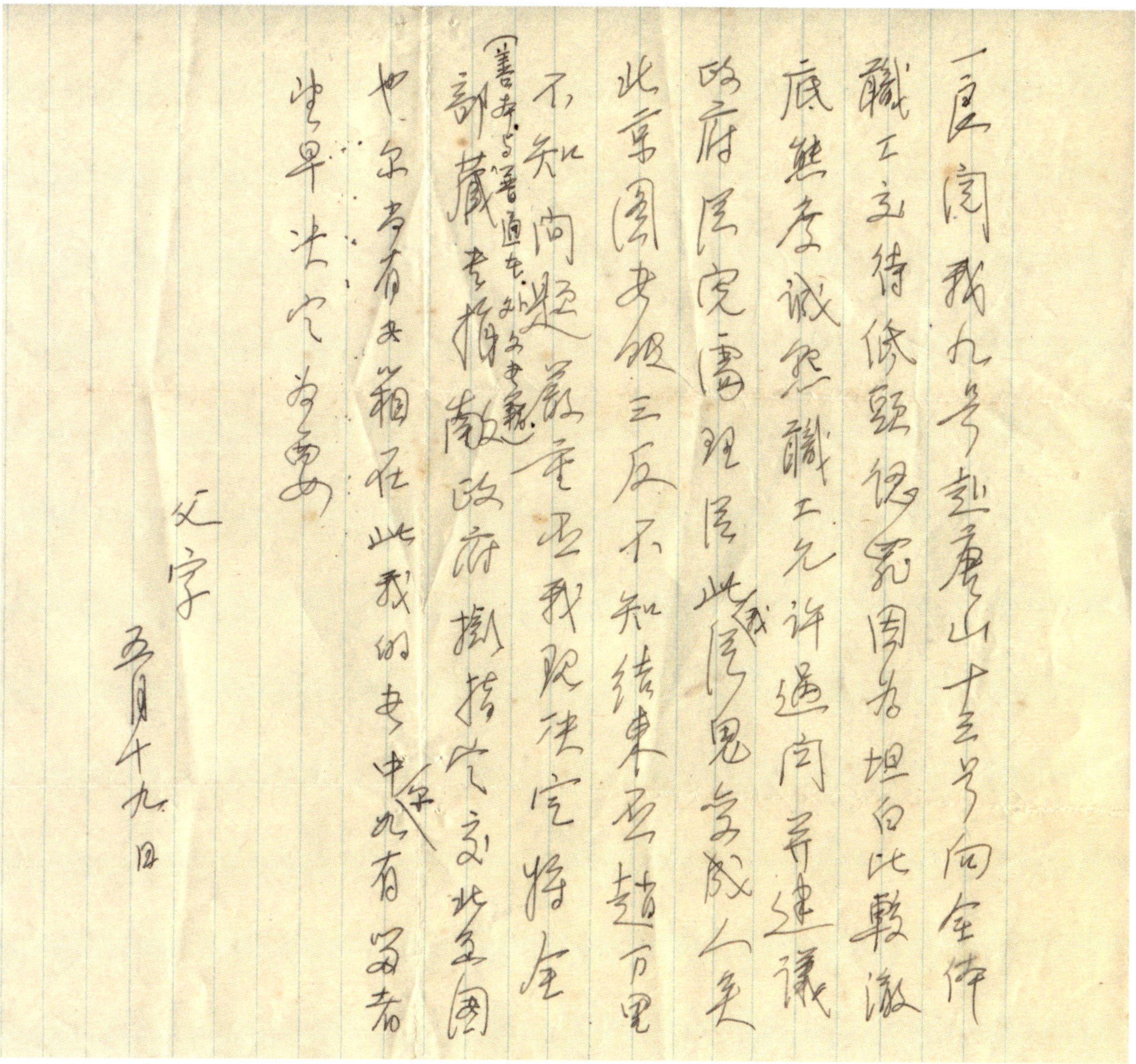
一良阅：我九号赴唐山，十五号向全体职工交待，彻头彻尾向党坦白，比较澈底，态度诚恳，职工允许过关，并建议政府从宽处理，从此我从鬼变成人矣。北京图书馆三反不知结束否，赵万里不知问题严重否。我现在定将全部藏书（善本与普通本，外文书籍）捐献政府，拟指定交北京图书馆。尚有书箱在此，我的书中宋元有留者，望早决定为要。

父字
五月十九日

（上接四頁）是要使這些珍貴文物不致散失，更不要流至海外；其次是怕不懂得書籍的人弄去會使書籍遭到損害，甚至糟蹋毀滅。所以遇到好書，總是設法留下。他總想能使他收集到的善本書籍有朝一日在統一的國家之下歸於一個保護書籍最好的圖書館，使一生心血不至白費。所以在解放之前，他曾把藏書編成目録，他的藏書都見於這本書目。他在書目前面寫了一篇小序，其中説，『此編固不足與海內藏家相抗衡，然數十年精力所聚，實天下公物，不欲吾子孫私守之。四海澄清，宇內無事，應舉贈國立圖書館，公之世人，是為善繼吾志。倘困於衣食，不得不用以易米，則取平值可也。勿售之私家，致作雲煙之散，庶不負此書耳！』（案此為弢翁一九四二年手訂所藏善本書目，於卷首所作題記，亦為預留遺囑矣。）全國解放，老人多年盼望的全國統一的日子到來。一九五二年，他在北京遇到當時擔任文化部社會文化事業管理局局長鄭振鐸氏，告訴他決定把藏書中最精品捐獻給北京圖書館，鄭氏大喜過望，在書到北京後，寫信給他説：『（張）蔥玉、（趙）斐雲回京，將來先生捐獻之善本圖書，琳瑯滿目，美不勝收。北京圖書館增加了這末重要的一批「寶藏」，不僅現在的「中國印刷發展史展覽」大為生色，即將來刊印「善本書目續編」時，亦足令內容充實、豐富，大為動人也。敬（謹）代人民向先生致極懇摯謝意！至於將來學者們如何在這個「寶藏」裡汲取資料，則尤在意中；化私為公，造福後人，先生之嘉惠，尤為重要也。』後來老人到北京參觀中國印本書籍展覽（一九五二年十月在北京舉行）時，鄭振鐸對他説：『你是把珍秘之書全部獻出，并未保留一部，真是難得難得！』當有人問到老人怎樣能如此堅決而不留幾本自己玩呢？他笑著説：『捐書的決心并不是輕易下定的。祖國走上了繁榮富强的道路，我要履行自己的諾言，要親手把書獻給國家。這些書我都心愛，全部獻出為好，不然會藕斷絲連啊！』老人把所藏最精的宋、元、明刊本及一些名鈔本、精校本總計八百多部，全部捐給了北京圖書館，接著又在一九五四年把一些書籍分捐給天津人民圖書館和南開大學圖書館，這些大部分都是叢書和清代刻本精印書，而今天也是不易得的。一九七三年又把最後剩下的書籍數千冊捐給天津人民圖書館，包括他為研究清代板刻史而專門收集的清代銅、泥、木活字本書籍七百多種，使這一極冷僻而難搜尋的研究資料也歸於國家保存，滿足了他七十多年收書的一貫心願。」（《晉陽學刊》一九八五年第一期，六八至六九頁）

周珏良先生《我父親和書》亦云：「我父親和書的關係我想可以歸為三句話：苦心收書，一心愛書，熱心獻書。他收書之苦心可以用他九十歲那年（一九八〇年）為他一九四二年手訂的善本書目所寫的題識上的一句話表達：『此目寫於三十年前，一生精力聚於斯。』這話初看上去似乎是泛泛而談，但是其中甘苦卻有許多難為不知者道的。在抗日戰爭前他經營工廠，收入是不少的，但是善本書價錢之高也使他常常要費力才能得到。宋元本書一部動輒要幾百上千乃至幾千元。他在一九三三年買宋刻湯漢注的《陶靖節先生詩注》兩本書就用了四千元，是負了債買的。在抗日戰爭前夕，他經營的工廠都被日帝國主義者强吞以去，收入大為減少。一九三六年丙子元宵節時，他在自己記載所買古書文物的冊子上寫道：『負債巨萬尚有力收書邪？姑立此簿，已遲往昔半月之期矣。』到了那年除夕他又記道：『今年財力不足以收書，然仍費五千七百餘元，結習之深，真不易解除也。所收書中亦自有可喜者，但給值稍昂耳。』全面抗日戰爭開始後，他於一九三九年己卯歲末又寫道：『今年本無力收書，乃春初遇陸鑒（指金代張氏晦明軒刊本《通鑒節要》）、毛詩（指宋監本《毛詩》），歲暮遇《衍約説》（宋本）、《蜕庵集》（指陸其清手抄，王聞遠、黃蕘圃校跋本），不得不售股票收之，孰得孰失，正不易言耳。』一九四二年壬午他因家用不足，忍痛割愛，賣出明本書一百數十種，得了一萬多元。這時有北平的書商從上海買到宋余仁仲萬卷堂刻本《禮記》，帶到天津給他看，他見這書刻工印刷都十分精美，毅然以一萬元高價買了下來，在書後跋語中説：『昔人割莊易《漢書》之舉，或尚不足以方余癡。而支硎山人「錢物可得，書不可得，雖費當弗較」之言，實可謂先獲我心。』在同年歲暮，又在購書冊中記道：『賣書買書，其情可憫，幸《禮記》為我所得，差堪自慰。衣食不足，非所計及矣。』從以上這幾件事中很可看出他收書的苦心。」（《文獻》一九八四年第三期，一六一至一七五頁）

北京西郊
清華大學
勝因院
周一良　君
天津周寄

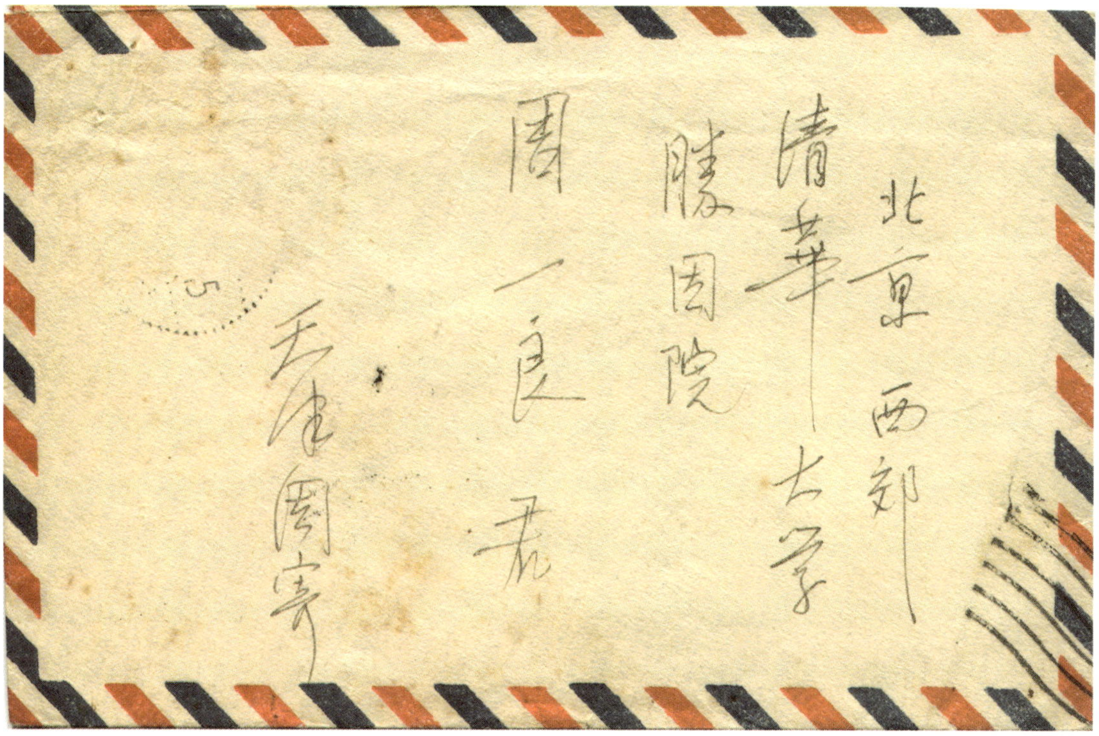
北京西郊
清華大學
勝因院
周一良君
天津周寄

一九七二年十一月二十日

一良：

你信收到。材料已交艮良、與良閱過。稍遲再寄還。

今日由啟琇帶京交耦良轉交你字軸五卷：（一）鈕樹玉字軸；（二）梁山舟福、壽字軸；（三）蕭質齋先生（你的太外祖）在闈内唱和詩軸共三幅。〔一〕你便中可自往取。

此種字軸，國家不要，文物店亦不能給價。今擇其較有意義者分給爾等，或可留玩。質齋先生詩軸則以親屬關係，更可稍留。内有張之萬畫似尚好，惜已退色。（闈内除主考用墨筆，餘皆用朱、藍筆。）

俞良甫似刻過柳文。可在《日本訪書志》《經籍訪古志》《留真譜》中一查。俞在國内無刻本留傳。我意日本從福建招致刻工，當不止俞一人，只俞在一些書上留了名字，故為人所知耳。

光明皇后寫經，我記得日本某書上有詳細記載。大約是全藏。我所見一卷乃王懿榮所藏（經名忘記了）。此卷已由唐山華新紗廠購贈日本人，不在國内。紙是硬黄，字極工整。可以肯定是在中國寫的（仿佛某書上也這樣説過）。

啟博如能回京很好。啟盈有希望否？〔二〕

天氣近日較冷。我屋中已生火。

祝雙好

父字

一九七二年十一月二十日

〔一〕「啟琇」，案即周啟琇，弢翁姪孫女，弢翁姪周紹良先生之女。

〔二〕「啟博」，案即周啟博，弢翁孫，周一良先生第二子。「啟盈」，案即周啟盈，弢翁孫女，周一良先生女。

可居室藏周叔弢致周一良函 附周珏良致周一良函

年　月　日　第　頁

一良：

你信收到。材料已交艮良与良阅过。稍迟再寄还。

今日由启琇来京交耦良转交你字轴五卷。（一）银树玉字轴。（二）梁山舟福寿字轴。（三）萧质斋先生（你的太外祖）在闱内唱和诗轴共三幅。你便中可自往取。

此种字轴，国家不要，文物店亦不能给价。今择其较有意义者分给你等，或可赏玩。质斋先生诗轴则以亲属关系更可珍储。内有张之万画似甚好，惜已退色。（闱内除主考用墨笔，余皆用朱蓝笔。）

俞良甫似刻过柳文。可在日本访书志、经籍访古志、留真谱中一查。俞在国内无刻书留传。我意日本从福建招致刻工，当不止俞一人，只俞在一些书上留了名字，故为人所知了。

光明皇后写经，我记得日本某书上有详细记载。大约是全藏。我所见一卷乃王懿荣所藏（经名忘记了）。此卷已由唐山华新纺厂赠贻日本人，不在国内。纸是硬黄，字极工整。可以肯定是在中国写的。（仿佛某书上也说过这样）

启博如能回来很好。居处有希望否？

天气近日较冷，我屋中已生火。

祝双好

父字 1972.11.20

天津市第一印刷厂制　70.7.

北京西郊
北京大學
燕東園二十四號
周一良同志　收
天津周寄

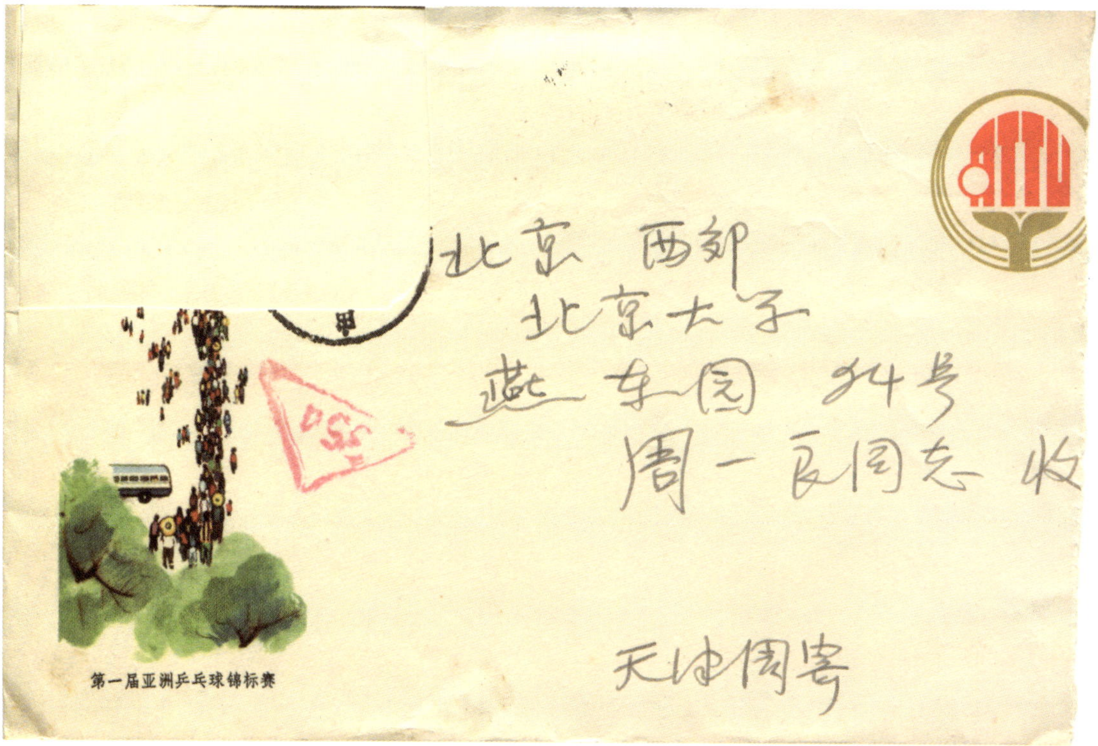
北京 西郊
北京大学
燕东园 24号
周一良同志 收
天津周寄
第一届亚洲乒乓球锦标赛
ATTU

一九七二年十二月六日

一良：

你信收到。杲良信尚未收到，想付郵稍遲也。《齊民要術》中幾段文字，其訛奪處，得周先生校補，〔一〕疑義頓釋，為之大快。尚有幾處，仍須請教周先生，列舉如下：

一、「若不先正元理」，此句不知何解。

二、「先治入潢則動」，動字是否可作脱落解。

你信中引「令書色暍熱」。「熱」字應屬下句，屬上句恐不妥。周先生信中正如此讀。

日本人説明代刻書，數人刻一板。一人專刻横，一人專刻直，一人修整。此説未之前聞。恐不可信。照此辦理，未免太費事耳。如有機會，可到「文楷齋」刻字鋪看看，即可了然。

明代刻書，記刻工姓名者不多。偶爾在一書之末記寫工、刻工姓名。在中縫記姓名者更少。我曾記録過一些，現不在手邊，無從列舉，只從記憶中寫幾種於下方：

《文心雕龍》　卷末有「吴人楊鳳繕寫」一行。

《鐵崖文集》　卷末有「姑蘇楊鳳書于揚州之正誼書院」。

《論衡》　卷末有「陸奎刻」字樣。

《野客叢書》　卷末有「黄周賢刻」字樣，版心間有黄周賢、嚴椿等刻工姓名。

〔一〕「周先生」，據周一良先生《弢翁遺札》（張舜徽先生主編《中國歷史文獻研究（一）》，一九八六年）原注，指周祖謨先生。

年　月　日　第　頁

一良：

你信收到。果良信尚未收到，想付邮稍迟也。

齐民要术中几段文字，其讹夺处，得周先生校补，疑义扩释，为之大快。尚有几处，仍须请教周先生，列举如下：

1.“若不先正元理”，此句不知何解。

2.“先治入潢则动”，动字是否可作脱落解。

你信中引“金色晦黯”。黯字应属下句。属上句恐不妥。周先生信中正如此读。

日本人说明代刻书，数人刻一板。一人专刻横，一人专刻直，一人刻撇。此说未之前闻。恐不可信。照此办理，未免太费事了。如有机会，可到文楷斋刻字铺看看，即可了然。

明代刻书，记刻工姓名者不多。偶然在一书之末记写工刻工姓名。在中缝记姓名者更少。我曾记过一些，现不在手边，无从列举，只从记忆中写几种于下方：

文心雕龙　卷末有吴人杨凤缮写一行。

铁崖文集　〃　〃姑苏杨凤书于扬州之正谊书院

论衡　卷末有陆奎刻字样

野客丛书　〃〃“黄周贤刻”版心间有黄周贤、严椿等刻工姓名

天津市第一印刷厂制　70.7.

《兩京遺編》　每頁中縫有刻工名。（是單字或姓名，是否每頁皆有，已記不清。）

《南村輟耕録》　玉蘭草堂本，板心下有「玉蘭草堂」四字，及刻工名。

另外有《唐文粹》，是覆刻宋本，板心刻工姓名完全照宋刻本。此例在明本中很罕見。

藏書家注重宋本刻工姓名，因為它可以作斷定書之刊刻的時間和地點的旁證。元明以下，書中有刻工姓名者太少，不能起這樣作用，遂多不注意及此。

敦煌寫經，我見得太少，還没有見過用類似鋼筆寫毛筆描的例子。

前交耦良處字軸，不知已往取否？

不多及。祝

雙好

父字

一九七二年十二月六日

年　月　日　第　頁

两京遗编　每页中缝有刻工名。（是单字或姓名，并非每页皆有，已记不清。）

南村辍耕录　玉兰草堂本。板心下有玉兰草堂四字，及刻工名。

另外有唐文粹是覆刻宋本，板心刻工姓名，完全照宋刻本。此例在明本中很罕见。

藏书家注重宋本刻工姓名，因为它可以作断定书之刊刻的时间和地点的旁证。元明以下，书中有刻工姓名者太少，不能起这样作用，遂多不注意及此。

敦煌写经，我见得太少，还没有见过用类似钢笔写毛笔插的例子。

前交珏良处字轴，不知已往取否？

不多及。祝　双好

父字

1972.12.6

天津市第一印刷厂制　70.7.

北京西郊
北京大學
燕東園二十四號
周一良同志
天津周寄

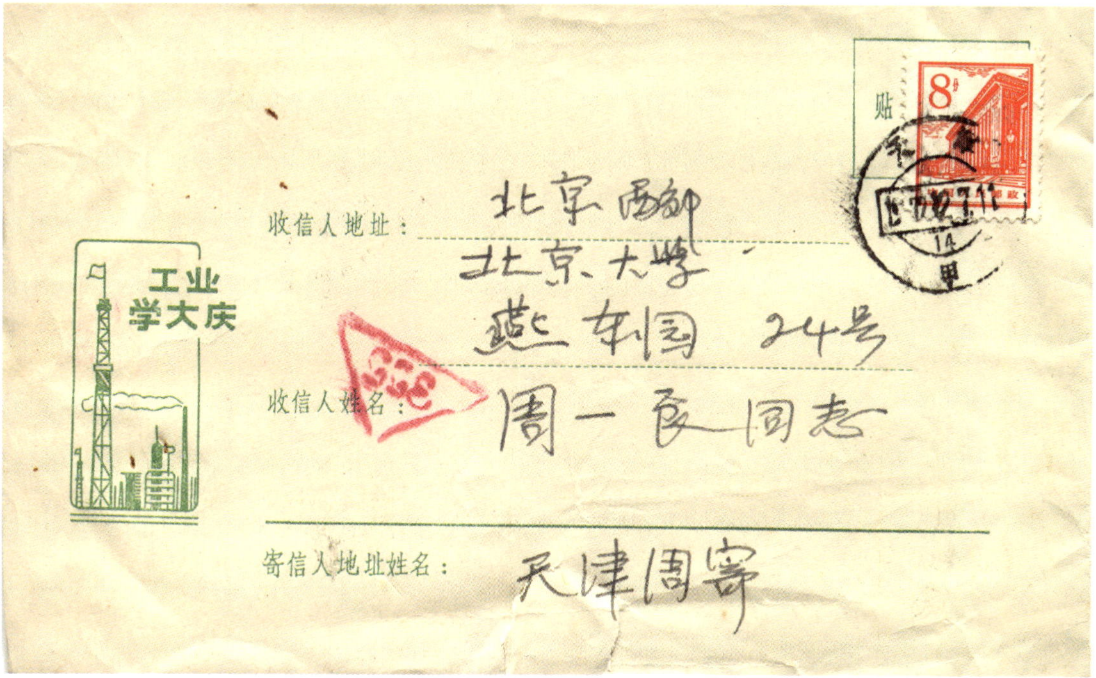
贴
8分
收信人地址：
北京西郊
北京大学
燕东园 24号
工业
学大庆
收信人姓名：
周一良同志
寄信人地址姓名：
天津周寄

一九七四年十二月六日

一良：

我病已愈。出院將兩星期，體氣漸復，飲食還很小心，不敢吃油膩和難消化之物。此次是我第一次住醫院。數十年來，從未得過重病。此次自不小心，病從口入，非參觀之過也。

昨得杲良信，據云美報對於「批林批孔」，很少報導。最近他從香港英文《大公報》上看見你的文章（未説何題目），〔一〕始能了解大概。如果可以允許，你可否選擇「批林批孔」「儒法鬥争史」和法家著作解釋小冊子寄去幾本，何如？天津書不易買，我又不知以何種為宜耳。

我們政協學習班，最近學習主席軍事著作，批判林彪反動軍事路線。我因病未參加。最近始能看看報紙。前禮拜稍稍閱讀，即覺頭重。腦力恢復，似比體力更慢也。

馬王堆、銀雀山出土帛書和竹簡，聞近已整理付印。望隨時注意為我各買一部。此種書印數極少，過時再買，即不易得矣。

近日天氣較冷。啟盈教體育，可能在室内否？祝雙好

父字

一九七四年十二月六日

前次啟乾帶來雞蛋，〔二〕早已收到。

〔一〕「香港英文《大公報》」，案香港《大公報》只有中文版，未有英文版，一良先生亦未有「批林批孔」之英文文章，此處「英文」二字當係弢翁筆誤。

〔二〕「啟乾」，案即周啟乾，弢翁長孫，周一良先生長子。周啟乾先生是天津社會科學院研究員，主要從事日本史、日俄關係史及中日關係史的研究。

一良：

我病已愈。出院将两星期，体气渐复，饮食还很小心，不敢吃油腻和难消化之物。此次是我第一次住医院。数十年来，从未得过重病。此次自不小心，病从口入，非参观之过也。

昨得杲良信，据云美友对于批林批孔，很少报导。最近他从香港英文大公报上看见你的文章（未说何题目），好像了解大概。如果可以允许，你可否选择批林批孔、儒法斗争史和法家著作解释小册子寄去若干，何如。天津书不易买，我又不知以何种为宜了。

我们政协学习班，最近学习主席军事著作，批判林彪反动军事路线。我因病未参加。最近始能看看报纸。前礼拜稍稍阅读，即觉疲乏。脑力恢复，似比体力更慢也。

马王堆、银雀山出土帛书和竹简，闻近已整理付印。望随时注意为我各买一部。此种书印数极少，过时再买，即不易得矣。

近日天气较冷。启盈教体育，可能在室内否。祝

双好

五一制本厂制 74.4 1778

父字

1974.12.6.

前次启乾带来鸡蛋，早已收到。

北京西郊
北京大學
燕東園二十四號
周一良同志　收
天津和平區睦南道一四七號周寄

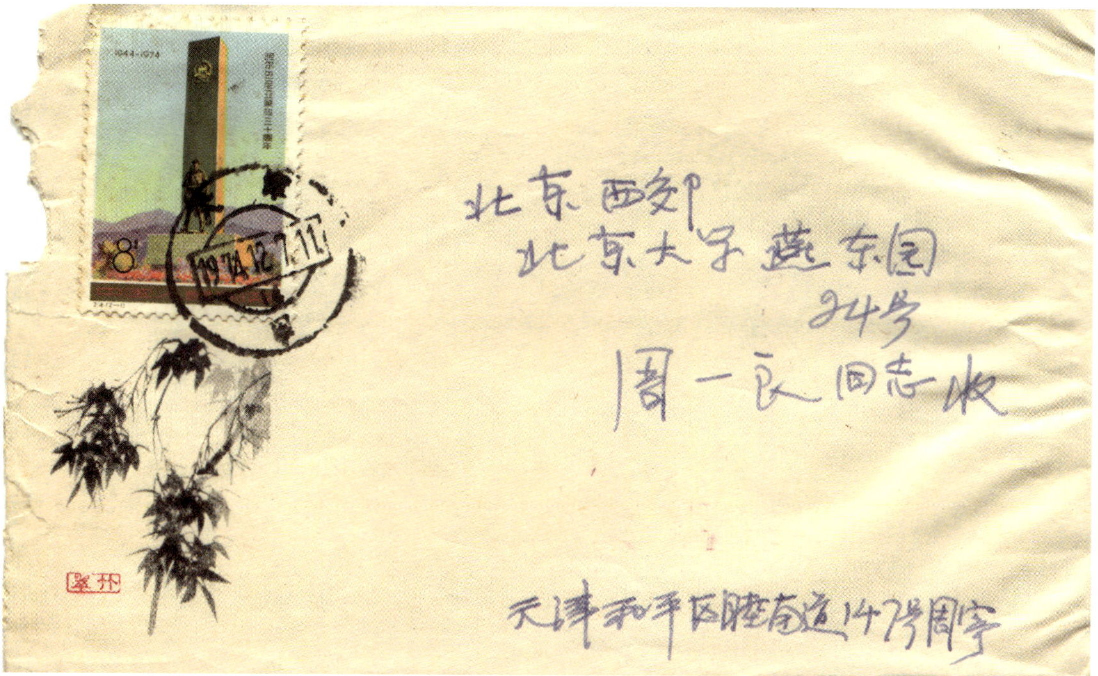
北京西郊
北京大学燕东园
24号
周一良同志收
天津和平区睦南道147号周寄

一九七四年十二月十九日

一良閱：

前得你信，慰悉一切。對於「批林批孔」和「儒法鬥争史」有關文件，能寄杲良幾種，俾渠有所認識，甚好。啟博帶來馬王堆一號漢墓圖冊極精，只是價太貴。我前函是指單印帛書和銀雀山竹簡冊子（不知是否印行）。我以為可和武威竹簡冊子仿佛，價不致太昂也。杲良曾留款，託珏良代購文物書籍。我即函珏良，如彼尚未買，即以此冊寄杲良，書價即由珏良撥還。鄧懿帶來「巧可（克）力微物」極可口。雞蛋天津亦不易得，病後很得用。

前些時氣候很冷。近兩日又轉和緩。日間已在零度以上矣。

我回家已將一月。飲食體氣，已漸復原。只是腦力尚差，不能多閱書報耳。

餘不及。祝

雙好

父字

一九七四年十二月十九日

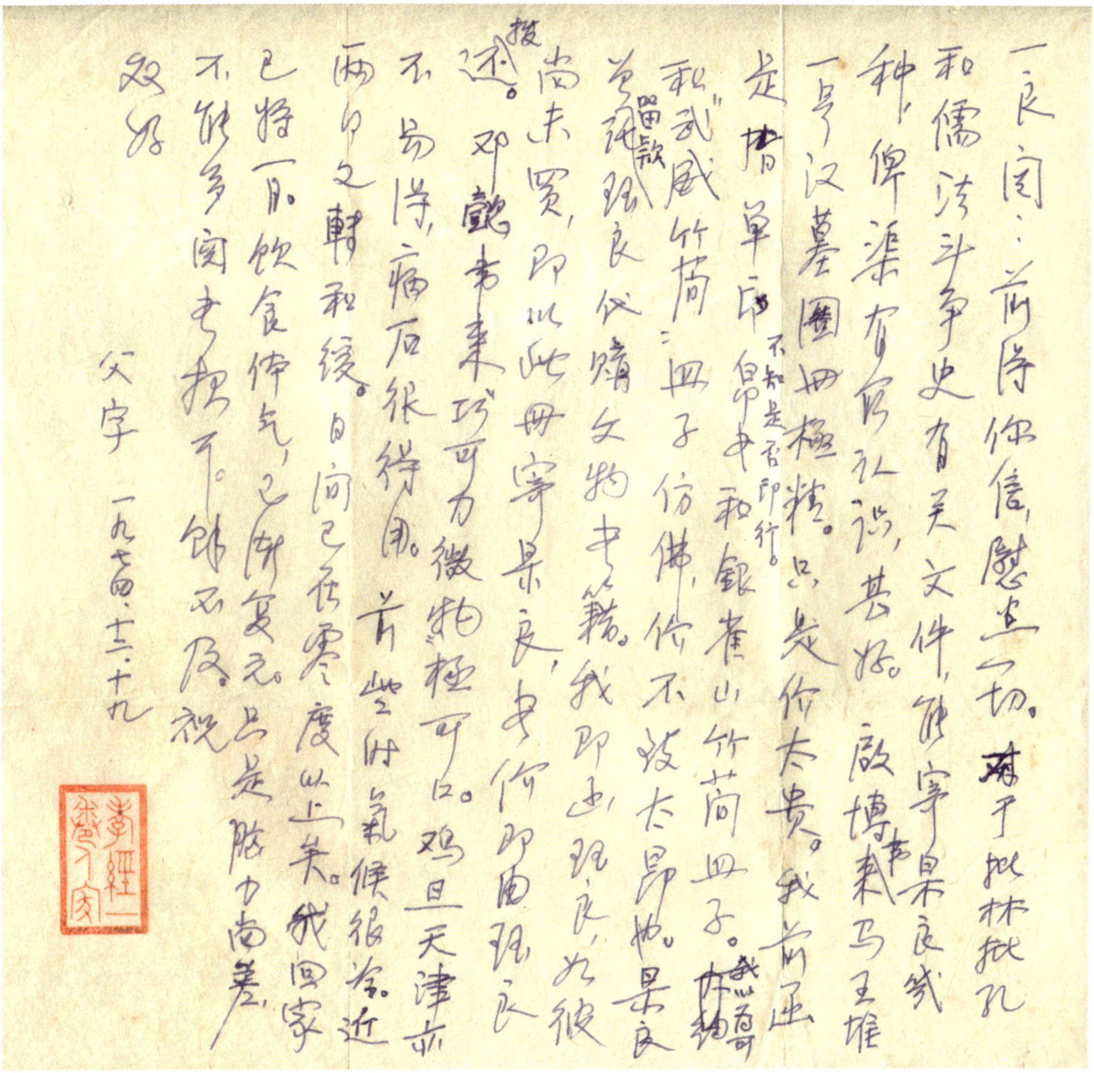

一良阅：前得你信，悉一切。对于批林批孔和儒法斗争史有关文件，能寄景良几种，俾渠有所认识，甚好。启博书来马王堆一号汉墓图册极精。只是价太贵。我前还定单印本帛书和银雀山竹简四子。我当为寄（不知是否印行。）和武威竹简二册子，仿佛价不致太昂也。景良若托珏良代购文物书籍。（留款）我即去，珏良如彼尚未买，即以此册寄景良，由你即由珏良接述。邓懿书来，巧可力微粉极可口。鸡旦天津亦不易得，病后很需用。前些时气候很冷。近两月之斡和缓。日间已在零度以上矣。我回家已将一月。饮食作息，已渐安定。只是脑力尚差，不能多阅书报耳。余不及。祝

双好

父字 一九七四、十二、十九

北京　北京大學
燕東園二十四號
周一良同志　收
天津和平區睦南道一四七號周

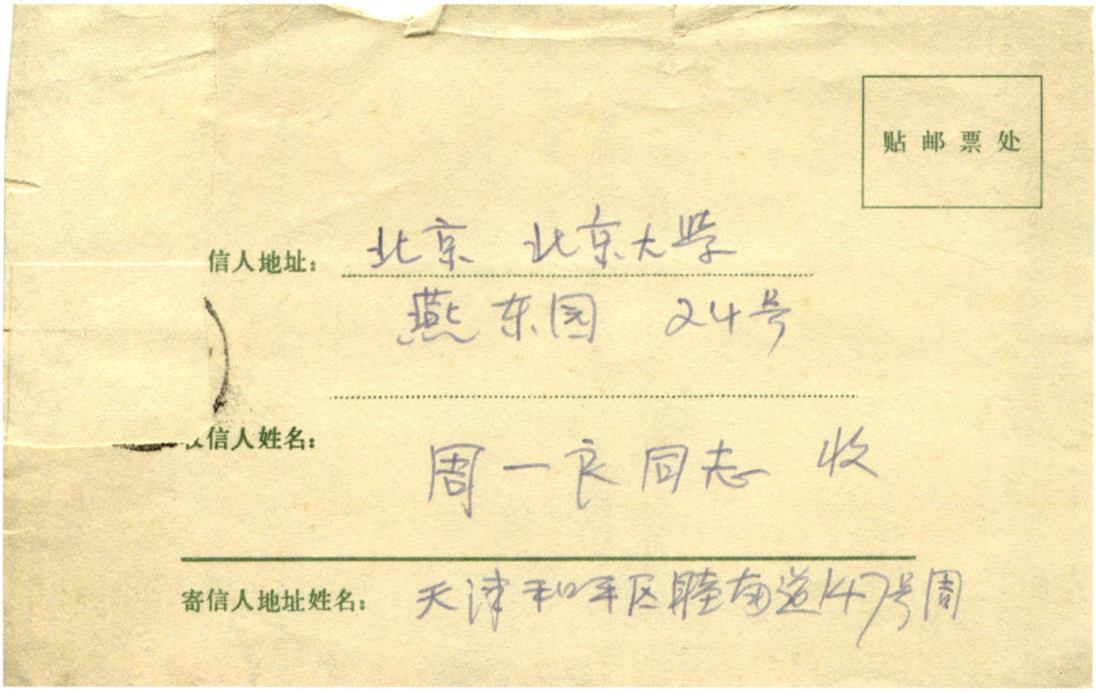
贴邮票处
信人地址：北京 北京大学
燕东园 24号
信人姓名：
周一良同志 收
寄信人地址姓名：天津和平区睦南道147号周

一九七四年十二月二十五日

一良閲：

得信知啟乾申請入黨，已蒙批准，聞之歡喜無量。此子沉默寡言，午飯之暇，偶來小座（坐），從未透露此消息也。

馬王堆一號漢墓圖録，印製精美，良可珍玩。今可留几席間，時時展讀，以娱老眼，忻慰奚似。只是你未免太費耳。

禹良之女，〔一〕我亦未見過，「文化大革命」初期，曾來數信。似於外間情況了解不多。所要求之事，當時不能辦到，因之置之不理。此數年來，未曾來一信也。紹良和禹良之子啟鳳，似時有接觸。便中可將啟運之信，交渠一閲，或由渠作復亦可，你似可不理也。原信附還。

「四大」至今無消息。我意大會之前，在津代表，似應開一籌備會。一九七一年九月上旬曾召集一次也。

秦始皇墓發掘事，前數年曾盛傳之，後遂毫無所聞。有人言此墓或被盜一空，暫緩發掘。我頗信此言。今乃有人馬大俑陳列，真世間奇珍，聞所未聞。或因體積太大，不能盜走，抑秦始皇墓未曾被盜，此似不可能，藴藏珍寶，不可計量矣。

我出醫院，已逾一月。飲食已正常，只不敢吃油膩。腦力尚差。稍稍閲讀書報，即感頭眼不適。自患病以後，一直血壓不高，昨日又到一百九十度矣。餘不多及。祝

雙好

父字

一九七四年十二月廿五日

〔一〕「禹良」，案即周禹良，弢翁近支族人，周馥二弟周馨曾孫，長期在天津，一九六〇年初返安徽，依女就養。著有《周學熙的一生及其所辦企業》（《天津文史資料選輯》第三十八輯）等。

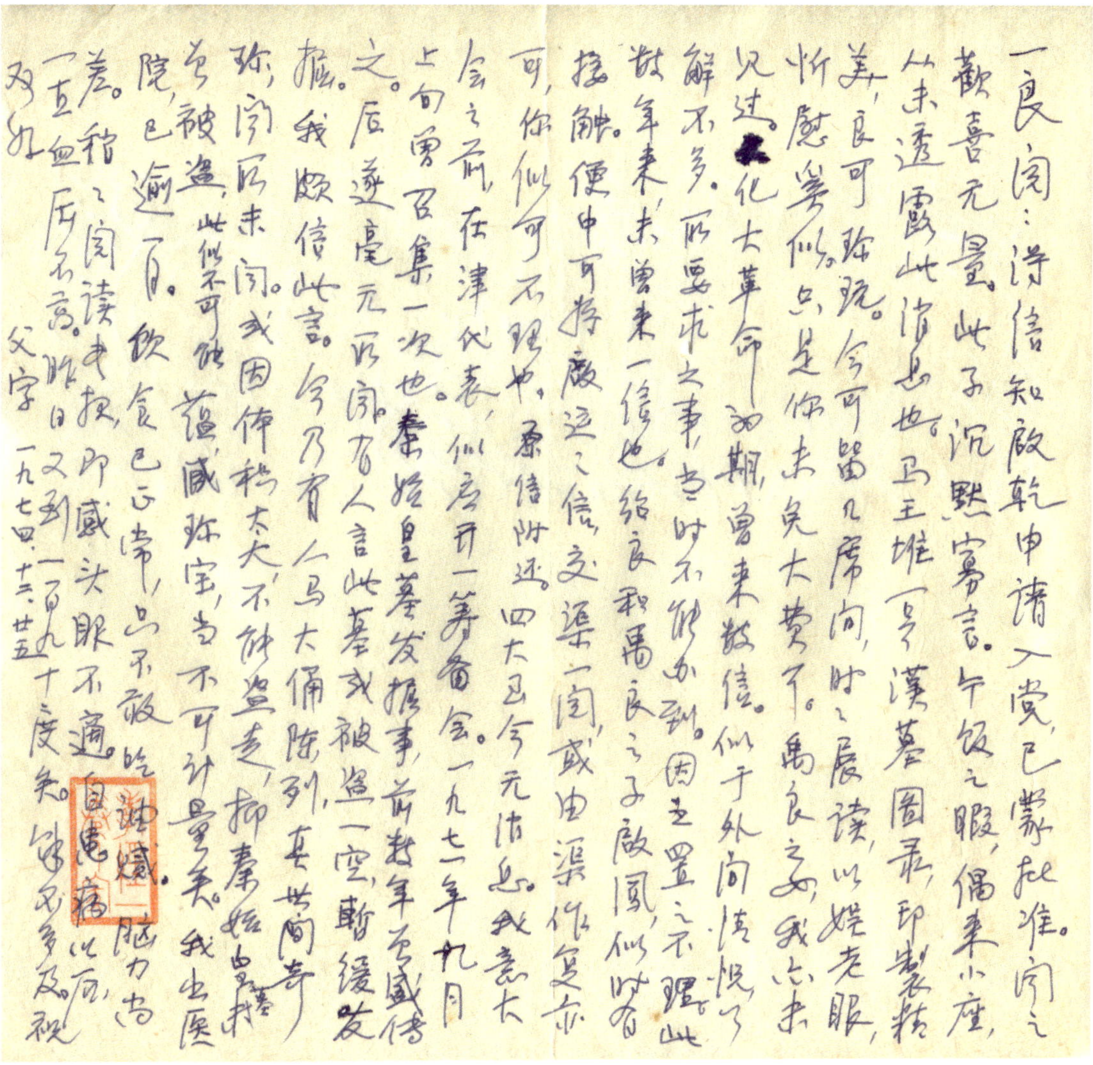

一良阅：得信知启乾申请入党，已蒙批准。闻之欢喜无量。此子沉默寡言，午饭之暇，偶来小座，从未透露此消息也。马王堆一号汉墓图录，印装精美，良可珍玩。今可留几席间，时时展读，以娱老眼，怀慰无似。只是你未免大费了。禹良之女，我亦未见过。文化大革命初期，曾来数信。似于外间情况了解不多，所要求之事，当时不能办到。因之置之不理。此数年来，未曾来一信也。绍良和禹良之子启凤，似时有接触。便中可将启适之信，交渠一阅，或由渠作复亦可，你似可不理也。原信附还。四大迄今无消息。我意大会之前，在津代表，似应开一筹备会。一九七一年九月上旬曾召集一次也。秦始皇墓发掘事，前数年曾盛传之。后遂寂无所闻。有人言此墓或被盗一空，暂缓发掘。我颇信此言。今乃有人马大俑陈列，真世间奇珍，前所未闻。或因体积太大，不能盗走，抑秦始皇墓并被盗，此似不可能蕴藏珍宝，当不可计量矣。我出医院，已逾一月。饮食已正常，只不敢吃油腻。脑力尚差。稍稍阅读，即感头眼不适。自患病以后，一直血压不高。昨日又到一百九十度矣。始料未及。祝

双好

父字 一九七四.十二.廿五

北京　北京大學
燕東園二十四號
周一良同志　收
天津周寄

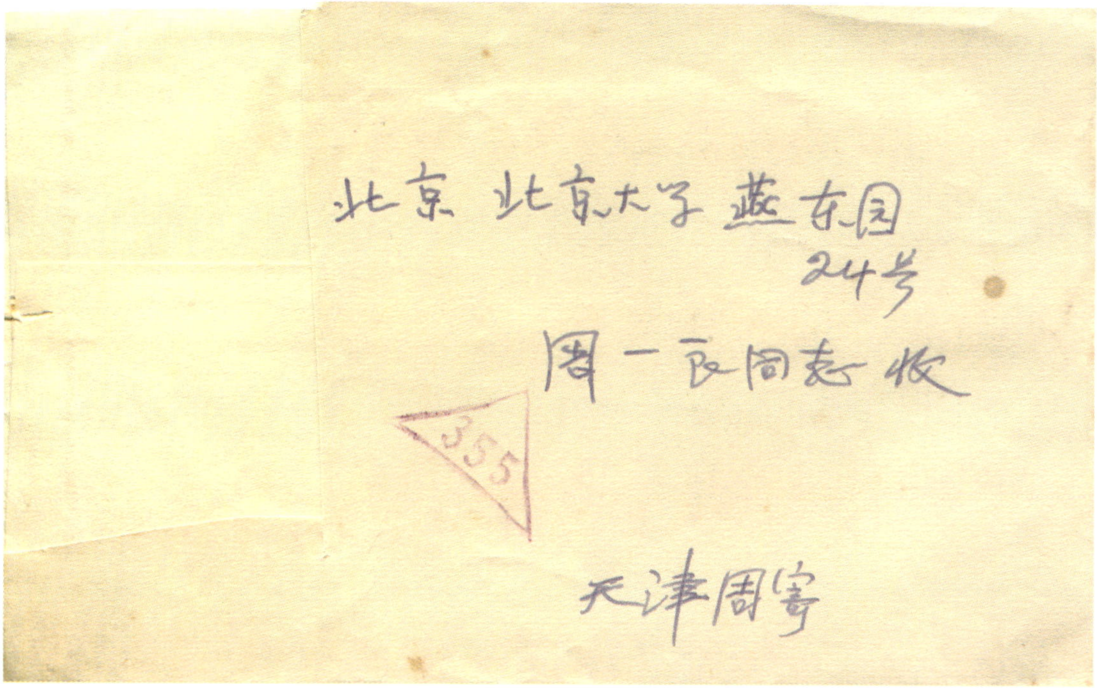
北京 北京大学 燕东园
24号
周一良同志 收
355
天津周寄

一九七五年七月十九日

一良：

西南參觀團，原定昨日返京。一二日内，可能晤周培老，〔一〕望代致意，并問牙疼已全好否？我牙疼仍未好。

我回津後，疲倦萬分。偃卧四五日，方漸復原。近始上班學習也。

我和趙樸老在昆明借閲《雲南通志》和《楊升庵全集》，〔二〕都引張勃《吴録》一條，説「攀枝花」即木棉。張勃書只見《説郛》，頃從南大借來，并無此條。

《吴録》另有輯本。一是葉昌熾輯《轂淡廬叢稿》（稿本），今在清華圖書館。便中可託人一查《吴録》中有此條否？

鄧懿脚疼已恢復否？念念。

近日家中大修理，極亂。

餘不及。即祝

雙好

父字

一九七五年七月十九日

〔一〕「周培老」，案即周培源先生，二十世紀著名理論物理學家、流體力學家、教育家。周培源先生與弢翁、周一良先生父子二代，均有交往。「文化大革命」中，周培源先生、周一良先生被北大「紅衛兵」稱為「大周白毛」「小周白毛」。

〔二〕「趙樸老」，案即趙樸初先生，二十世紀著名佛學家、書法家、社會活動家。趙樸初先生同弢翁、周叔迦先生、周一良先生、周珏良先生、周紹良先生均有交往。

可居室藏周叔弢致周一良函 附周珏良致周一良函

一良！

西南参观团，已定明日返京。一二日内，可能路过培先，使代致意，并问牙病已全好否？我牙病仍未好。

我回津后，疲倦万分。偃卧四五日，方渐复元。近始上班了也。

我和趙樸先在昆明借阅云南通志和楊升菴集都引張勃吴録一条，说攀枝花即木棉。張勃之只見“說郛”。此从南大借来，并无此条。

吴録另有輯本。一是叶昌熾輯彀滂庐丛稿（稿本），今在清华图书馆。便中托人一查吴録中有此条否。

鄧懿脚病已恢复否？念念。

近日家中大修理，极乱。

余不及。即祝

双好。

父字

1975.7.19.

【附紙】

張勃《吴録》云，交趾安定縣有木棉樹，實如酒盃口，有綿可作布。按此即今之班（《雲南通志》作攀）枝花（《楊升庵全集》第七十九卷）

「按此即今之攀枝花」，不知是《吴録》原文否？

據此書總目，張勃是晋人。

張勃吴録云，交趾安定县有木棉树，实如酒盃口，有绵可作布。按此即今之斑（云南通志作攀）枝花。 杨升庵全集第七十九卷

"按此即今之攀枝花"不知是吴録原文否？

据此文先因，張勃是晋人。

天津文革纸制品厂出品

北京　北京大學
燕東園二十四號
周一良同志　收
天津周寄

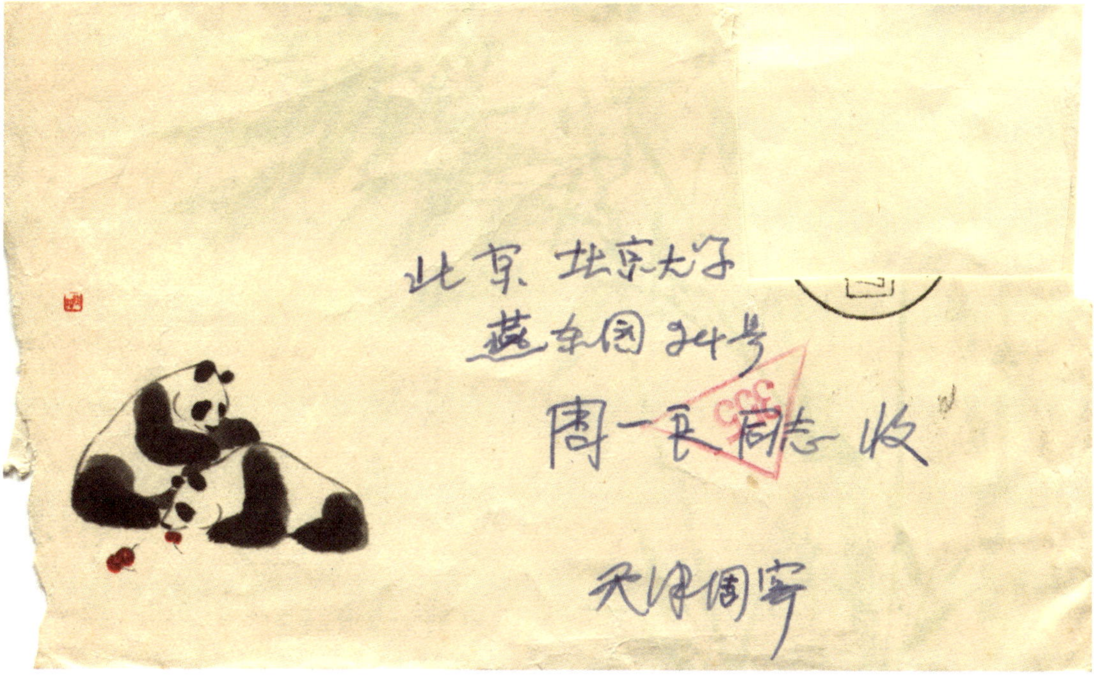
北京 北京大学
燕东园24号
周一良同志收
天津周寄

一九七六年二月九日

一良：

新春你們都好罷。舊曆元旦晚飯在天津的三家人都來齊了。啟璐的女朋友也從東北來。〔一〕珏良、景良是當天早晨到的。所惜者良錚騎車傷足，〔二〕不能起床，與良要在家裡照顧他，因此少了他們兩人，為美中不足。

市政協學習班要求每人寫一書面小結。我既無心得，又不善作文。敷衍成篇，聊以塞責。茲寄你一閱，并要求四點：（一）如有原則錯誤處，望删掉；（二）凡是不清楚、不完備的地方望補充；（三）凡是可引經典著作地方望引證并注書名；（四）如有能發揮處，望代寫。開學日期是二月十六日。我不一定先講，但能早寄還為盼。

立立想已完全復元，〔三〕甚念。小孩身體虛弱，宜從飲食起居上注意，飲食尤要。滋補藥品，不妨少吃一些。

我從舊曆元旦起，又感冒咳嗽。最近已好多了。

不多及。祝

雙好

父字

一九七六年二月九日

〔一〕「啟璐」，案即周啟璐，弢翁孫，周艮良先生長子。

〔二〕「良錚」，案即查良錚，弢翁二女婿，周與良教授夫君。查先生筆名「穆旦」，為二十世紀中國著名詩人之一。

〔三〕「立立」，承周啟銳先生賜示，為周啟博先生女周小舟乳名。周小舟為周一良先生孫女，弢翁曾孫女。

作文纸

一良：新春你们都好罢。旧历元旦晚饭在天津的一家人都来齐了。启璐的女朋也从东北来。珏良景良是当天早晨到的。所惜者良铮骑车伤足，不能起床，与良要在家里照料他，因此少了他们两人，为美中不足。

市政协学习班要求每人写一书面小结。我既无心得，又不善作文。敷衍成篇，聊以塞责。兹寄你一阅，并要求四点。一、如有原则错误处，望删掉。二、凡是不清楚不完备的地方望补充。三、凡是对马列经典著作地方望引证并注出处。四、如有改动望挖处望代写。开学日期是二月十六日。我不一定先讲。但能早寄还为好。

文文病已完全复元，甚慰。小孩身体虚弱，望从饮食起居上注意，饮食尤要。滋补药品，不妨少吃一些。

我从旧历元旦起，又感冒咳嗽，最近已好多了。

不多及。祝

双好

父字 1976.2.9.

天津市五一制本厂 74.12.　　16开 20×20=400

北京　北京大學
燕東園二十四號
周一良同志
天津和平區睦南道一四七號周

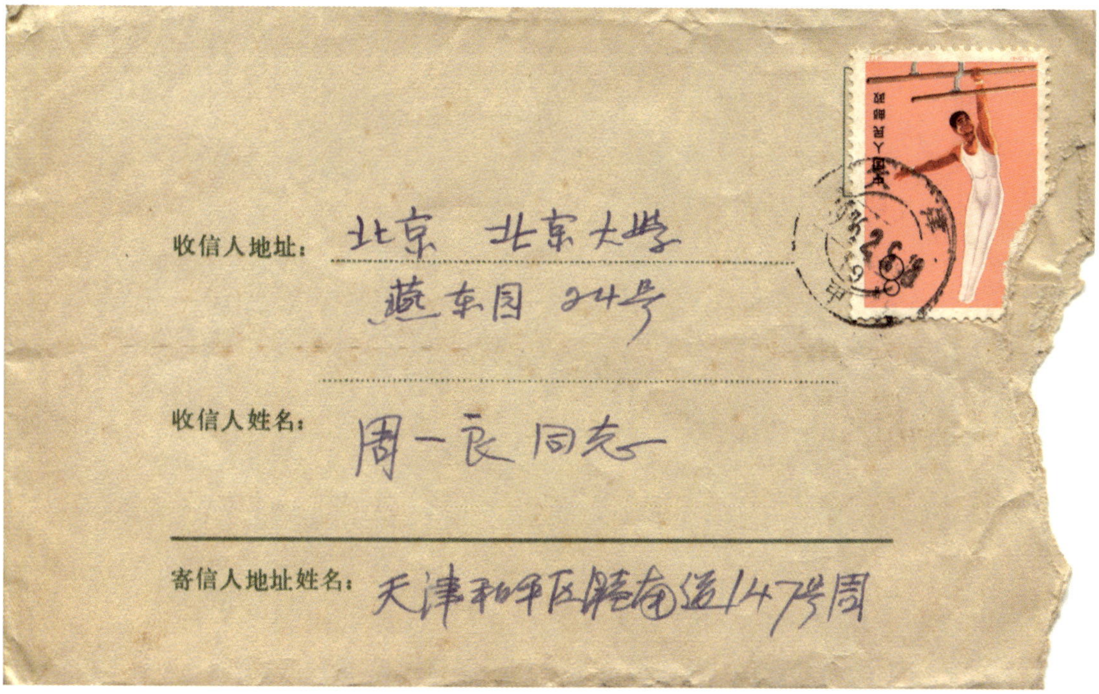
收信人地址：北京 北京大学
燕东园24号
收信人姓名：周一良同志
寄信人地址姓名：天津和平区睦南道147号周

一九七六年六月五日

一良：

前得信并發言材料收到。閲讀一過，對於資産階級法權是新生資産階級的經濟基礎，思想上清楚一些。但舉例不多，時有摸不着之感。

我已兩月未參加學習。近日脚痛已漸好，可勉强出門。日内將恢復學習。政協學習班六、七月份學習計劃，主要是進一步理解在社會主義歷史階段為什麽必須以階級鬥争為綱的深刻意義。關於基本矛盾和主要矛盾有幾個思考題。另紙寫去幾題。不知你那裡有關於此類問題的發言材料可給我否？我學習不能深入，粗能理解，最不善於發揮，寫稿是一苦事。

伯鼎夫婦在此相聚甚歡。〔一〕母親今年病兩次，〔二〕體氣稍弱了。

不多談。祝

雙好

父字

一九七六年六月五日

〔一〕「伯鼎」，案即周震良先生，伯鼎其字也。山東工學院電機系教授，二十世紀中國著名電機工程師及書法史專家。弢翁姪，弢翁長兄周達先生長子。

〔二〕「母親」，此以父對子口氣敘述者，案即弢翁夫人左道腴女士，周一良先生繼母。

一良：

前得信并发言材料收到。阅读一过，对于资产阶级法权是新生资产阶级的经济基础，思想上清楚一些。但举例不多，时有摸不着之感。

我已两月未参加学习。近日脚痛已渐好，可勉强出门，日内将恢复学习。

政协学习班六、七月份学习计划，主要是进一步理解在社会主义历史阶段为什么必须以阶级斗争为纲的深刻意义。关于基本路线和主要矛盾方面几个思考题，另纸写去几点。不知你那里有关于此类问题的发言材料可给我否？我学习不能深入，粗能理解，最不善于发挥，写稿是一苦事。

伯鲁夫妇在此，相聚甚欢。母亲今年因喘病，精神气稍弱了。不多谈。祝

双好

父字

1976.6.5.

五一制本厂出品　75.10.　第　页

【附紙】

如何理解人類社會的發展是由社會基本矛盾決定的？

為什麼社會主義社會的基本矛盾集中表現為無產階級和資產階級的階級鬥争，社會主義和資本主義的兩條道路的鬥争？

社會上的資產階級同黨內的資產階級是什麼關係？

黨的基本路線的實質是什麼？

如何理解人类社会的发展是由社会基本矛盾决定的？

为什么社会主义社会的基本矛盾集中表现为无产阶级和资产阶级的阶级斗争，社会主义和资本主义的两条道路的斗争？

社会上的资产阶级同党内的资产阶级是什么关系？

党的基本路线的实质是什么？

装 订 线

五一制本厂出品 75.10. 第 页

北京　北京大學
燕東園二十四號
周一良同志收
天津周寄

北京 北京大学
燕东园 24号
周一良同志收
天津周寄

一九七六年六月二十一日

一良：

前得信，并寄來學習材料。急讀一過，頗多啟發。這類理論學習材料，一定很多。如不違反紀律，望為我收羅一些寄來，甚盼甚盼。

我足痛已大好。星期六已到市政協聽報告。此次是天津師範楊棄老師講基本矛盾。講的（得）很好，惜記不下來，隨時忘記大半矣。

去年十月杲良在香山，為我們照了一些相片。最近寄來加印多份。茲寄去兩張，聊以存念。

伯鼎一家，星期日返濟。此次在津盤桓四十日，頗得聚談之歡，又不免周旋之疲乏耳。

餘不多及。祝

雙好

父字

一九七六年六月二十一日

一良：

前得信，并寄来学习材料，急读一过，颇多启发。这类理论学习材料，一定很多。如不违反纪律，望为我收罗一些寄来，甚盼盼。我足痛已大好。星期六已到市政协听报告。此次是天津师范杨弃老师讲基本矛盾。讲的很好，惜记不下来，随时忘记大半矣。

去年十月果良在香山，为我们照了一些相片。最近寄来加印多份。兹寄去两张，聊以存念。

你们一家，星期日返京。此次在津盘桓四十日，颇得聚谈之欢，又不免周旋之疲乏耳。

馀不多及。祝

双好

父字

1976.6.21.

文革纸制品厂出品　74年4月

北京　北京大學
燕東園二十四號
周一良同志收
內相片
請勿折
天津睦南道一四七號周寄

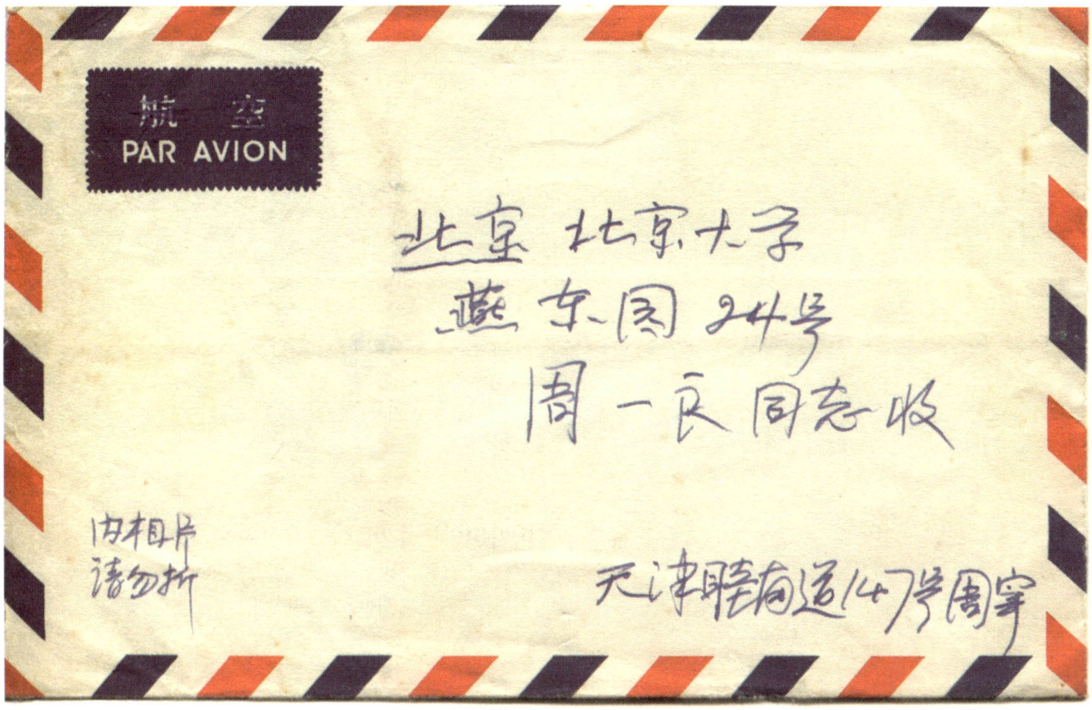
航空
PAR AVION
北京 北京大学
燕东园24号
周一良同志收
内相片
请勿折
天津睦南道147号周寄

一九七六年六月三十日

一良：

前寄一信并相片，當已收到。

我現在在家裡自修。因為腦力差，許多理論問題，體會不深。玆提出一個問題，望代覓一些學習文件，幫我思考。無論新的或者舊的都好。

（基本矛盾仍然是生產關係和生產力之間的矛盾，上層建築和經濟基礎之間的關係。）

（主要矛盾是無產階級和資產階級的矛盾。）

兩個命題，如何聯繫，它們和階級鬥争，又是什麼關係，許多文件中都闡述不十分透徹。這是一個老問題。一個是在七届二中全會提出，一是在《關於正確處理人民内部矛盾》中提出。七届二中全會是提「基本矛盾」，現在多提「主要矛盾」，是否有差别？

許多文件中提基本矛盾必然表現為階級鬥争，如何理解？

匆此，不多談。祝

雙好

父字

一九七六年六月三十日

一良：

前寄一信并相片，当已收到。

我现在在家里自学。因为脑力差，许多理论问题，体会不深。兹提出一个问题，望代觅一些学习文件，帮我思考。无论新的或者旧的都好。

（基本矛盾仍然是生产关系和生产力之间的矛盾，上层建筑和经济基础之间的关系。）

（主要矛盾是无产阶级和资产阶级的矛盾。）

两个命题，如何联系，它们和阶级斗争，又是什么关系，许多文件中都阐述不十分透彻。这是一个老问题。一个是在七届二中全会提出，一是在关于正确处理人民内部矛盾中提出。七届二中全会是提"基本矛盾"，现在多提"主要矛盾"。是否有差别？

许多文件中提基本矛盾必然表现为阶级斗争，如何理解？

匆此不多谈。祝

双好

父字

1976.6.30

文革纸制品厂出品　74年4月

北京　北京大學
燕東園二十四號
周一良同志收
天津周寄

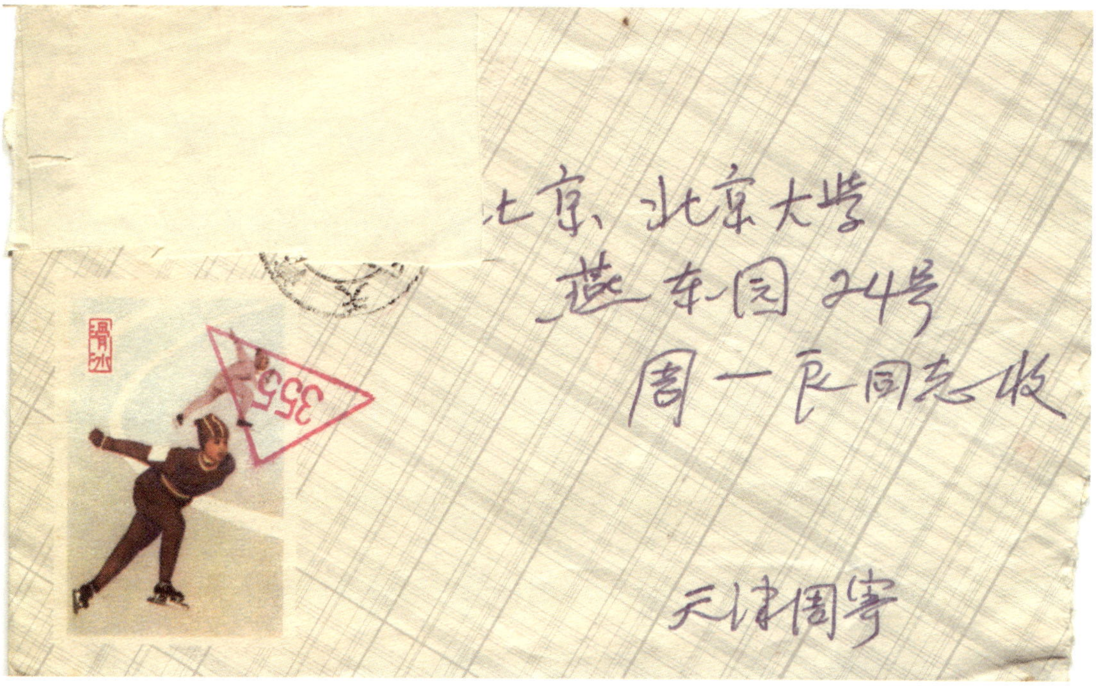
北京、北京大学
燕东园24号
周一良同志收
天津周寄
滑冰
355

一九七六年七月十日

一良：

你信收到。關於基本矛盾和階級鬥爭關係的論述，我閱讀幾遍，很有啟發。我又閱讀了《紅旗》一九七六年一期上發表的程越文章（《堅持黨的基本路綫》）和《社會科學基本知識講座》（從舊書堆中找出來）中有關解説。我對於這個問題，有比較清楚的認識。最近頭腦，頗感不適。本想寫一短文，也未能實現。

小慶男朋友已見過否？[一]風度談吐何如？

天津近日時有小雨，氣候悶濕。據云七月下旬有大雨，各處已開始防汛矣。

不多及。祝

雙好

父字

一九七六年七月十日

〔一〕「小慶」，案即周啟慶，弢翁孫女，弢翁三子周艮良先生第二女。

一良：

你信收到。关于基本矛盾和阶级斗争关系的论述，我阅读几遍，很有启发。我又阅读了红旗1976.1.上发表的程越文章（"坚持党的基本路线"）和社会科学基本知识讲座"（从旧书堆中找出来）中有关解说。我对于这个问题，有比较清楚的认识。最近头脑、视觉不适，本想写一短文，也未能实现。

小东男朋友已见过否？风度谈吐何如？

天津近日时有小雨，气候闷湿。据云七月中下旬有大雨，各处已开始防汛矣。

不多及。祝

双好

父字

1976.7.10.

北京　北京大學
燕東園二十四號
周一良同志收
天津周寄

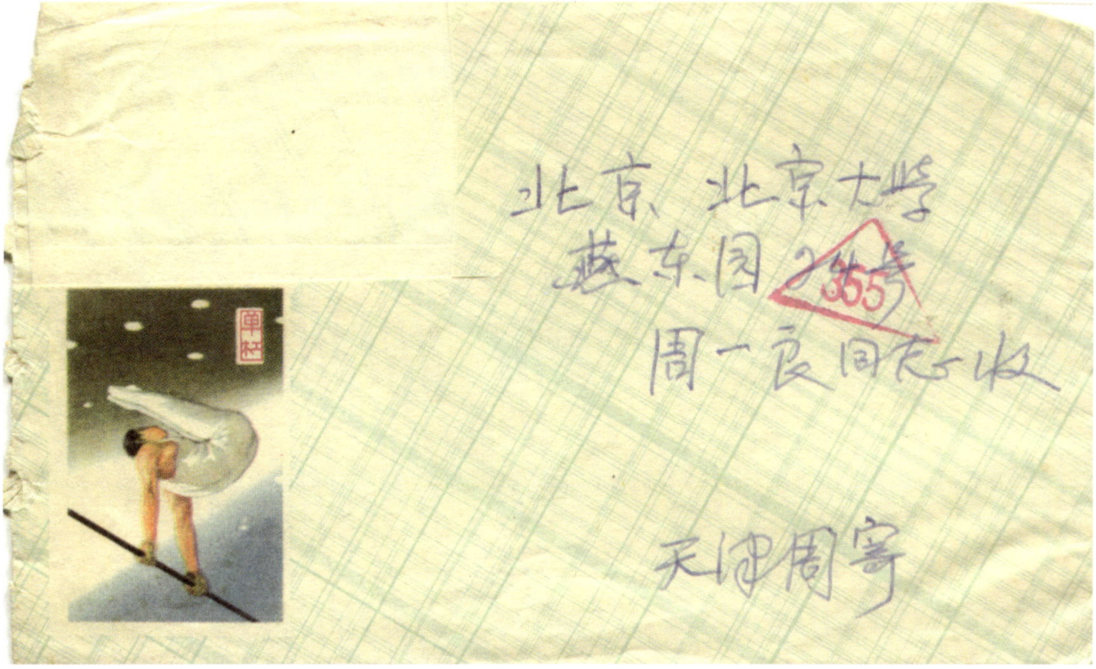

北京 北京大学
燕东园24号
355
周一良同志收
天津周寄

一九七六年七月三十日（周景良藏）

一良：

天津星三凌晨（三點四十分），我和母親為强烈地震驚醒。當時有雨，和胡奶奶在馬路中心坐了一夜。第二日（二十八），三叔、啟潛（乾）全家都來，〔一〕在對面公園中坐了一天。天氣甚熱，時有陣雨。由啟華計劃，〔二〕搭了一個臨時塑料棚，外加雨傘、雨衣，僅免衣濕。後來在對面公園馬路上搭了一個比較好的棚子（現在公園及全市馬路上全滿了），可以防小雨。都是啟萬、啟乾出力。二十八日下午，左家舅爺爺全家四口也來了。〔三〕他們三家房屋收（受）害雖非嚴重，但暫時不能住入。啟乾因學校有安排，昨日（星四）回學校。舅爺爺因四姨婆是居民委員會主任，要和群眾在一起，今早（星五）也回去。現在艮良全家，還住我處。其主要主（目）的，不是避震災，最重要是為我們二老服務。這幾天都是輪流住在棚內，都没有睡好。今天艮良説，日裡讓我二老多睡些時，晚間更不用説。外面只留二人，一人看守床鋪和什物，一人隨時打聽地震情況。如有情況，隨即進

〔一〕「啟潛」，案即周啟乾，「潛」字係筆誤，弢翁孫，周一良先生長子。下同。

〔二〕「啟華」，案即周啟萬，弢翁孫，周艮良先生第二子。下文「啟萬」同。

〔三〕「左家舅爺爺」，案即左象高先生，弢翁妻弟。下文「四姨婆」，案即左璧如女士，弢翁夫人左道腴四妹。

一良：

天津星之凌晨（3.4时分）我和母亲为强烈地震惊醒。当时我和胡妈妈在马路中心坐了一夜。第二日（28）三妹、启潜全家都来。在对面公园中坐了一天。天气甚热，时有阵雨。由启华计划，搭了一个临时塑料棚，外加雨伞雨衣，仅免衣湿。后来在对面公园马路上搭了一个比较好的棚子，可以防小雨。（现在公园及各市马路上全满了）都是启亭、启[illegible]出力。8日下午李家、吴家等人也来了。他们三家房屋收害虽不严重，但暂时不能住入。启[illegible]学校在张掖，（星四）昨日回学校。男，因四弟要去居民委员会主任，要和群众在一起，今晚他回去。现在良良全家，还住我处。艾是要主动不去避震的，最近要为我们二老服务。这几天都是轮流住在棚内，都没有睡好。今天良良说，日里让我二老多睡些时，晚间更不用说。外面总留二人，一人看守床铺和什物，一人随时打听地震情况。如有比较大的，随时进

天津市文华纸制品厂出品

屋叫人到棚裡避震。現在公園内大約有四五千人，馬路上亦搭滿各種避雨棚。據云和平區、河西區受災最重，有少數三層樓全震塌。詳細情況，不甚知道。

天津其他各寓都好。無塌房的。

這幾天心情非常緊張。但我和母親身體還能支持。一切可放心，并望將此間情況，告知北京各寓，不要懸念。〔一〕大約須要一二個月後，生活才可能漸恢正常。本想由啟潛（乾）打電話告你家，因電話不通而止（電話先想到，也因不通而止）。

本定星三（二九）到天津古籍門市部接洽宋本《春秋繁露》首本事。因震而止。此事珏良知其經過，便中能告知為盼。他寄來四本書，都先後收到。

北京震情如何？據云比天津為輕。傳聞東西長安街已由政府統一規畫，打（搭）棚避震，不知恰否？與良全家都仍在南大，小明來過，全家都好。也暫住户外。

匆匆。不多談。祝

雙好

鄧懿有心臟病，不要太緊張。

一九七六年七月三十日

〔一〕周一良先生一九七六年八月二日有致周景良先生函云：「景良、朱宜：今早得珣良電話，知小政（案即周啟政，周艮良先生第三子，弢翁孫）從天津來，各處一切平安，二老在對面公園中搭了安樂窩。適才又得父親來信，得悉詳情。看來二老精神還好，只是如長期不解除警報，也是麻煩。我們到最後才在户外搭蓬，頭兩晚輪流上床睡，外邊坐又遭蚊子毒咬，頗形疲憊。但窩蓬逐漸改善并擴大，昨晚已經每人有一席地，可以安眠了。大批判組（案即北大、清華兩校批判組）已從今天起上班。聽説朱宜動手術，不知經過如何？祝好！一良，八月二日。天津信閲後望轉藕、治良一閲，我已寫信告知大略。」

屋。叫人到棚里避震。现在公园内大约有四五万人，马路上亦搭满各种避雨棚。据云和平区河西区受灾最重，有少数三层楼全震塌。详细情况不甚知道。

天津其他各处都好。无塌房的。

这几天心情非常紧张。但我和母亲身体还能支持。一切可放心，并望将此间情况告知北京各处，不要惦念。大约须要一二周后生活才可能渐渐恢复正常。本想由启滕打电话给你家，因电话不通而止（电话先查到，也因不通而止）。

本定星三（29）到天津古籍门市部接洽宋本春秋繁露等书事。因震而止。此事珏良知其经过，便中能告知为盼。他寄来四本书，都先后收到。

北京震情如何？据云比天津为轻。传闻东西长安街已由政府统一规画，打棚避震，不知恰否？

珏良全家都仍在南大，小明来过，全家都好。也暂住户外。

余不多谈。叔弢 双好

邓懿有心脏病，不要太紧张。

1976.7.30.

天津市文具纸制品厂出品

一九七六年八月九日（周景良藏）

一良：

你四日信收到。知仍露宿。小鋭腿傷已全好否？〔一〕甚念。津寓一切都好，生活可以説已經正常。晚間仍睡户外。帳蓬逐步改良。星六晚大雨三小時餘，大風約四五級，未倒未漏，我仍安睡未起。近日仍有微震，今早我已覺得。大約不注意的次數很多也。京中各寓都有信來，〔二〕只景良無信。前日小虎（貞鏐）來。〔三〕他説看見景良，都很好。朱宜不知是住北大，還是和小景住地質學院，〔四〕便中可在北大一詢。小景有工夫，也可來一信。我不寫信寄地院。信既遲緩，也恐收不到也。有人自唐山來，據云啟新只存三煙筒，未知確否。災情則十分嚴重也。

昨日有人説，北京已解嚴，市民可以回家住，確否？天津正在趕建簡易住宅，以便儘快將塌房户遷入，以清理交通。昇良（九房，建築工人）他參加天津大學工地。最近中央撥料未到，暫停。

我們身體都很好，勿念。據云近日尚有一次大震，只有聽之而已。

不多談。祝

雙好

父字

一九七六年八月九日

昨日收到景良信。我在前一日寄去一信。〔五〕你可將京、津近日詳情告他。〔六〕

生活安定，秩序井然，充滿樂觀主義精神，不僅我們一家也。

我稍遲再寫。

〔一〕「小鋭」，案即周啟鋭，弢翁孫，周一良先生第三子。

〔二〕當日京津通函，及弢翁避震景況，亦可參見弢翁一九七六年八月十二日致周珏良先生函：「珏良：你二十八日信早收到。三十（下轉六六頁）

昨日收到景良信。我在前一日寄去一信。你可将系里近日情况告他。生活安定，秩序井然，亦请系里设法照顾，不使我们一家也。我和姐再写

一良：

你四日信收到。知仍露宿。小锐腿伤已经好了，甚慰。津寓一切都好，生活可以说已经正常。晚间仍睡户外。帐篷逐步改良。星六晚大雨三小时许，大风约四五级，未倒未漏，我仍安睡未起。近日仍有微震，今早我已觉得。大约不注意的次数很多也。

家中各寓都有信来，只景良无信。前日小弟（觉锺）来。他说看见景良都很好。未见不知是住北大，还是和小景住地质学院，便中可在北大一询。小景有工夫，也可来一信。我不写信寄地院。信既迟缓，也难收到也。有人自唐山来，据云我厂只存三烟筒，未知确否。灾情则十分严重也

昨日有人说，工厂已解严，家属可以回家住，确否？天津正在赶建简易住宅，以便很快将塌房户迁入，以清理交通。升良（在房建筑公司）他也参加天津大学工地。最近中央拨料来到，动工。

我们身体都很好，勿念。据云近日尚有一次大震，只是听听而已。不多谈，祝

天津市五一制本厂 76.2

父字
1976.8.9

（上接六四頁）一日電報，一〇號才收到。天津情況，詳大哥函中，想早轉告矣。現我們仍露宿。據云，北京可能即將遷入屋内，不知確否？我考慮，北京如能早住室内，我和母親或先到北京小住。不知你處能有容榻之地否？此是一種計劃，實現與否，臨時再定。我們身體都好，勿念。祝　雙好。父字，一九七六年八月十二日。據云，近兩日還有强烈地震，不能久在屋内。匆匆寫此數行。」

〔三〕「小虎（貞鏐）」，案即左貞鏐，弢翁内姪，弢翁妻弟左象高先生之子。

〔四〕「地質學院」，案當為「地質研究所」，弢翁筆誤。周景良先生為中科院地質研究所研究員，時與夫人朱宜教授偕子周群住德勝門外祁家豁子地質研究所宿舍。

〔五〕弢翁一九七六年八月九日致周景良先生函云：「景良：地震已過十日。我們心情安定，生活幾乎與平日相差無幾。小動時有，我們都不十分介意。但警惕性都高，未常放鬆也。二十八日地震後，我即寫信給大哥，讓他轉告北京各處，天津一切平安。信遞甚遲，你不知何時得知消息。後又未得來信，頗以為念（其餘各家都來過信）。前幾天小虎來了，他説看見你全家都好，我和母親才放心。朱宜新癒，群群體弱，不知對於地震反應如何？露宿能適應否？便中望告我。我們現仍露宿。帳蓬經小華幾經改良，頗為完善。星六夜（七號）大雨三時餘，大風約四五級，不漏不倒，可謂經得住考驗。西德報紙，説未能預報，只此奇跡未見。諷刺亦不為無因。中國對於地震預測，名聞世界。不知此次何以未通知。原因能推知一二否？是否此次地震特殊，不易預測，或竟出於疏忽耶。如有所知，望告我一二，以釋疑惑。不多及。祝　雙好。父字，一九七六·八·九·午後。」（原函藏周景良先生處）

〔六〕 周一良先生一九七六年八月十二日有致周景良先生函云：「景良：前轉上天津信，諒已收到。昨又得父親信，知你們平安，但無信去，望速寄一信，以免懸念。這封信閱後可轉給耦、治，玨、珣處我用電話轉告就行了。二老過此地震關，殊不簡單，可喜也！到物理大樓及教改組找朱宜不見，説她在家休息。不知手術後情況如何？孩子怎樣？紹良來信説三娘去濟南，又南、小秀去滬，啟晉愛人及新生嬰兒回南寧娘家，所以只剩他一人看家。鄧懿原定廿九日赴滬，廿八日地震後中止。五日宣布震情緩和，她遂於六日偕啟盈飛滬，已有信來。這樣亦可避震，并減少家中篷裡床位、飲食等壓力。現只我與小孫女和看她的老太太了。伯鼎、煦良、師白等都有函電來慰問二老及京津各家，都已回答了。大批判組八月二日即恢復工作，在戶外辦公，後遷戶內，近又搬出。這幾天月圓時要警惕，不知過此以後即安全否？如持續太久，天氣漸涼，天津老人怕有點吃不消了。不一一，祝 全家好！一良，八月十二日。」

一九七六年八月二十四日（周啟鋭藏）

一良：

啟博來，略知北京情況，甚慰。北京各寓，對我們二老的關懷心情，我深了解，但我們暫時不來北京，并非固執。我早寫信給珏良，説我要來北京暫住。其唯一條件，即天津露宿太冷，北京可進屋内。〔一〕現在氣候尚不十分冷，露宿只蓋一床棉被。多受空氣，反有益於身體。我最近體重已稍稍增加。此仍是第二義。心情非常舒暢。每日在户外時為多。學習馮天瑜的著作，并閱《王右丞集箋註》。精刻初印，頗娛心目。精神變物質，我自信不會生病。我寫這些，是要你們放心。此時最宜注意是健康。我也特别小心冷暖。天津可能有六級地震，此間亦有傳説。最好辦法，少在屋内，尤宜注意二五、二六兩天。我們已提高警惕性，你們千萬放心。匆此，祝

你們大家好

父字

一九七六年八月二十四日中午

〔一〕參見前引弢翁一九七六年八月十二日致周珏良先生函。同年八月十七日，弢翁復致珏良先生函云：「珏良：你信收到。我來京小住，只是偶然想到，并未決定，你不必認真籌備。珣良處我不願去。她家無閒人。褓姆須照顧小孩。我去給他們添麻煩太多也。小如尚無工作，可以幫忙，此是你處一大優點。門前小飯鋪，如不久能照常開張，則更方便矣。天津震情似趨和緩。但露宿恐尚須維持一個時（下轉七〇頁）

一良：

啟博来晤，知北京情况，甚慰。北京各寓，对我们二老的关怀心情，我深了解。但我们暂时不来北京，并非固执。我早写信给珏良说我要来北京暂住，只唯一条件，即天津露宿太冷，北京可住屋内。现在气候尚不十分冷，露宿只盖一床棉被。多呼吸空气，反有益于身体。我最近体重已稍稍增加。此仍是常态。心情非常舒畅。每日在户外时为多。学习冯天瑜的著作，并阅王右丞集笺注。精刻初印，赏悦心目。精神与物质，我自信不会生病。我写这些，是要你们放心。此时最宜注意是健康。我也特别小心冷暖。天津可能有六级地震，此间亦有传说。最好办法，少在屋内。尤宜注意25、26两天。我们已提高警惕性，你们千万放心。专此，

祝 你们大家好

父字
1976.8.24中午

（上接六八頁）期了。艮良全家在此。他們照顧我們二老十分周到。最近幾天，每飯有雞，過去亦不易得。生活安排，比平常無多差異也。上海各寓，都勸我南下，我都婉言謝絕矣。不多談。祝 雙好。父字，一九七六・八・一七。」八月二十五日，弢翁致景良先生函亦云：「景良：你的二十日信收到。知已遷入屋内為慰。二五、二六可能有强震，天津已正式傳達。但你信中説二十三、二十四日可能再出來，不知何故。昨日（二四）大哥等派小博專程來津接我二老到京小住。其理由是天氣漸冷，戶外夜宿，年紀大了，易為風和寒所欺，致生疾病。京中各寓對我們二老的關懷心情，我深深理解。我十六號前曾函二哥。因聽見北京已遷入屋内。如果天津震情一時不和緩，我擬來京住外語學院。因有小如，是一閒人，最為方便。但前提是天津氣候冷到不能露宿，而又不讓遷入屋内為條件。天津震情，似乎已緩和。星期四以前（八月十九日）很多人都回屋了，仿佛是默許，但〔未〕公開號召罷了。所以星五（二十日）我們就進屋睡了一夜。星六（二十一日）突然緊張。我們又住外邊。有人仍住屋内。半夜十時，居民委員會派人把他們從屋裡勸出來，情況緊急，可想而知。這兩天我們是多在屋外，可算提高警惕，至於露宿恐致疾病，我已回信，請他們放心，你也不必挂念。我從地震後一直在外睡覺，十分注意冷暖。日間我比別人都穿得多些。我已經胖了些。此仍然是第二義。最要是心情舒暢。我現正學習馮天瑜文章。另外看《王右丞集箋註》，精刻初印，悦人心目。不是看書，直是賞玩。如此閒適，我自信不會生病。小博説大姐（案即周珣良女士）要親自來。如果來津看看大家，我歡迎。若以勸我來京為目的，則恐虛此行。我非固執，蓋曾仔細考慮過（為人為己都想過），暫時不到北京為是。天津震情，如果和緩很快，或遲不去北京，亦未可知。

一動不如一靜，此刻不是平常時日也。天津地震後，供應有時似乎比震前反而好些。上周我們每飯有雞，極新鮮，大約吃了十餘隻。這兩天沒有看見了。蔬菜也不少，有小白菜、茄子、辣椒、豆角、江豆角等。肉供應也正常。你不必帶東西來。粉絲不要，我們有。據傳聞，全國許多地方（無論南北）都有震情。南京、揚州、廣州、南寧都露宿，想是實情。太原、大連已得信證實。地震區域，如是廣闊，不知過去曾經見過否？在理論上，可以解釋否？現在是對於地震，宜常在戶外，夜間露宿。多注意冷暖（我現在早晚穿棉背心）。最重要講衛生，不生病。眠食正常，自然氣體調和。我們都知保全身體，望你勿挂念。并告大哥等都放心。馮天瑜書中，『舉一反三』一章，我看幾遍，還不十分理解。似乎未能批透。地震後，你的信全收到。前一時期，天津郵筒不開。信須送到民園郵局（最近）。前幾日郵遞員告我郵筒已正式開放了。我這封信，還擬送重慶菜市小郵亭一試。收到後望復數行。朱宜、小群都很好罷？小群已開學否？天津中小學已陸續開學。戶內戶外，學習方法，各不相同，我也不太清楚。不多談。祝　雙好。父字，一九七六．八．二五．晨。」

一九七七年八月五日

一良、鄧懿同閱：

啟乾來，得信并食物收到，并略悉京寓情況為慰。一良近日眠食何如？宜注意身體。《十大關係》第九章可再仔細一讀，相信黨，相信群眾，是非自然可以搞清楚。

天津今年天氣極潮濕，食物容易發霉。七月以來，幾乎無日不雨，市區積水處甚多。據云尚有大雨，恐將瀝澇成災矣。房屋加固後，屋頂仍有漏雨處，現在尚不能修理。〔一〕

我從解放後，因為磨墨太

〔一〕此次地震，對弢翁天津所住房屋破壞甚大。弢翁於一九七六年八月三十日致周景良先生函云：「景良：你二十七日中午信，三十日早收到。……啟博説我住屋破壞較大，不十分確實。外牆東南角（我睡房床頭）裂縫從上到下，此是大傷。屋頂漏雨，更為麻煩。雨稍大即須在二樓用盆接水。傳達室和後面小屋都有倒塔（塌）可能。正屋下層大概無大危險。天氣再冷，我和三哥全家即須移居樓下。他的住房是危房，不能住了。」一九七七年六月十三日，亦因漏雨事，弢翁致函景良先生云：「景良：前得你信，慰悉一切。六〇度酒仍以少喝為宜。暑假能攜群群來小住，甚好。屆時房屋已加固，可住屋内矣。天津前幾天震了三四次，許多人都感覺到。近又傳説十五六前後有大震，思想上有所準備而已。家中修屋，在二樓加洋灰圈樑，外牆每隔一公尺打一方洞。前幾天有雷震（陣）雨，水從洞口流入二樓，先未發覺，樓上積水較多，漏到一層方才覺察。我和母親及胡奶奶三老人攜水筩、簸箕、掃帚、墩布等物，上樓下樓大忙一頓，居然安排好了。有點累，那是自然的。」

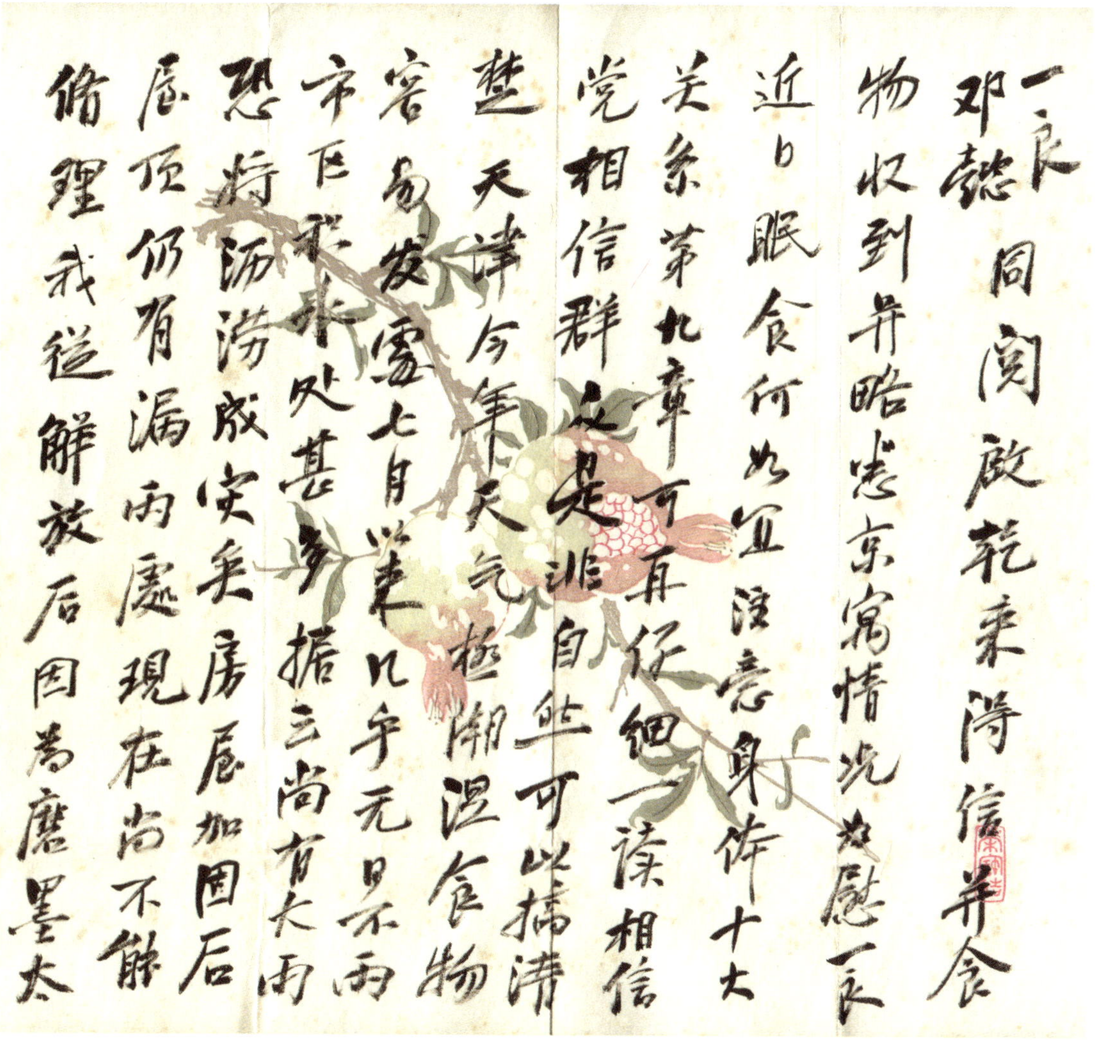
一良
邓懿同阅：啟乾来得信并食物收到，并略悉京寓情况。知懿、一良近日眠食何如，宜注意身体。十大关系第九章可再仔细一读，相信党相信群众，是非自然可以搞清楚。天津今年天气极潮湿，食物容易发霉，七月以来几乎无日不雨，市区积水处甚多，据云尚有大雨，恐将沥涝成灾矣。房屋加固后屋顶仍有漏雨处，现在尚不能修理。我從解放后因为磨墨太

費事，幾乎不用毛筆，最近因墨汁質量提高，偶臨《張猛龍》，注意點畫，練基本功，不計工拙，只以自娛。此信紙、信封皆舊物，可以利用也。墨汁以「中國墨汁」為最佳，紹良說專為出口日本，現已停產，不可多得。「天津墨汁」質量較差，不知「北京墨汁」何如？

我們身體都好，市政協學習已放暑假，我因目力只靠右眼，不能多看書也。小盈分配已定否？念念。

餘不多及。祝

雙好

父字

一九七七年八月五日

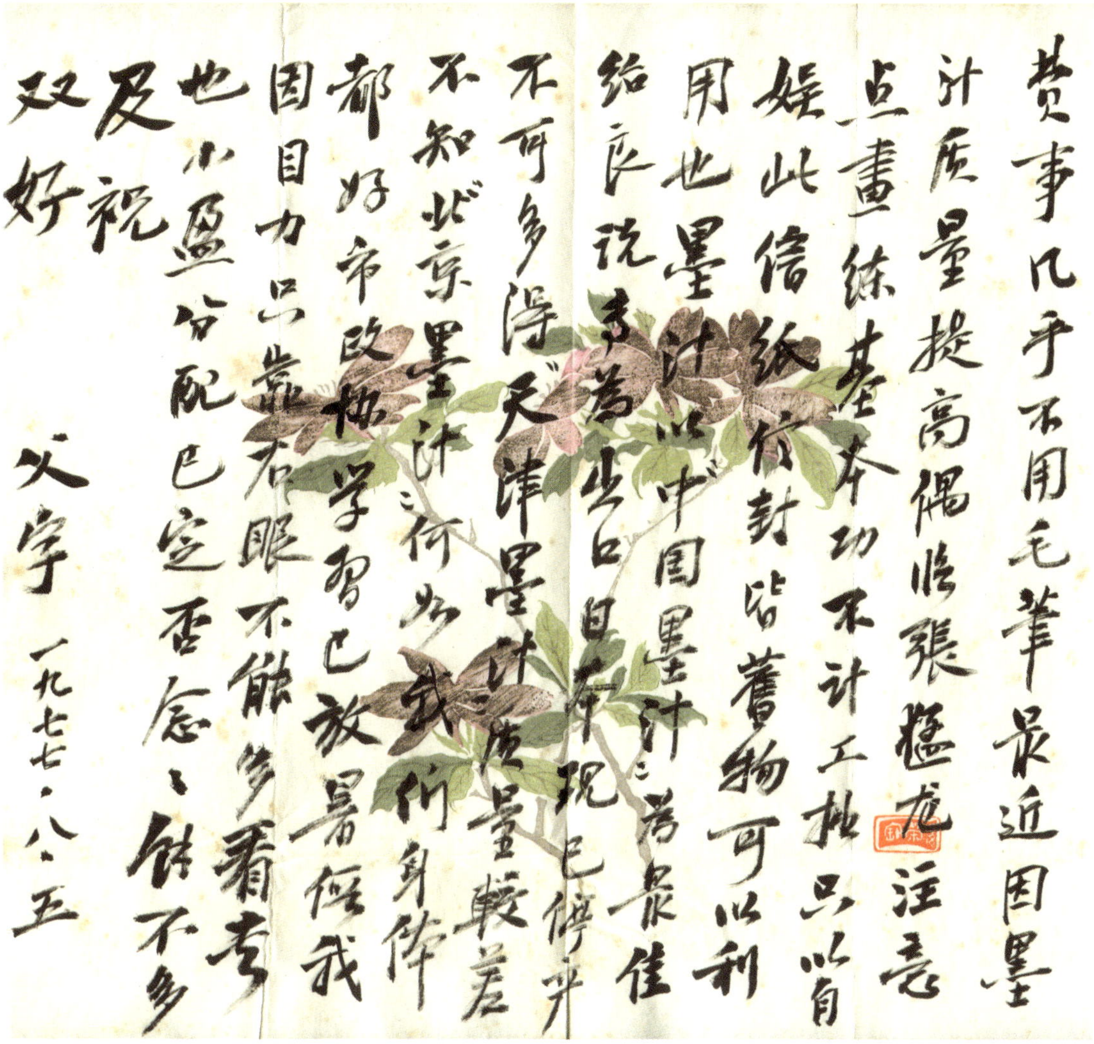

贵事几乎不用毛笔最近因墨
汁质量提高偶临张猛龙注意
点画练基本功不计工拙只以自
娱此信纸仍封皆旧物可以利
用也墨汁以中国墨汁〃为最佳
给良说者为出口日本现已停产
不可多得天津墨汁质量较差
不知北京墨汁〃何如我们身体
都好市政协学习已放暑假我
因目力只能右眼不能多看书
也小盈分配已定否念〃余不多
及祝
双好
父字 一九七七·八·五

北京　北京大學
燕東園二十四號
邓懿同志　收
天津周寄

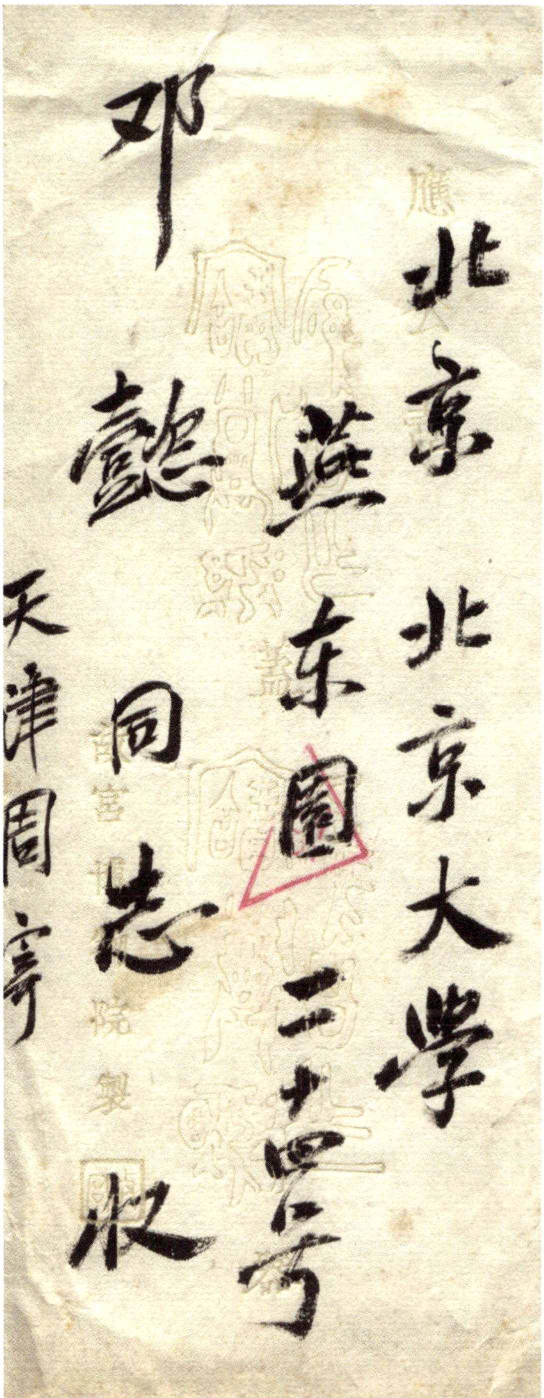
北京 北京大學
燕东園二十四号
邓懿同志收
天津周寄

一九七八年一月二十日

鄧懿：

去年小除夕信早已收到為慰。北大清查工作進展如何？啟乾前禮拜來，説即將因公赴京，不知已見面否？或尚未回津也。天津市政協正、副主席共十六人，黨外人士任副主席者八人，此是統一戰線政策之體現也。天津應高考考者艮良之子、與良之女，皆經過體

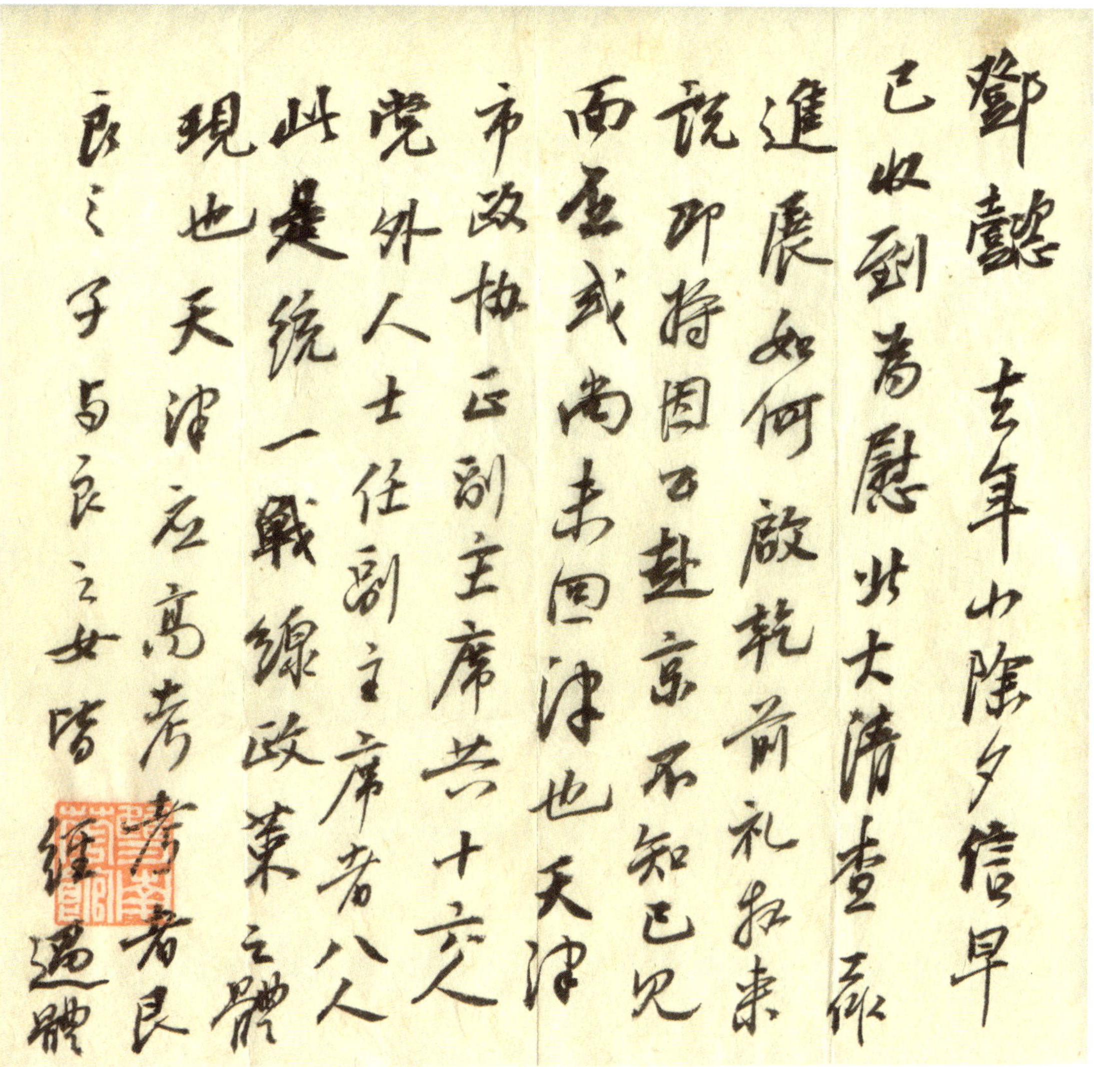

鄧懿　去年山陰之信早
已收到為慰北大清查工作
進展如何啟乾前礼拜來
說即將因公赴京不知已見
面否或尚未回津也天津
市政协正副主席共十六人
党外人士任副主席者八人
此是统一戰線政策之體
現也天津应高考考者良
良之子與良之女皆經過體

檢，此是第一關。録取與否，尚不可知。北京諸兒都能過第一關否？天津一冬無雨雪，煤質不佳，爐火不旺，室内只能達十二三度耳。母親前患感冒，近已大好。

不多及。祝

雙好

叔弢

一月二十日

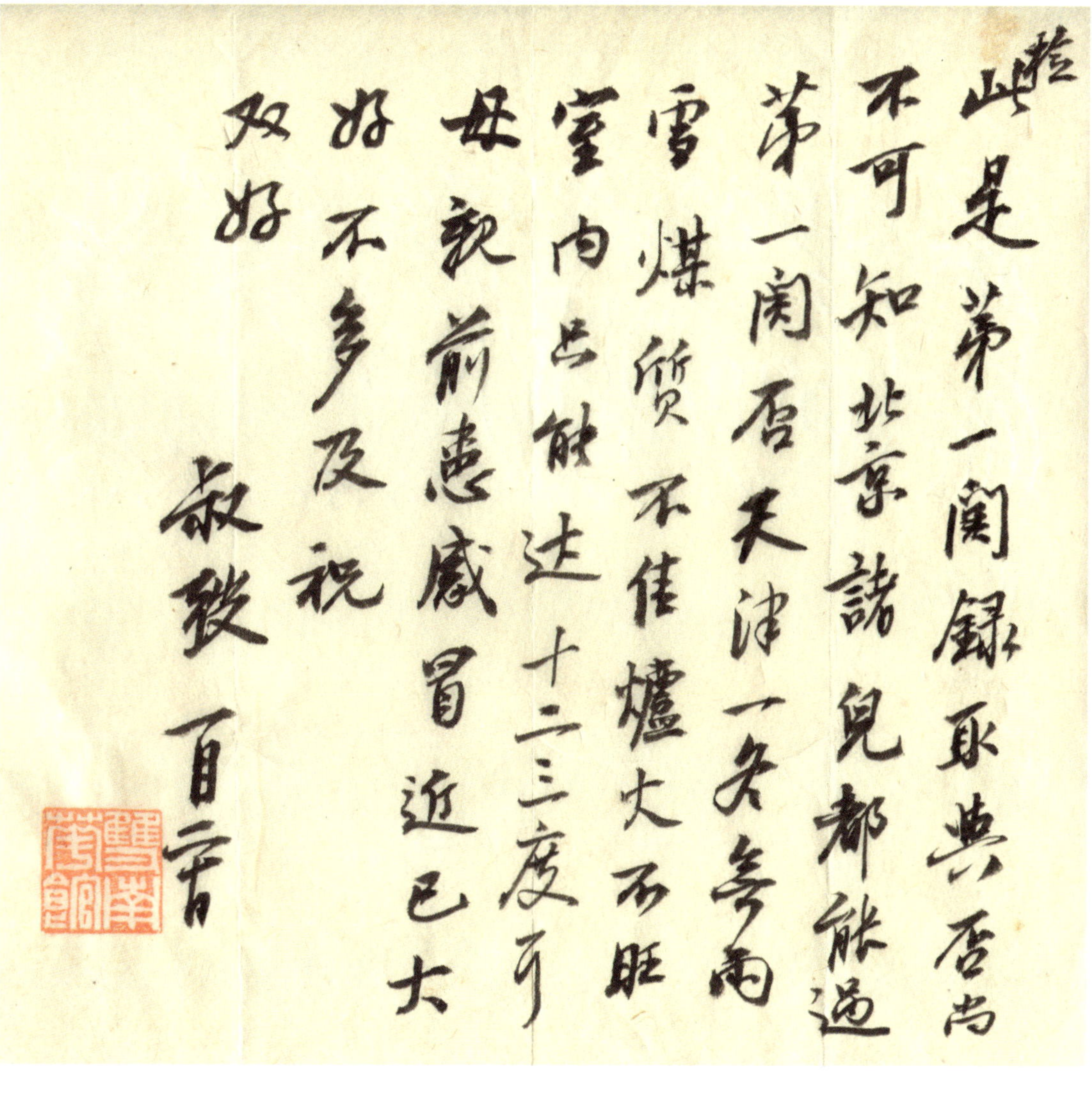

[illegible]此是第一関録取與否尚
不可知北京諸兒都能過
第一関否天津一冬無雨
雪煤質不佳爐火不旺
室内只能达十二三度可
毋親前患感冒近已大
好不多及祝
双好
叔弢百言

北京　北京大學
燕東園廿四号
邓懿同志　收
天津周寄

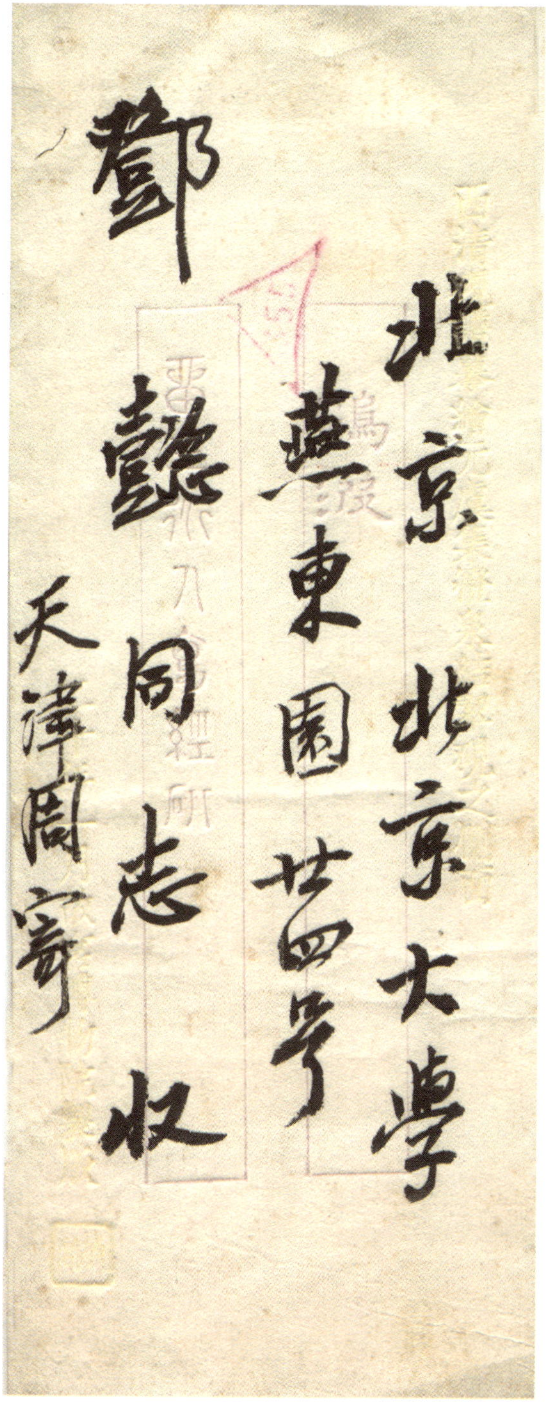
北京 北京大學
燕東園廿四号
鄧懿同志收
天津周寄

一九七八年六月七日

鄧懿：

昨得杲良信，他定六月廿八日啟程回國。先到北京，不知你們得到他的信否？[一]我因母親左腿患增生，行動不方便，不能來京了。上次到京出席人大常委會，只住四日，開會期間不能見客，會後有半日時間，所以你和老八處都未聯繫上。

一良身體如何？甚以為念。

不多及。祝

雙好

父字

六月七日

〔一〕同日，弢翁亦致函二子珏良先生云：「昨得杲良信。他定六月廿八日啟程回國（先到北京），不知你們得到信否？是否有一人到機場一接為好？你們商酌。我右眼白內障發展甚快，寫信頗吃力，字迹一片模糊，信手亂塗而已。」（原函今藏周景良先生處）

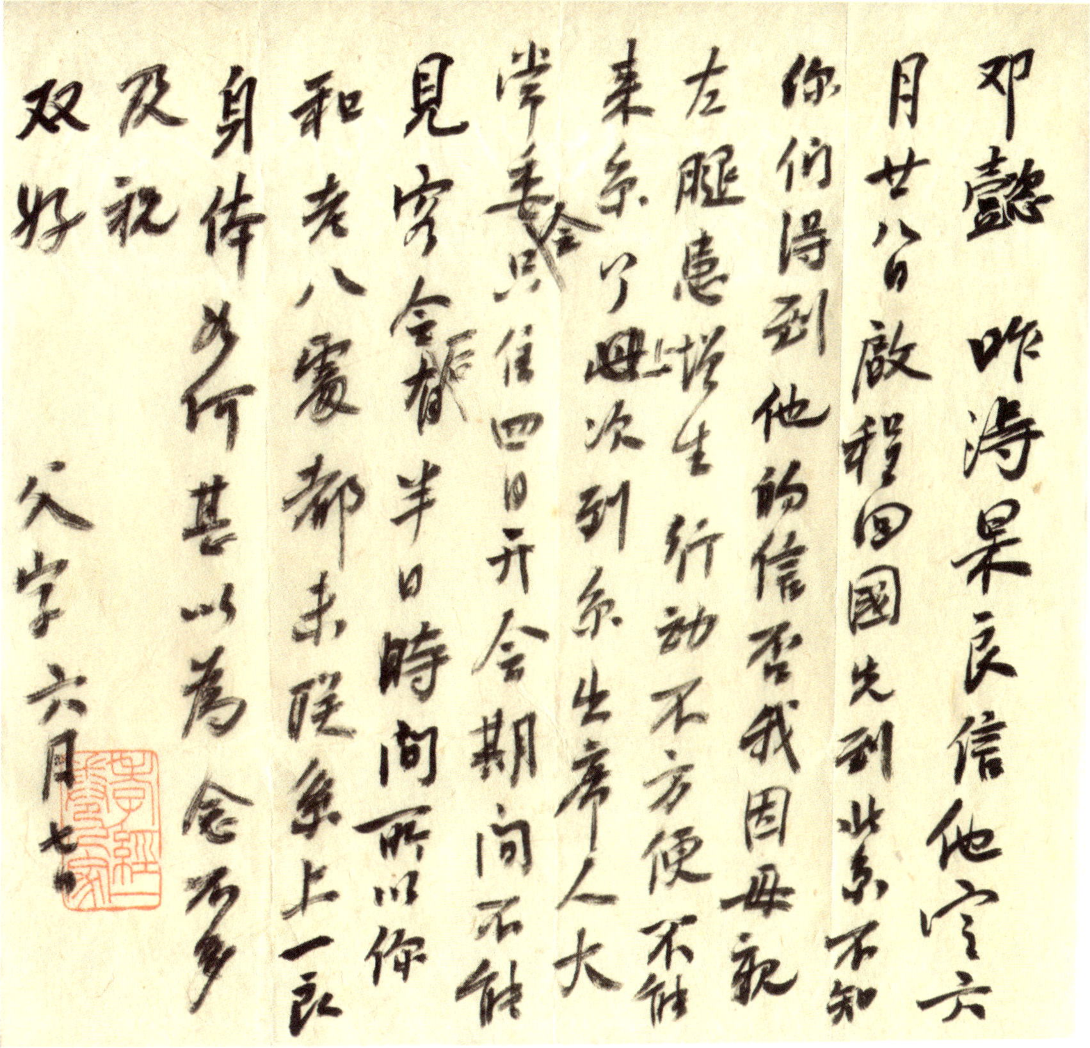
邓懿　昨得杲良信他定六
月廿八日啟程回國先到北京不知
你們得到他的信否我因母親
左腿患[illegible]生行動不方便不能
來京了我此次到京出席人大
常會只住四日開会期間不能
見客有半日時間所以你
和老八處都未暇來上一良
身体如何甚以為念為多
及祝
双好
父字　六月七日

北京　北京大學
燕東園廿四号
邓懿同志　收
天津周寄

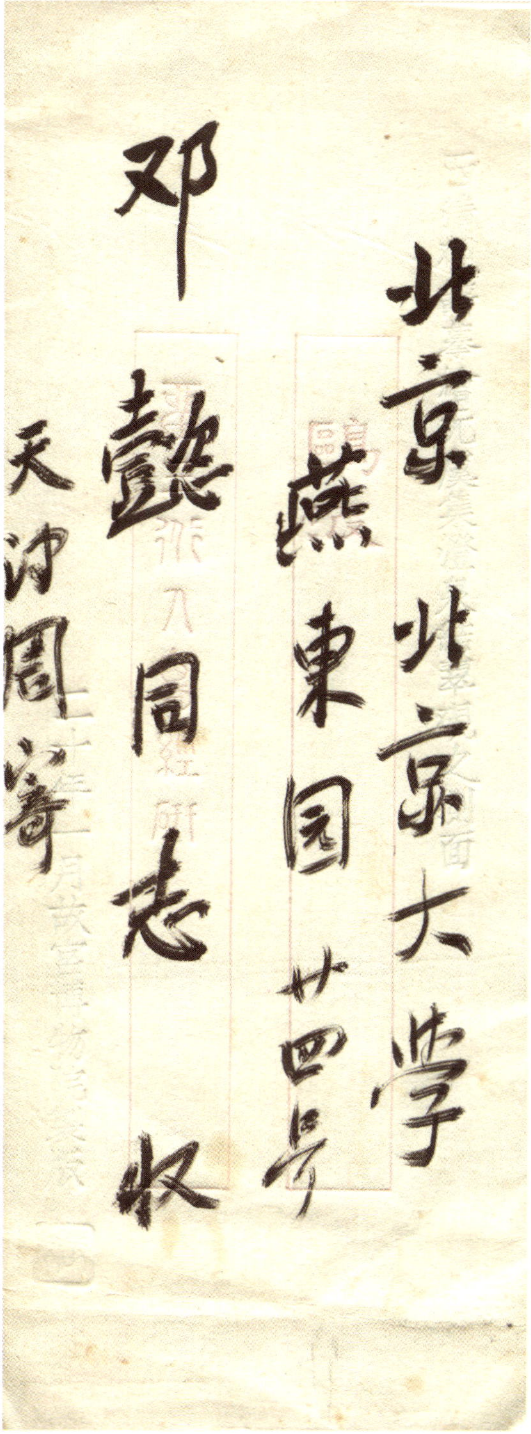

北京 北京大学
燕東园廿四号
邓懿同志 收
天津周寄

一九七八年七月二十一日

一良、鄧懿同覽：

得書慰悉一切。日人重「米壽」，今乃知其意義所在也。師白自京回上海後，給我信説，他在京雖以八字奉贈：「劃清界限，重理舊業」，《讀史札記》正是重整舊業之開端也。

杲良此次在家中住九日，為探親三次中最長之一次，每日從對過招待所取

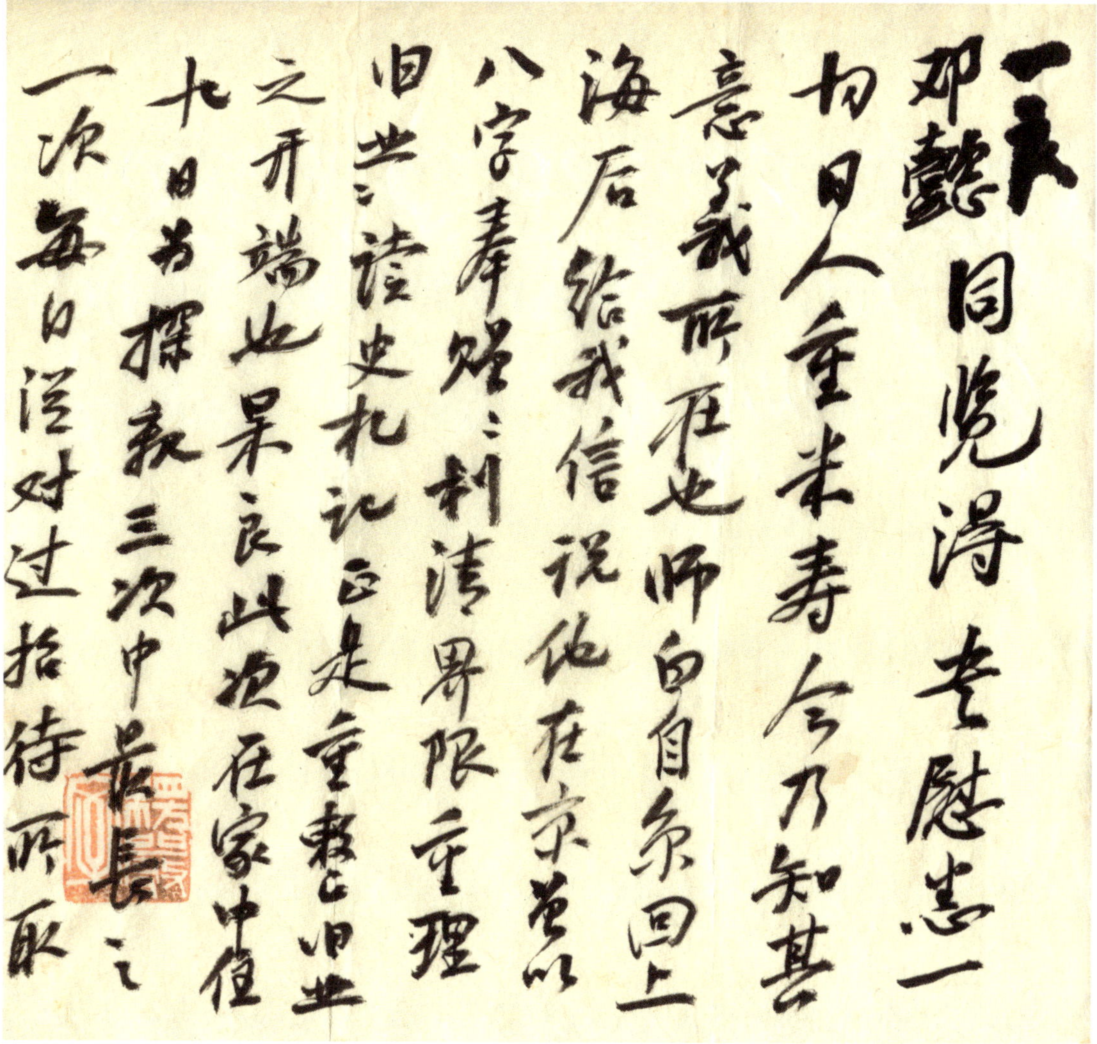
一良、邓懿同览：得去腊志一切，日人重来寿今乃知其意义。我所在地师白自系回上海后给我信说他在京，兹以八字奉赠之：刹清界限，重理旧业。读史札记正是重整旧业之开端也。果良此次在家中住十九日，为探亲三次中最长之一次，每日从对过招待所取

菜四碗（最後八大件），質量中等，每日有蝦，有時有活魚，為市上所少見。本擬招待魚翅，一因無原料，二因無廚師，遂作罷。招待所中本有老廚師數人，烹調術極高，我親自去拜訪，或作古，或退休。後繼無人，各行業都如此。

今年炎熱，為多年所少見。合家想安吉。不多寫了。祝

雙好

父字

七月二十一日

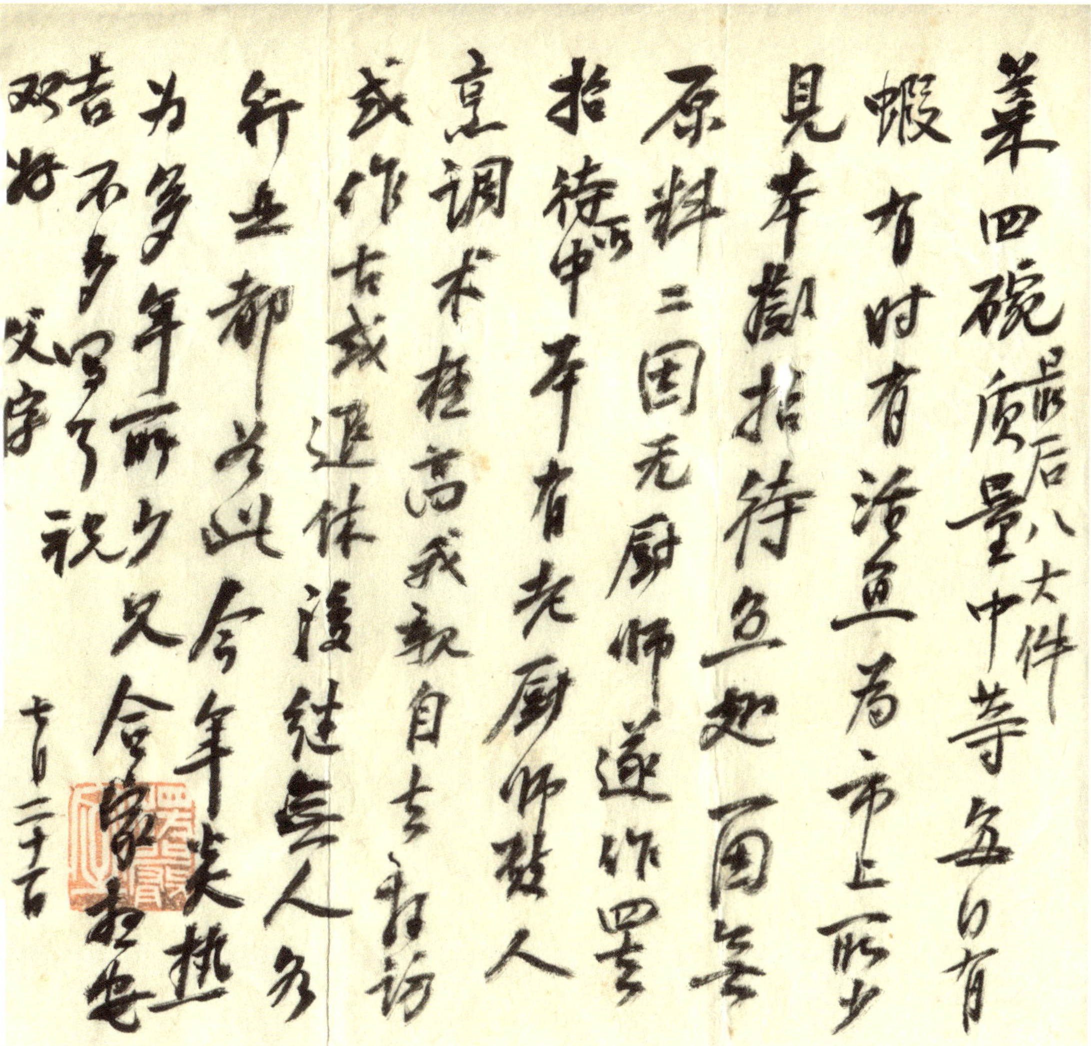

菜四碗（最后八大件）质量中等无有
蝦，有时有海鱼，看市上所少
見本館招待魚翅面無
原料，二因无厨师，遂作罢。
招待所中本有老厨师技人，
烹调术極高，我欲自去拜访，
或作古或退休，後继無人，多
行业都如此。今年吴热
为多年所少见，今家中安
吉，不多写了，祝
双好
父字
十月二十六

北京　北京大學
燕東園二十四號
周一良同志　收
天津周寄

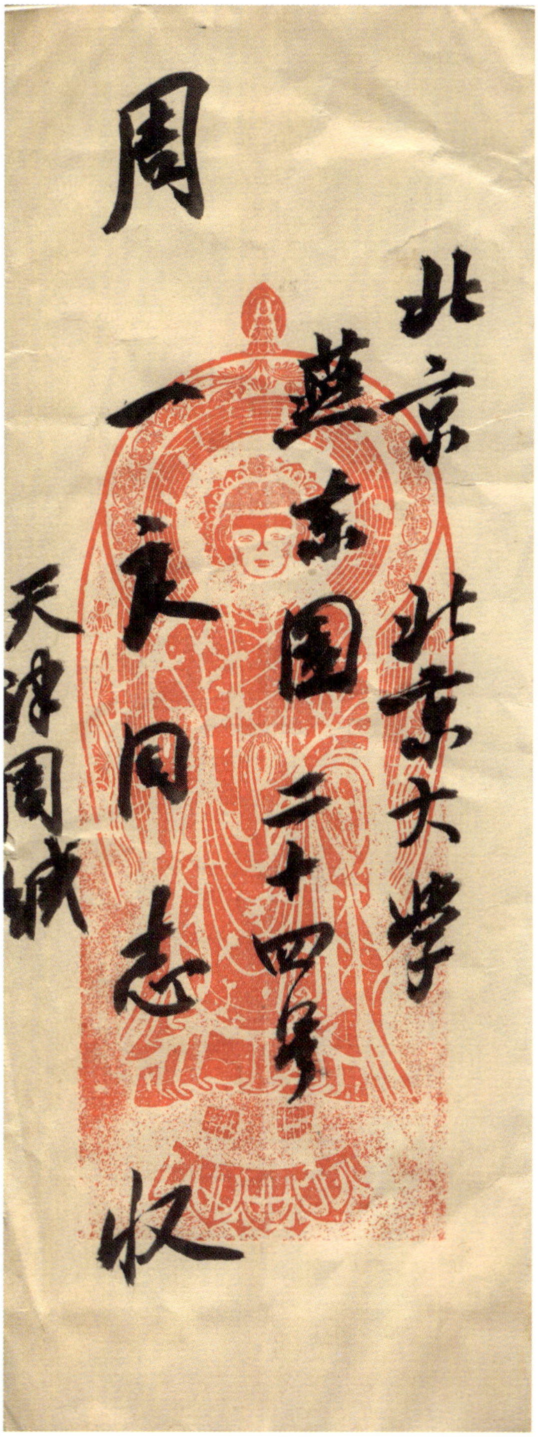
周
北京北京大學
燕东园二十四号
一良同志收
天津周緘

一九七八年九月十八日〔一〕

一良、鄧懿同覽：

前日得十四日信，不勝欣慰之至。回系之後，工作當有安排，望好好休習以俟之。〔二〕博、盈二人皆考取，不知分到何校？小如、丁怡有消息否？〔三〕昨日中秋，又值禮

〔一〕原函落款未注月日。函封背面郵戳，抵北京時間為一九七八年九月十九日，函内首句亦稱「前日得十四日信」，案當日京津通函，隔日即到，加以送抵府上時間，可推知此函時間為一九七八年九月十八日。弢翁收到一良先生函時間為一九七八年九月十六日。

〔二〕「休習」，弢翁原函如此。

〔三〕「小如」，案即周啟如，弢翁孫，周珏良先生長子。「丁怡」，弢翁外孫女，弢翁幼女周耦良女士之女。

可居室藏周叔弢致周一良函 附周珏良致周一良函

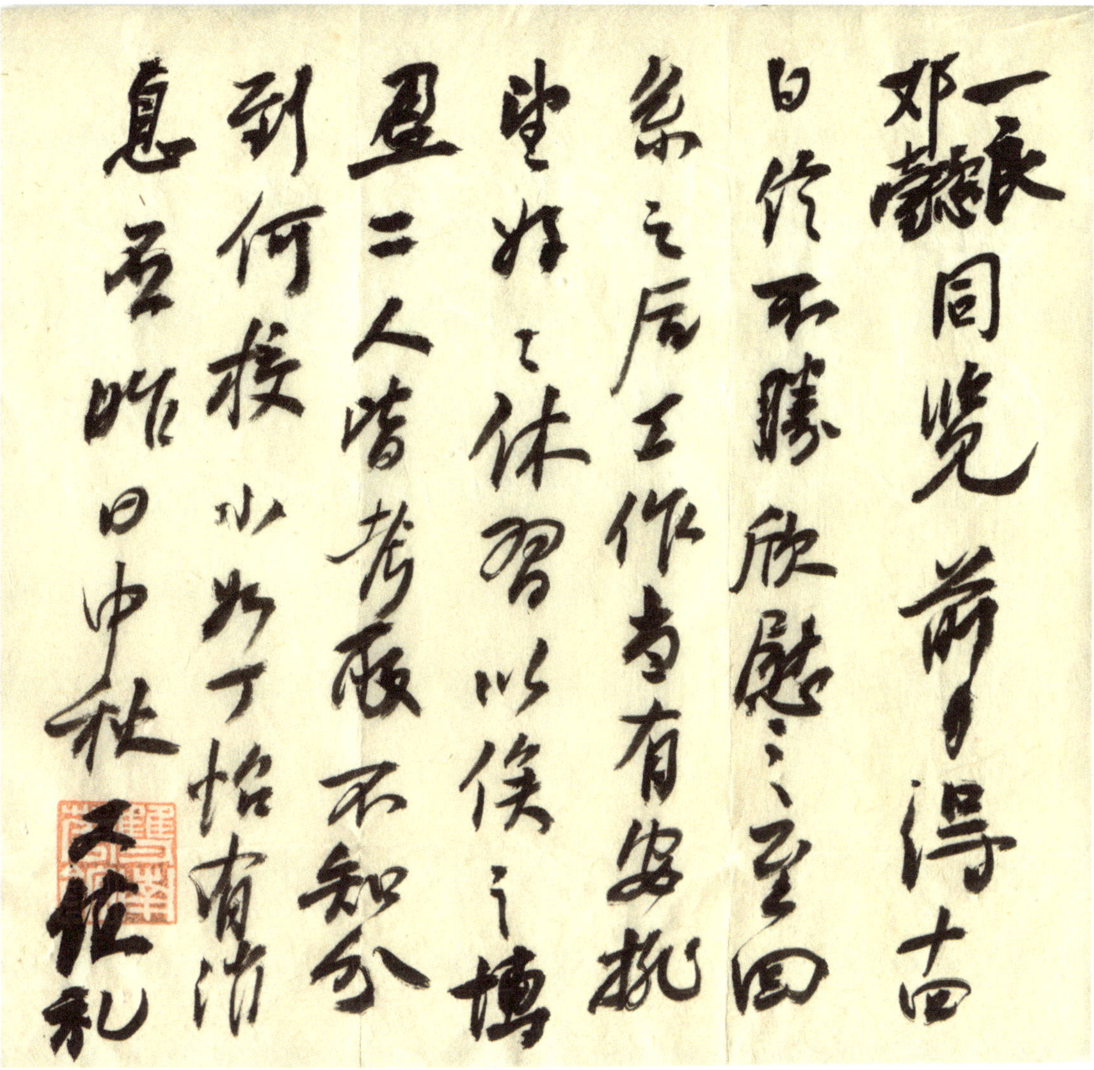
一良
邓懿 同览前得函
白你不胜欣慰之至回
系之后工作当有安排
望好好休习以候之博
宝二人情形不知分
到何校小如丁怡有消
息否昨日中秋
[illegible]珏札

拜日，晚間艮良、與良全家在我處聚餐。惜陰雨，無月色。三點鐘時，母親心臟病大發，用救急藥，至六時方定。數年來，此是第一次也。葉詩俟撥除後再寫。〔一〕

不多及，祝

雙好

父字

〔一〕「葉詩」，葉劍英葉帥之詩也。「撥除」，案即眼睛白内障撥除手術。弢翁時患白内障，正待手術矣。

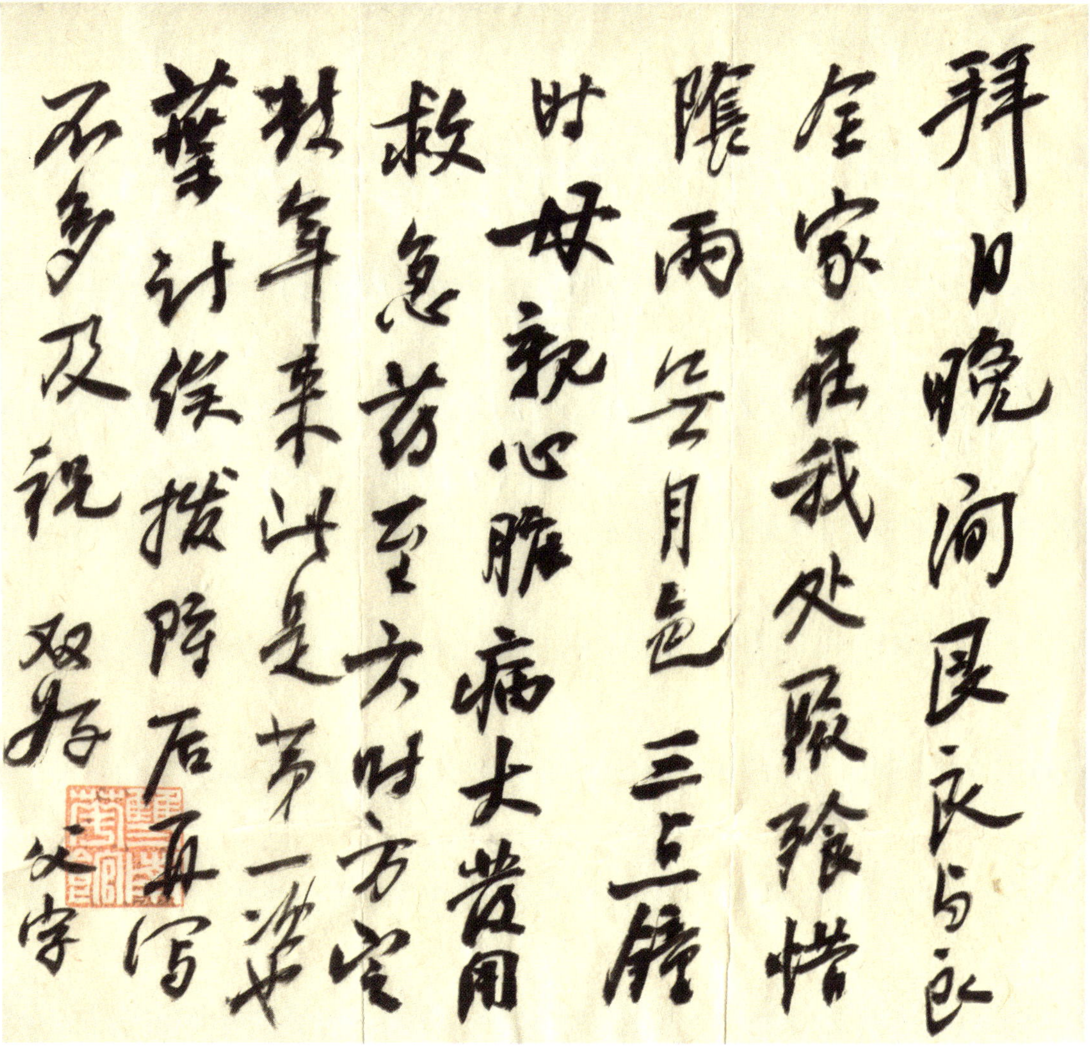

拜日晚洵艮、良与珏全家在我处聚餐惜阴雨无月色 三点钟时母亲心脏病大发用救急药至六时方定数年来此是第一次也药计从拔除后再写不多及 祝
双好 父字

北京　北京大學
燕東園二十四號
周一良同志　收
天津周寄

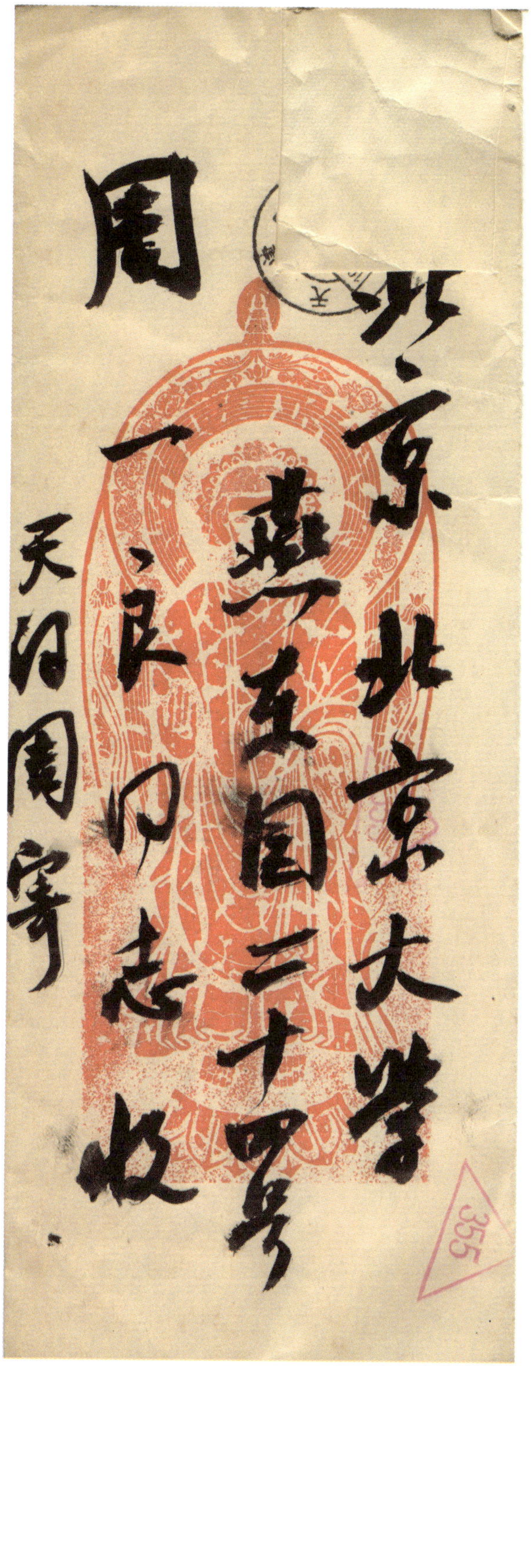
北京北京大学
燕京园二十四号
周
一良同志收
天津周寄
355

一九七八年十一月七日

一良、鄧懿同閱：

上月匆匆一聚為快。右眼近更模糊，葉詩信手一塗附去，將來重寫可也。不多及。祝

雙好

父字

十一月七日

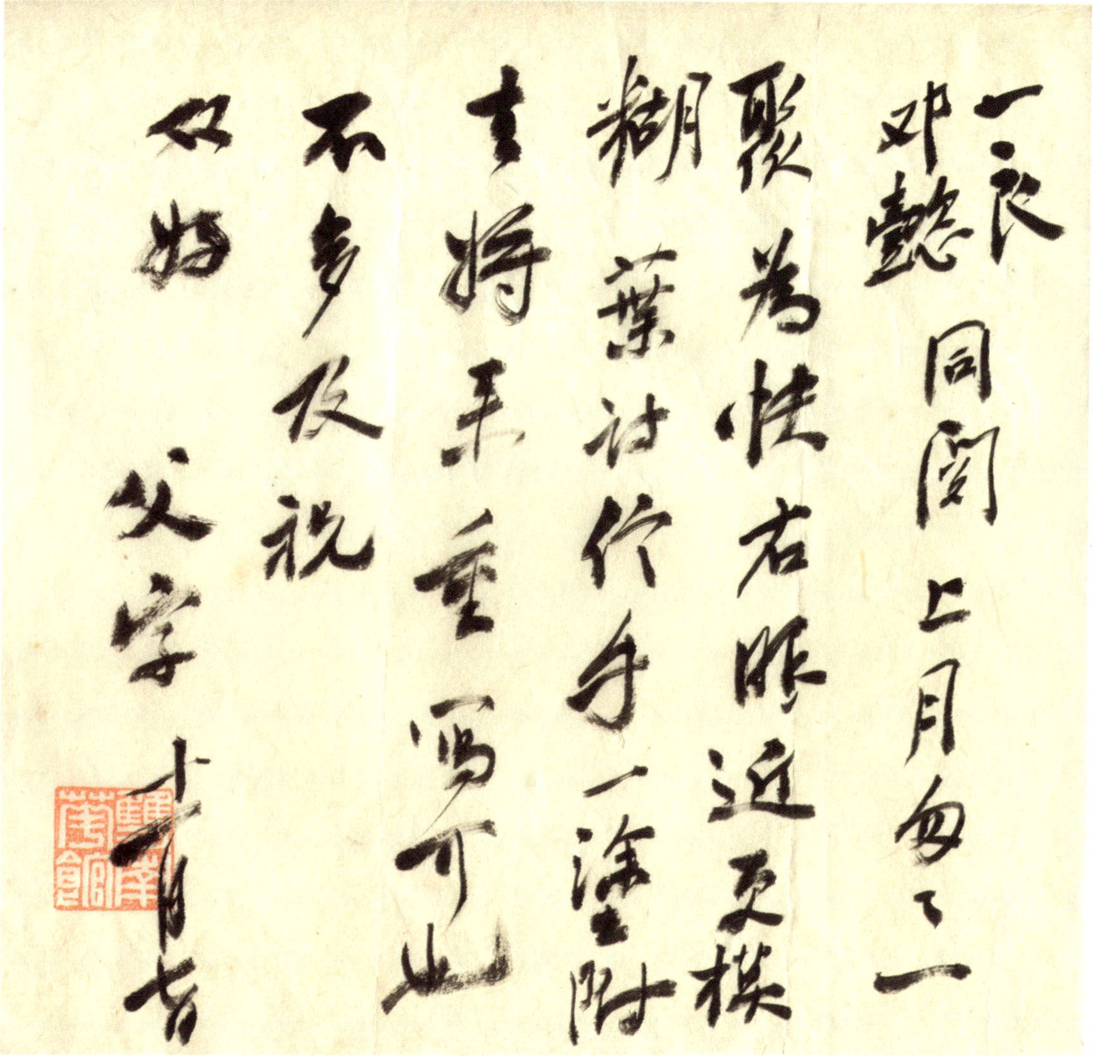
一良
兒懿同閱 上月每下一
張為佳右眼近更模
糊葉討代手一塗附
去將來再寫可也
不多及祝
收好 父字 十月廿日

【附　弢翁書葉劍英詩句】

老夫喜作黄昏頌，滿目青山夕照明。
葉老詩句，一良請書置案頭以自勵。

一九七八年十月
叔弢時年八十有八

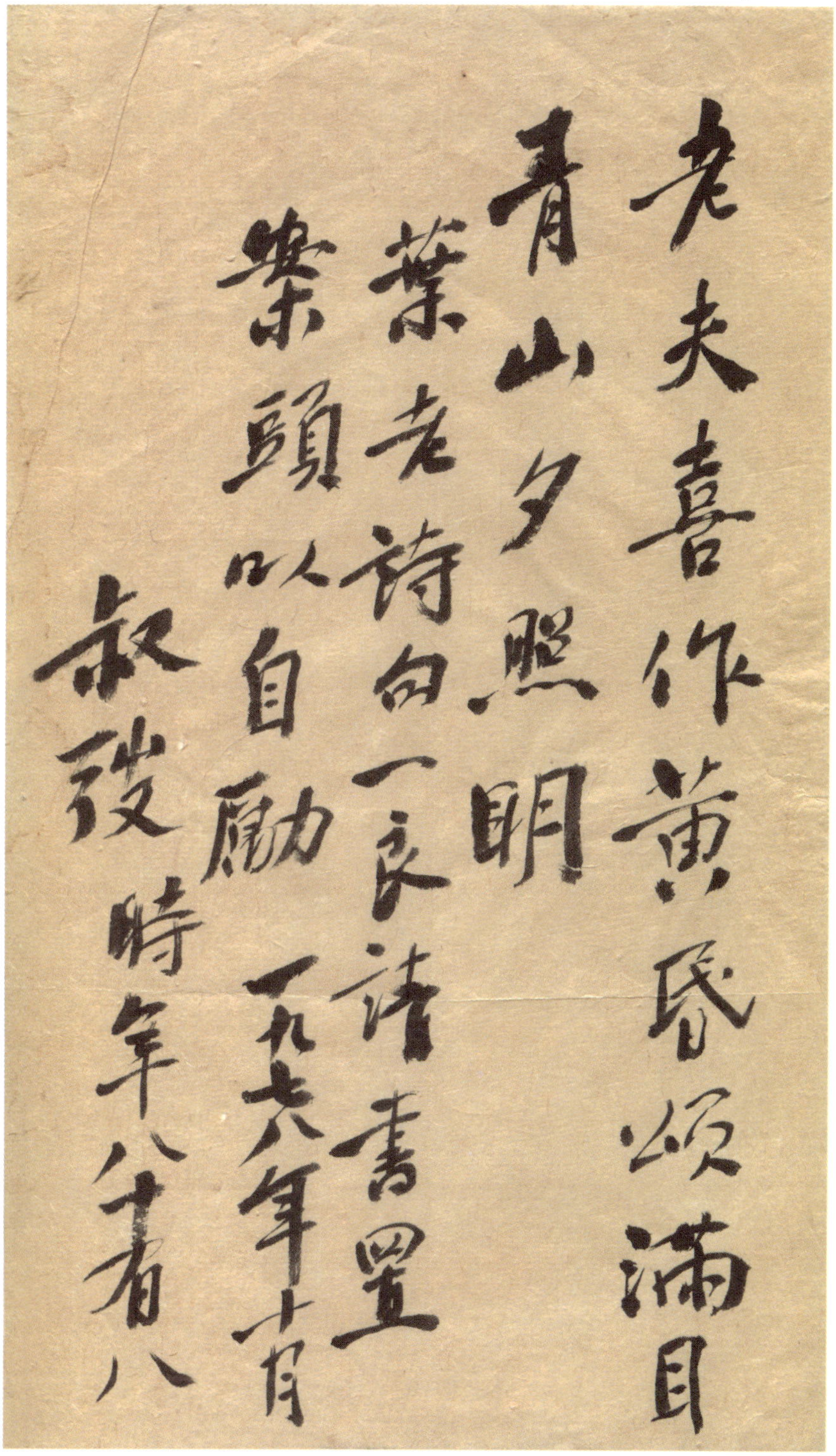

老夫喜作黄昏頌滿目
青山夕照明
葉老詩句一良請書置
案頭以自勵 一九七八年十月
叔弢 時年八十有八

北京　北京大學
燕東園二十四號
周一良同志　收
天津周寄

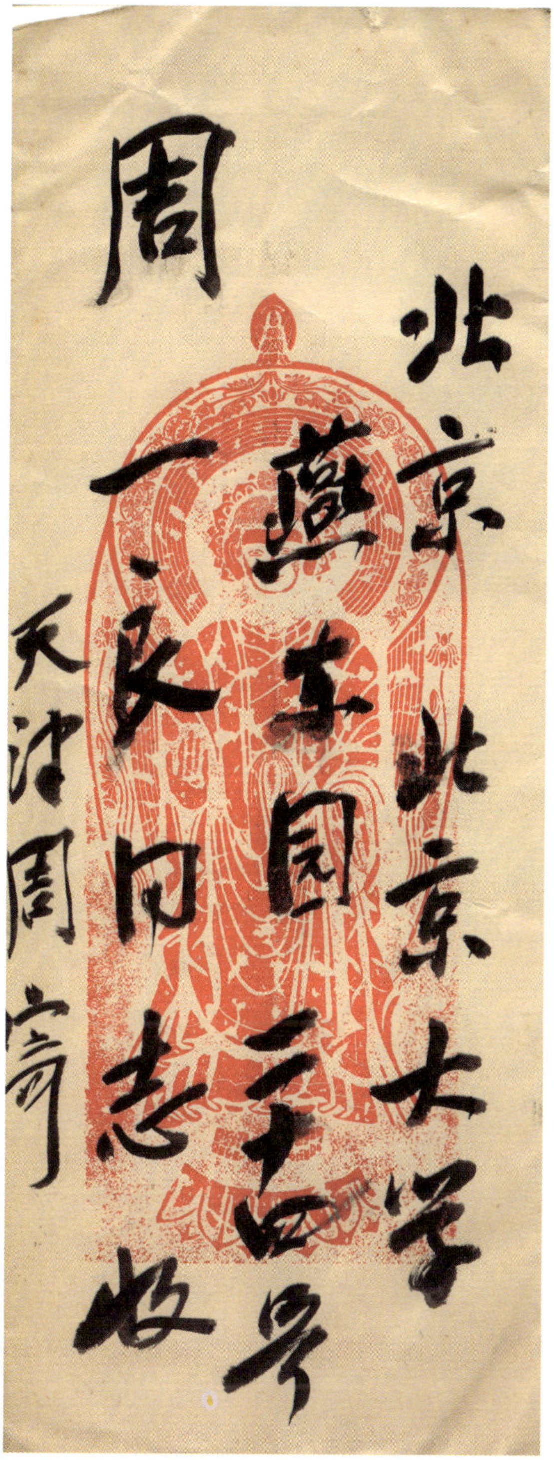
北京
北京大学
燕东园二十四号
周一良同志收
天津周寄

一九七九年一月二十日

一良、鄧懿同覽：

得書慰悉一切。鄧懿傷腿想已痊好，甚念。母親説她生日你們弟兄姊妹花錢太多了，彩色電視居然有機會於生日前帶津，非常高興。

我視日衰。不多寫。祝

雙好

父字

一月二十日

唐蘭作古，聞之悽然。〔一〕

〔一〕唐蘭先生於一九七九年一月十九日在京逝世。該函僅署月日，未注年份，據唐先生逝世日期，推知此函為一九七九年一月二十日所書。承周景良先生賜告，唐蘭先生曾在周學淵先生府上教家館。

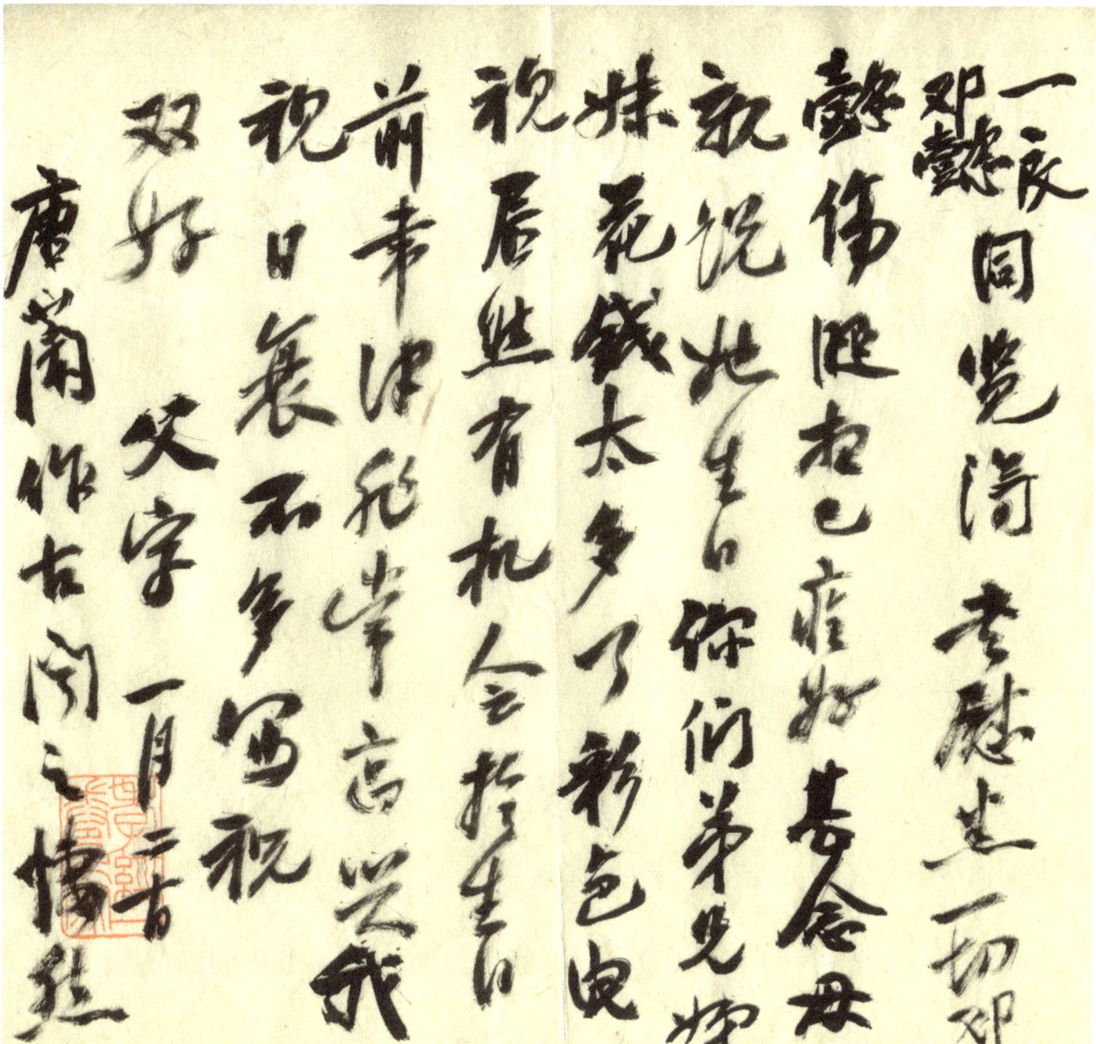

一良
邓懿 同览：信来慰甚。一切邓懿伤腿都已痊好，甚念。母亲说她生日你们弟兄姊妹花钱太多了。彩色电视居虽有机会于生日前来津能常高兴。我视日衰，不多写。祝双好。

父字 一月二十

唐兰作古，闻之怅然。

北京　北京大學
燕東園二十四號
周一良同志　收
天津周寄

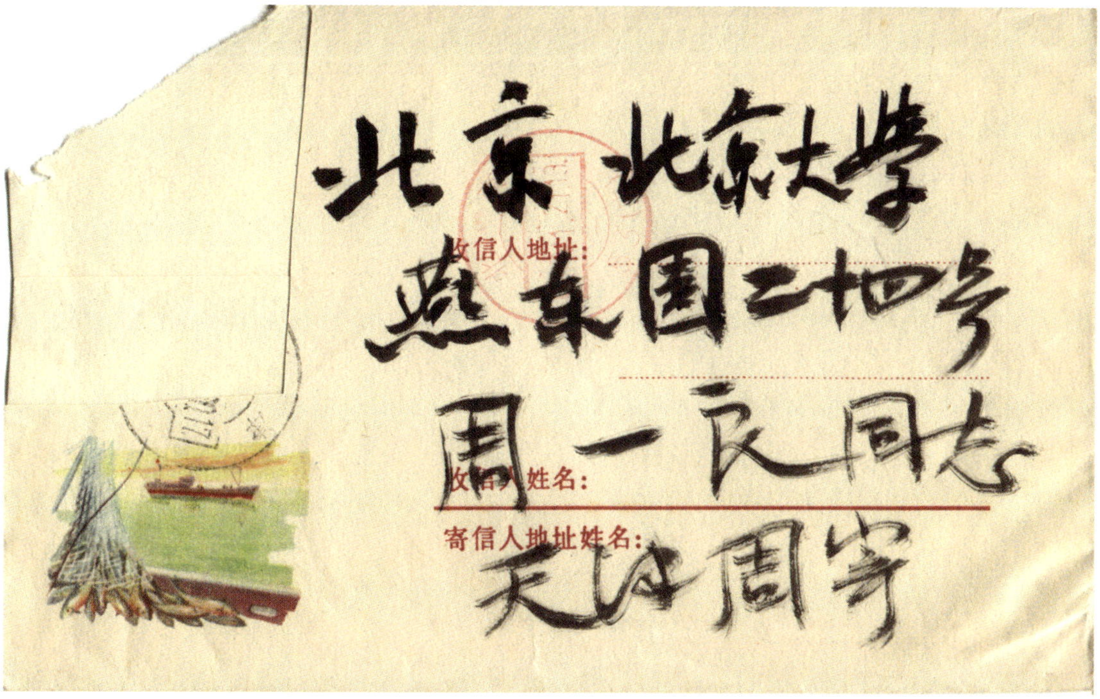
北京 北京大学
收信人地址：
燕东园二十四号
周一良同志
收信人姓名：
寄信人地址姓名：
天津周寄

一九七九年八月二十六日

一良、鄧懿同覽：

小芹來，〔一〕得來信及泳溪茶甚慰。黄山半月之遊壯哉快哉，我無濟勝之具，〔二〕只涉遐想。泳溪不知何地？昨與伯鼎所寄黄山毛峰（二級）相比，色味彷彿，只香氣皆差耳。我嗅覺、味覺都退化，辯（辨）别能力大差矣。

餘不及。祝

雙好

父字

八月廿六日

〔一〕「小芹」，案即周啟芹，弢翁孫女，周艮良先生第三女。

〔二〕「濟勝之具」，語見《世説新語·棲逸》：「許掾好遊山水，而體便登陟。時人云：『許非徒有勝情，實有濟勝之具。』」概言具備登山涉水遊覽各處名勝之身體條件，身强體壯。

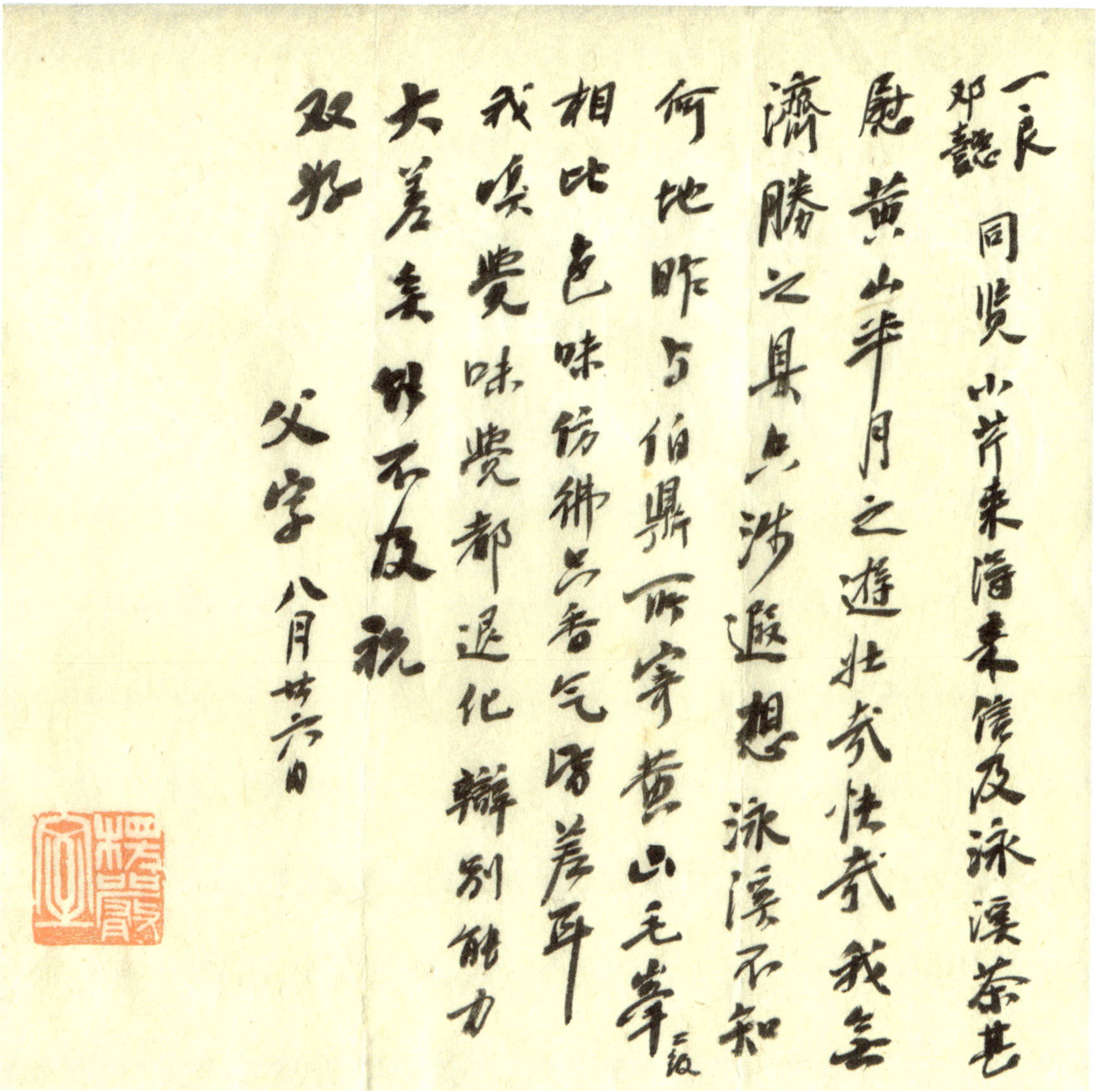

一良
邓懿 同览：小芹来谈及泳溪茶甚
慰。黄山半月之游壮哉快哉。我无
济胜之具，只能遐想。泳溪不知
何地。昨与伯鼎所寄黄山毛峰二级
相比，色味仿佛，只香气略差耳。
我嗅觉味觉都退化，辨别能力
大差矣。余不及。祝
双好
父字 八月廿六日

北京　北京大學
燕東園二十四號
周一良同志　收
天津周寄

北京 北京大學
燕東園二十四号
周一良同志收
天津周寄
355

一九八〇年十月八日〔一〕

鄧懿：

我看到你給良良信，知到（道）你摔傷骨折。足趾骨折，是否比較容易愈合，不知近日何如，行路方便否？甚念。就是愈合了，還是要少走路，多休息為要。

上次爹爹回來，帶來你給我的集郵冊。這個郵冊，非常好看，價錢很貴，謝謝你。你總關心我，時常給我買東西，我心裡很不安。

釗良逝世，〔二〕雖然是意中事，但總是希望他能多活些時。聞信後心中不能不悽愴久之。杲良四號早晨乘飛機赴滬。此次在津只小住六日，時間很短。二三年回家一次，許多話也說不完，就匆匆走了。

不多談。祝

雙好

道腴

一九八〇年十月八日

〔一〕 弢翁代筆，左道腴致鄧懿。

〔二〕 「釗良」，案即周釗良先生，弢翁五弟周雲之子，患癌症逝世。

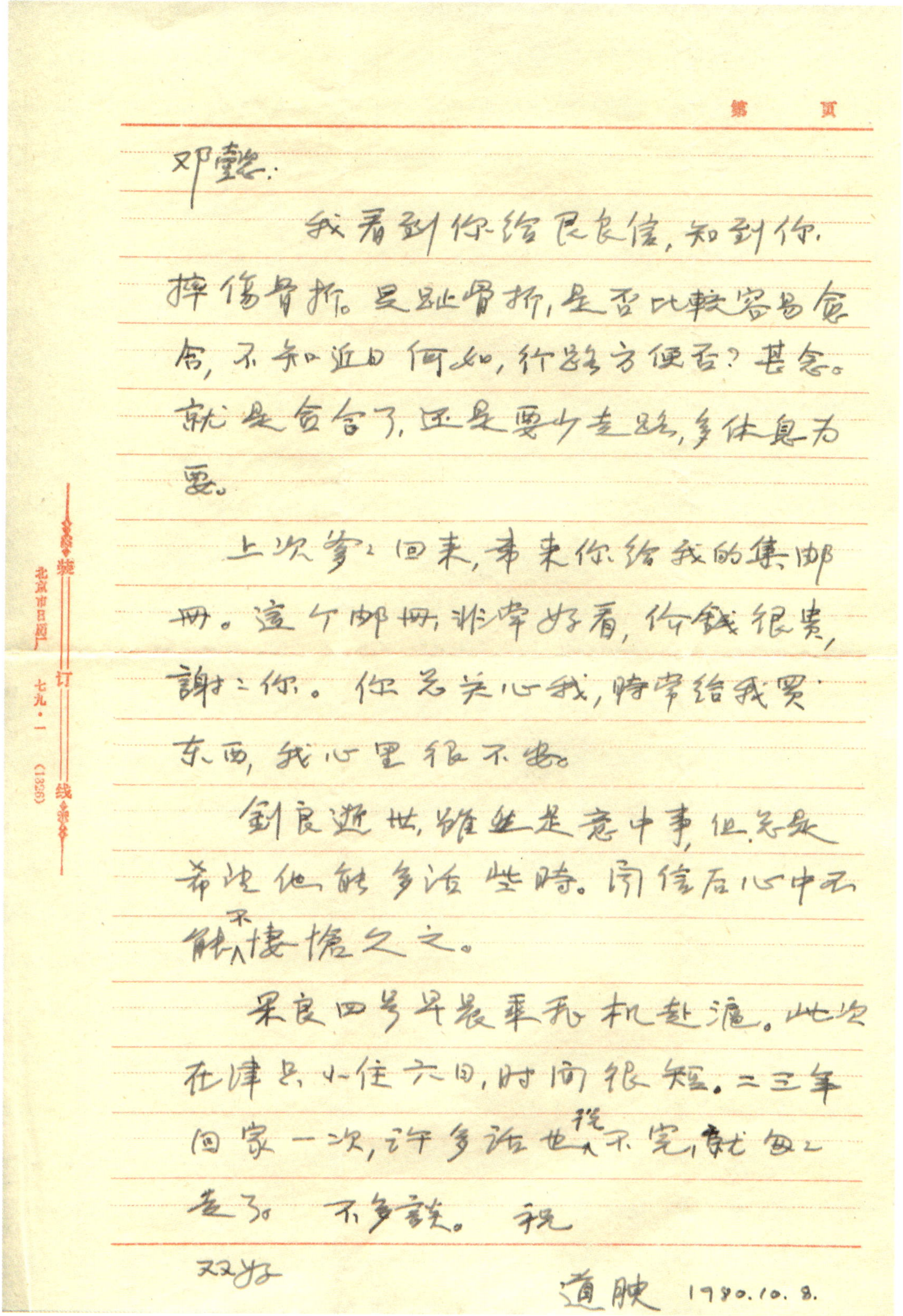

邓懿：

我看到你给良良信，知到你摔伤骨折。是趾骨折，是否比较容易愈合，不知近日何如，行路方便否？甚念。就是愈合了，还是要少走路，多休息为要。

上次爹爹回来，带来你给我的集邮册。這个邮册非常好看，价钱很贵，謝謝你。你总关心我，時常给我买东西，我心里很不安。

钊良逝世，虽然是意中事，但总是希望他能多活些時。闻信后心中不能不凄怆久之。

杲良四号早晨乘飞机赴沪。此次在津只小住六日，时间很短。二三年回家一次，许多话也说不完，就匆匆走了。不多谈。祝

双好

道腴 1980.10.8.

北京　北京大學
燕東園二十四號
邓懿同志　收
天津左寄

北京 北京大学
燕東园 24号
邓懿 同志 收
天津左寄

一九八〇年十月十五日〔一〕

一良：

「畢竟是書生」印已刻好，印拓附去。刀法還好。「畢」「竟」「生」三字左右兩筆皆與下一横相連，「生」字猶不耐看，此美中不足也。

鄧懿給母親信，已收到。足傷仍宜静養，不能性急。

我住院體檢，一切正常，疑心病釋然。祝

雙好

父字

十月十五日

〔一〕此函僅署月日，未注年份。按周一良先生《畢竟是書生》（北京十月文藝出版社，一九九八年）第七章：「一九八〇年魏建功先生逝世，……在魏老的追悼會上，我看到王西征先生輓聯中有句云：『五十年風雲變幻，老友畢竟是書生。』魏老學生時代曾入黨，故有『五十年』之云，而『畢竟是書生』五個字深深觸動了我。當時即對在旁的田餘慶同志表示，此語不僅適用於魏老而已。這些年來，我閲世漸深，也漸明底蘊，思想覺悟有所提高，因而用這五個字刻了一方圖章。」（八一頁）周啟鋭先生《太初先生印存印文釋文》亦云：「於是先生請父親弢翁（曾有千餘方漢代銅印捐給國家）在津找當時名家高洵治此印，常拓於書籍扉頁。之後先生又將自傳體回憶録取名為《畢竟是書生》，其中講『文革』、『梁效』一節又題為『畢竟是書生』。」（周啟鋭先生贈閲打印稿）據上，可推知此函年份當為一九八〇年。

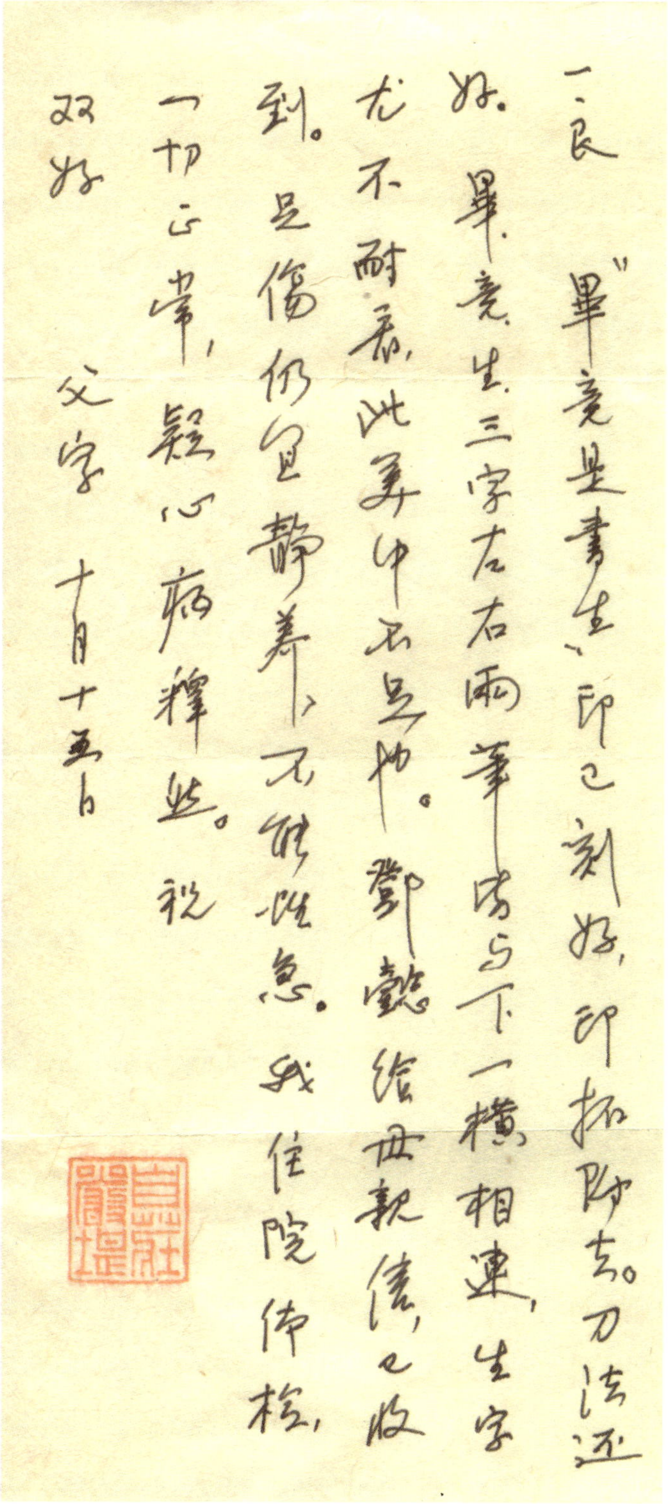

一良

"畢竟是書生"印已刻好，印拓附去。刀法還好。畢竟生三字左右兩筆均与下一橫相連，生字尤不耐看，此美中不足也。鄧懿給母親信，已收到。足傷仍宜靜養，不能性急。我住院體檢，一切正常，疑心病釋然。祝

雙好

父字　十月十五日

北京　北京大學
燕東園二十四號
周一良同志　收
天津周寄

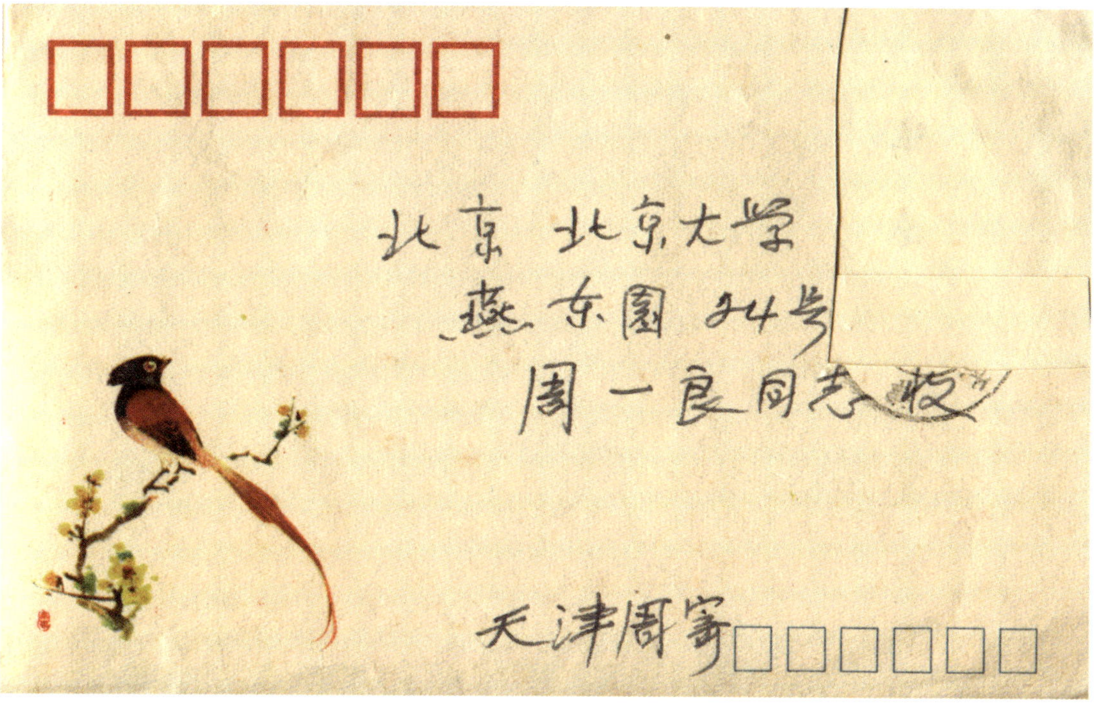
北京 北京大学
燕东园24号
周一良同志 收
天津周寄

一九八〇年十月二十八日

一良：

《魏晉南北朝史札記》題簽寫了十餘條，都不稱意，兹選一條寄去，不知可用否？我字未下過苦

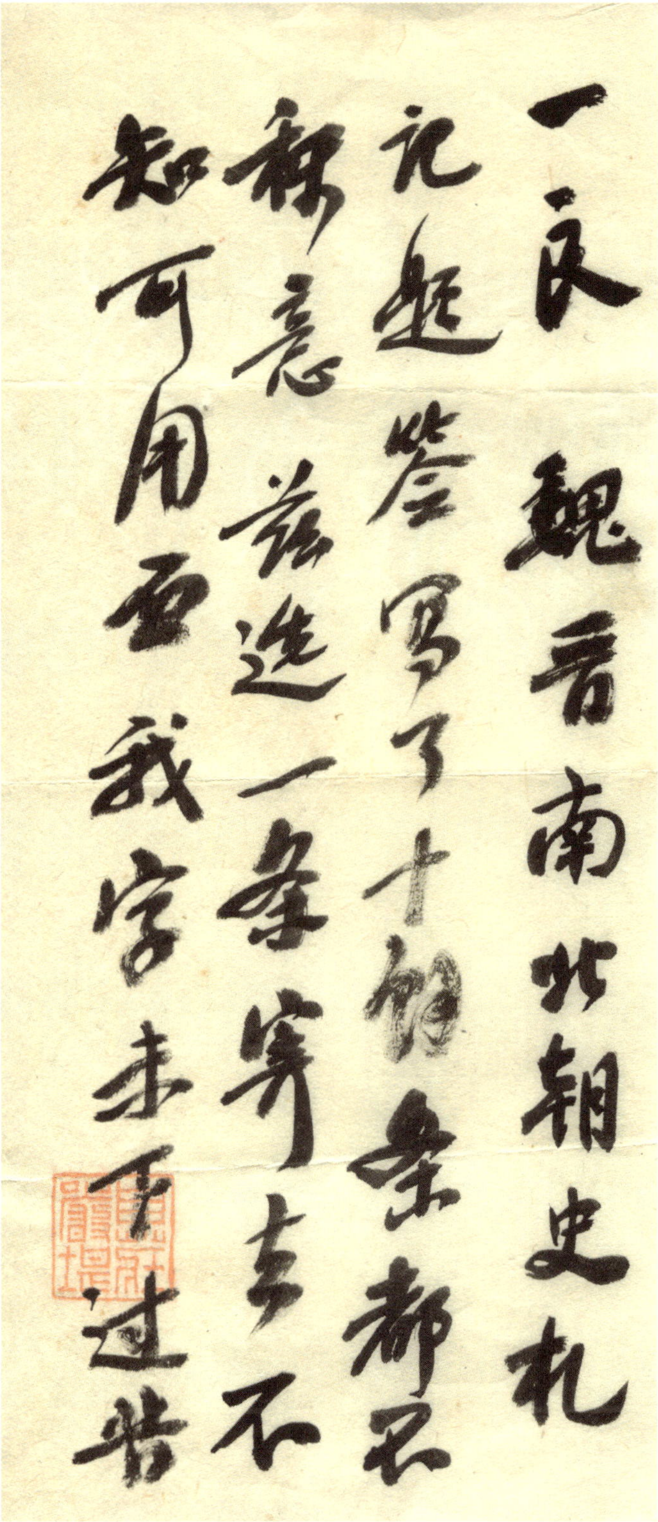

一良
魏晋南北朝史札
记题签写了十个条都不
称意兹选一条寄去不
知可用否我字未免过拙

〔功〕夫，不能勉强也。

昨在哲學史研究目録上〔見〕有馮友蘭、湯一介及你的名字。《文物》收到第十期，未見你文。

餘不及。祝

雙好

父字

十月廿八日

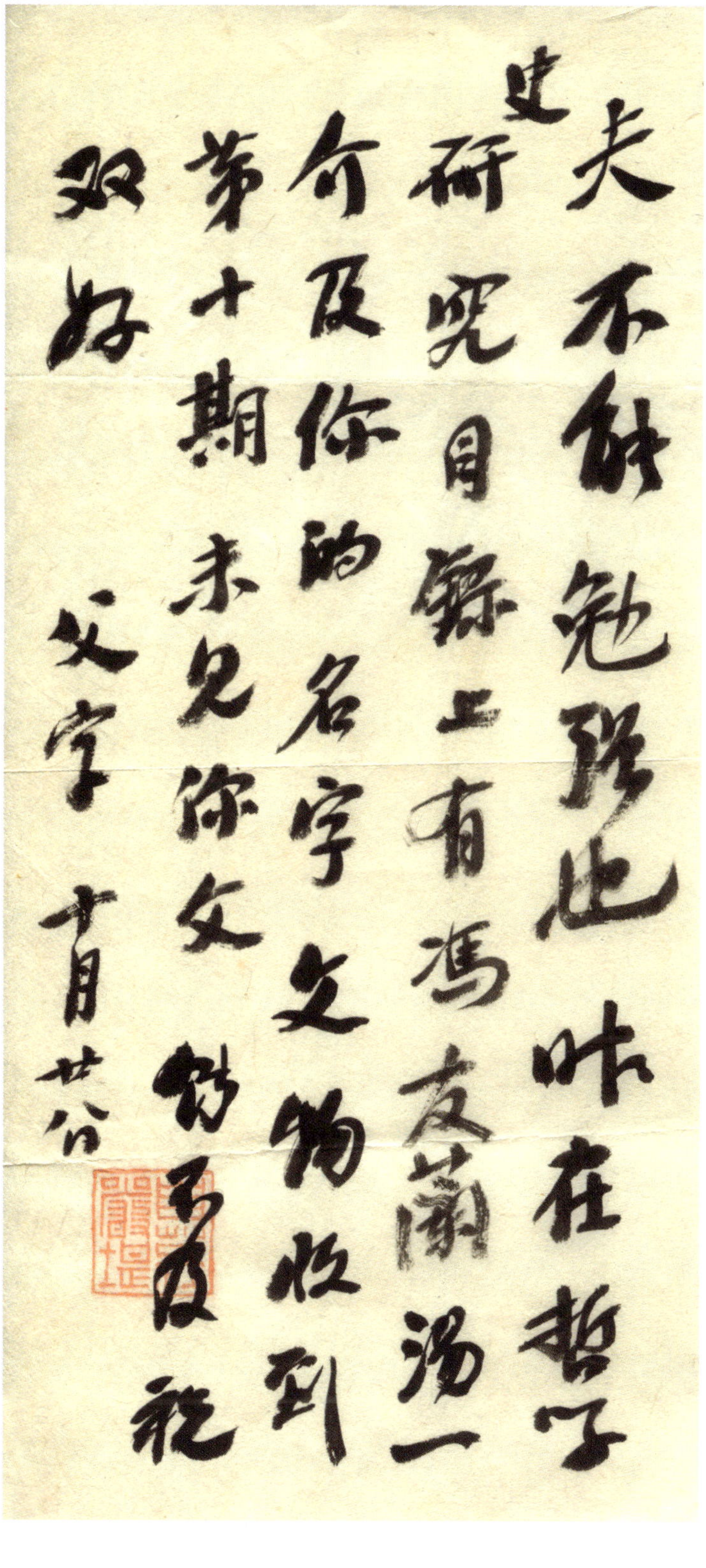
夫不能勉强此时在哲学
建研究目录上有冯友兰汤一
介及你的名字文物收到
第十期未见你文[illegible]
双好
父字
十月廿六

北京　北京大學
燕東園二十四號
周一良同志　收
天津周寄

三八国际劳动妇女节七十周年
1910－1980
8分
中国人民邮政
北京北京大学
燕东园24号
周一良同志收
天津周寄

一九八〇年十一月十八日

一良：

前得手書及《文史》一冊，《札記》匆匆讀一過，〔一〕頗有獨到之見。「所在」「為心」二條，可作「王羲之書札」之確解。王書札中尚有不可解者，如「結力力」（「力」字當有別解）、「知問」亦屢見，能為作一注釋否？張叔誠九舅每稱親戚為「親親」，〔二〕初以為是北京俗語，不知其於古有徵也。

鄧懿足疾未完全恢復，仍不宜多走路為是。

近日家中已生暖氣，比一般機關為早。祝

雙好

父字

十一月十八日

有作「復知問」「遲知問」者。

「向錢看」是今日通病。

〔一〕「札記」，周一良先生《弢翁遺札》原注云《晉書札記》。案《晉書札記》刊載於《文史》第十輯，一九八〇年十月印行，故此函時間當為一九八〇年年底。

〔二〕「張叔誠九舅」，案張叔誠先生字文孚，號忍齋，直隸通縣人，晚清工部侍郎、辦礦大臣張翼（字燕謀）之子，小弢翁七歲，為二十世紀著名實業家、收藏家、文物鑒賞家。早年入南開中學。弢翁七叔周學淵續娶叔誠先生長姊，故弢翁依行輩喚叔誠先生為「九舅」。一代崑曲大師周銓庵（周學淵先生之女），即蒙叔誠先生撫育，在叔誠先生府上長大。

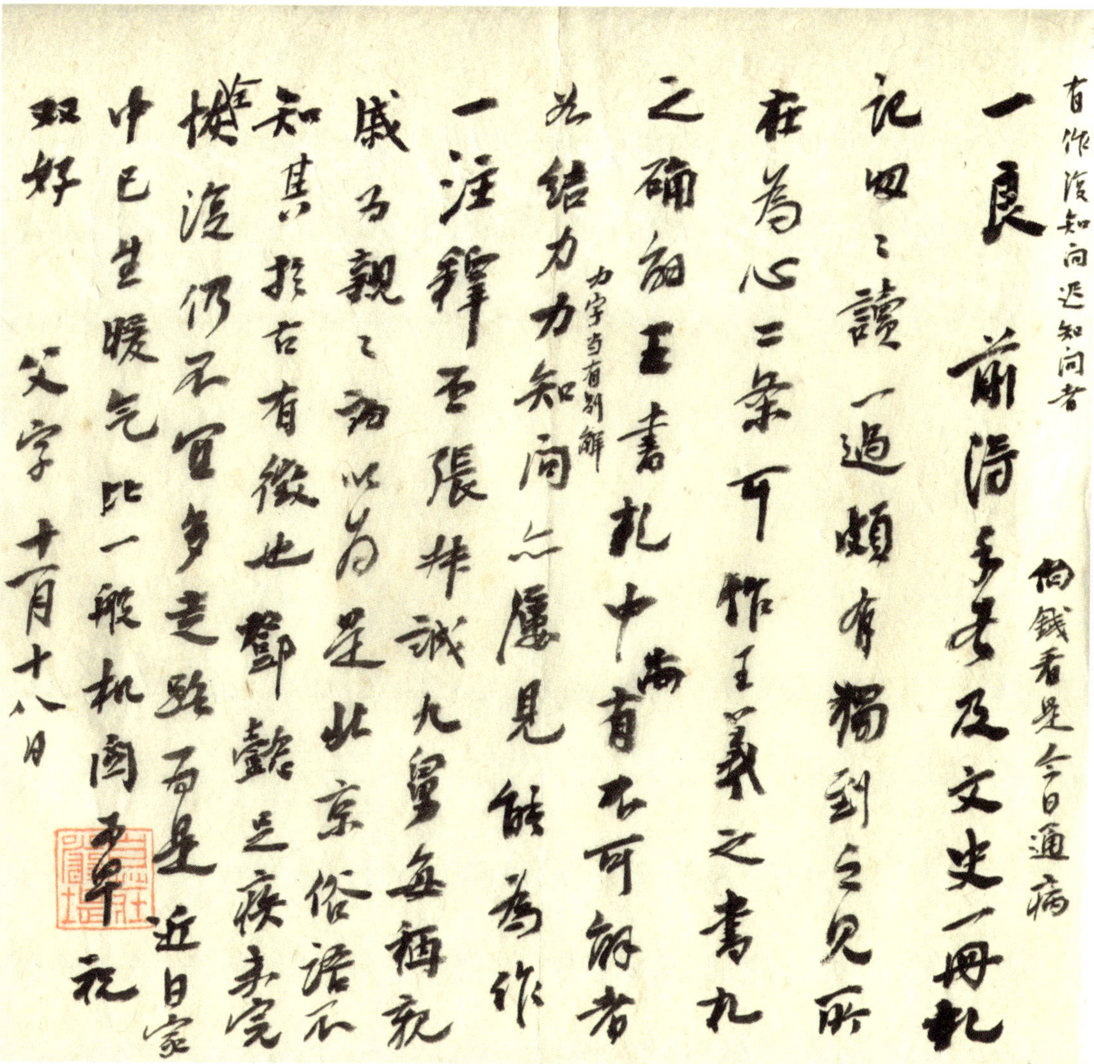

首作後知向，遲知向者

一良：前信并及文史一冊、札記四之讀一過，頗有獨到之見。所在為心二條，可作王羲之書札之確解。王書札中尚有不可解者，如結力、力知、向之屢見，能為作一注釋否？張伴誠九舅每稱親戚為親之動，以為是北京俗語，不知其於古有徵也。鄧懿之疾未完全愈，後仍不宜多走路，而是近日家中已生暖氣，比一般機關為早。

向錢看是今日通病

力字當有別解

双好

父字　十月十八日

北京　北京大學
燕東園二十四號
周一良同志　收
天津周寄

北京 北京大学
燕东园24号
周一良同志收
航空
天津周寄

一九八一年三月二十一日

一良：

來信閲悉。此次授獎，專為「文化大革命」中所捐圖書、文物，前數次未曾給獎金也。方藥雨藏品勝利後曾没收一次。解放後，伊子曾捐獻少數文物，已託文管會查過，别無其他磚石。是否開封出土，更無人知道矣。〔一〕

我捐寫經中，無罕見之品。有似唱詞者一

〔一〕據周一良先生《弢翁遺札》原注，指宋丁都賽畫像磚。

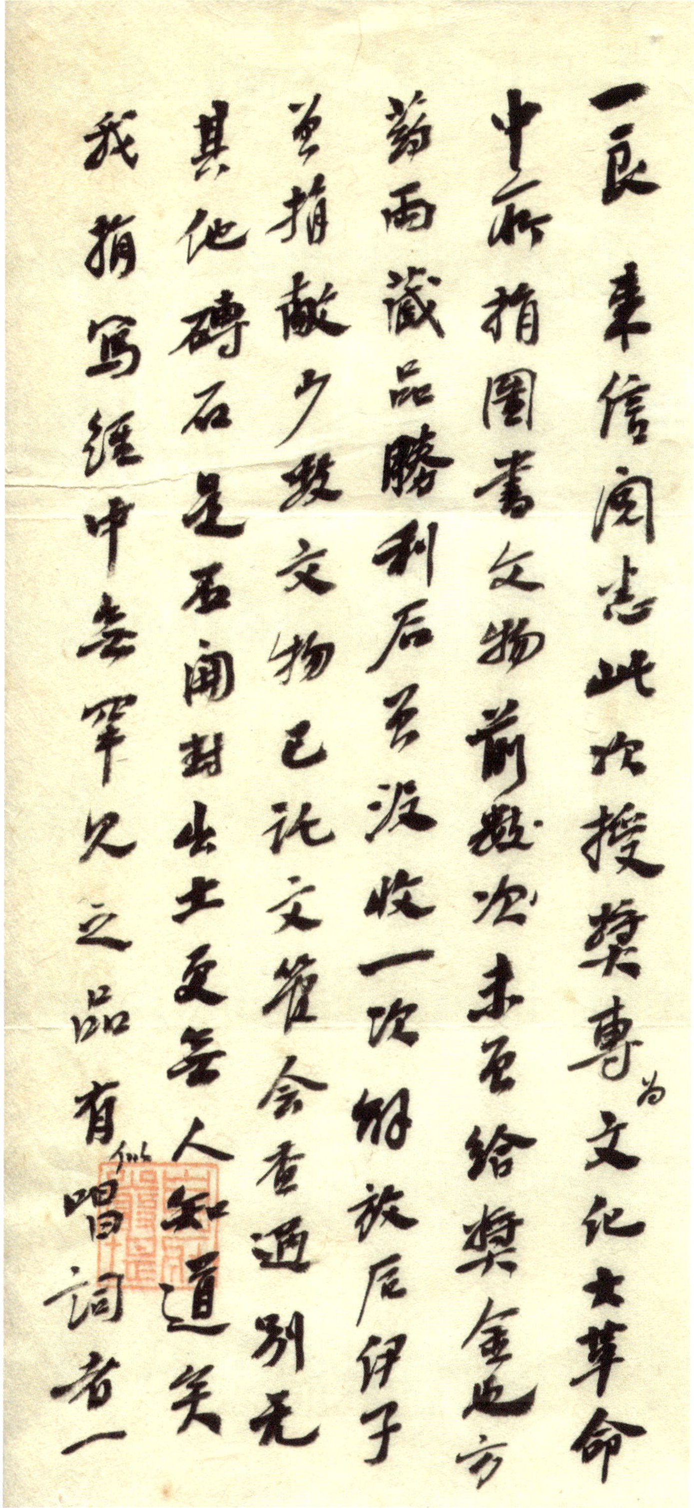
一良：
来信阅悉。此次援奖专为文化大革命
中所捐图书文物，前数次未蒙给奖金。近方
药雨藏品胜利后曾没收一次，后发还伊子，
并捐献少数文物，已托文管会查过，别无
其他砖石是否开封出土，更无人知道矣。
我捐写经中无罕见之品，有似唱词者一

卷，紹良曾為抄出，附原卷中，容託藝博代抄。經尾似只隨（隋）大業《大般涅槃經》有長題記，當鈔去。方藥雨收藏無目録。没收及捐獻之物，當可傳鈔。如無必要，則不必費此人力矣。捐獻事報上發表後，來採訪和攝者多次，不勝其煩。〔一〕

餘不及。祝

雙好

父字

三月廿一日

〔一〕弢翁一九八一年二月二十五日致二子珏良先生函亦云：「授獎消息發表後，時有人來采採訪，頗可促我回憶，惜多遺忘了。」

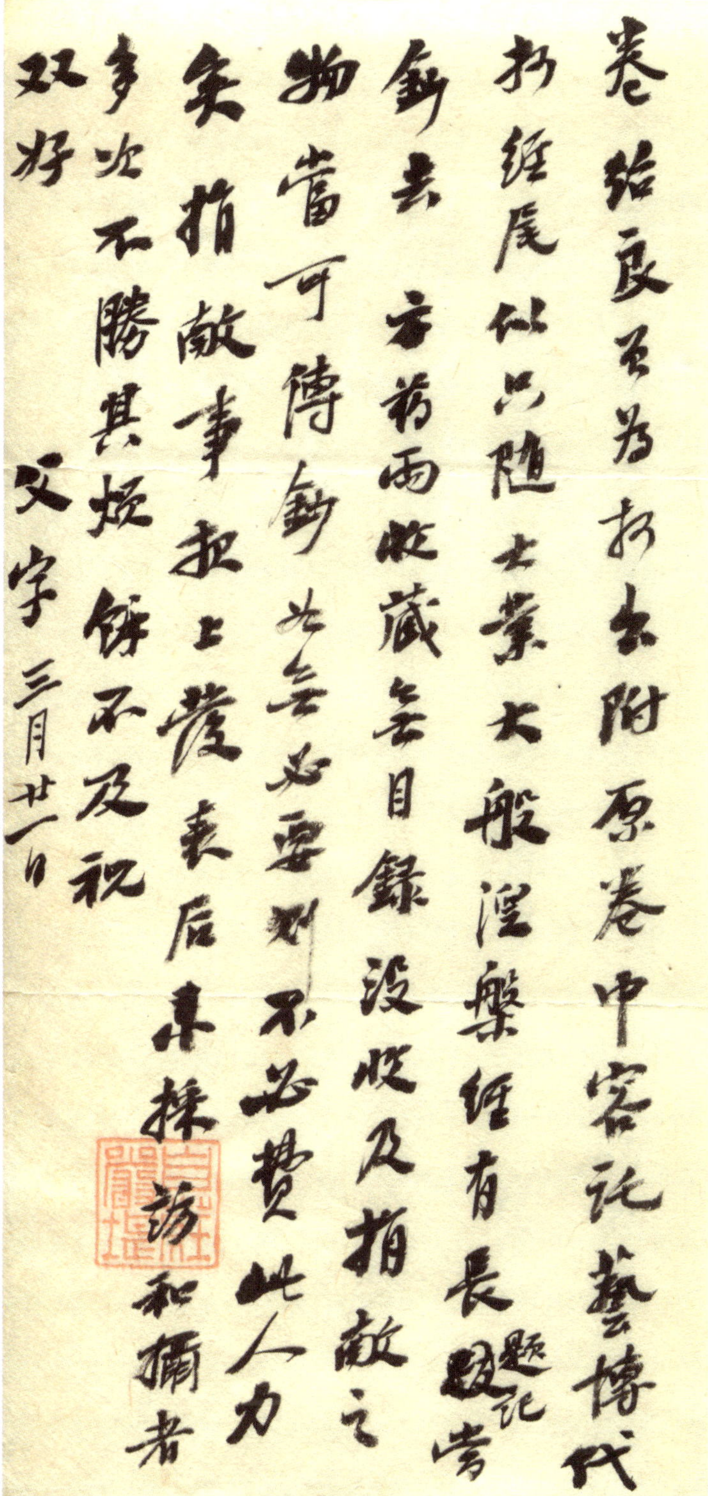

卷給良至為叔本附原卷中容託藝博代
叔經辰似只隨大業大般涅槃經有長題記嘗
鈔去 方前兩收藏無目錄沒收及捐獻之
物當可傳鈔 此無必要則不必費此人力
矣 捐獻事報上發表後來採訪和攝者
多次不勝其煩 餅不及祝
父字 三月廿一日
双好

北京　北京大學
燕東園二十四號
周一良同志　收
天津周寄

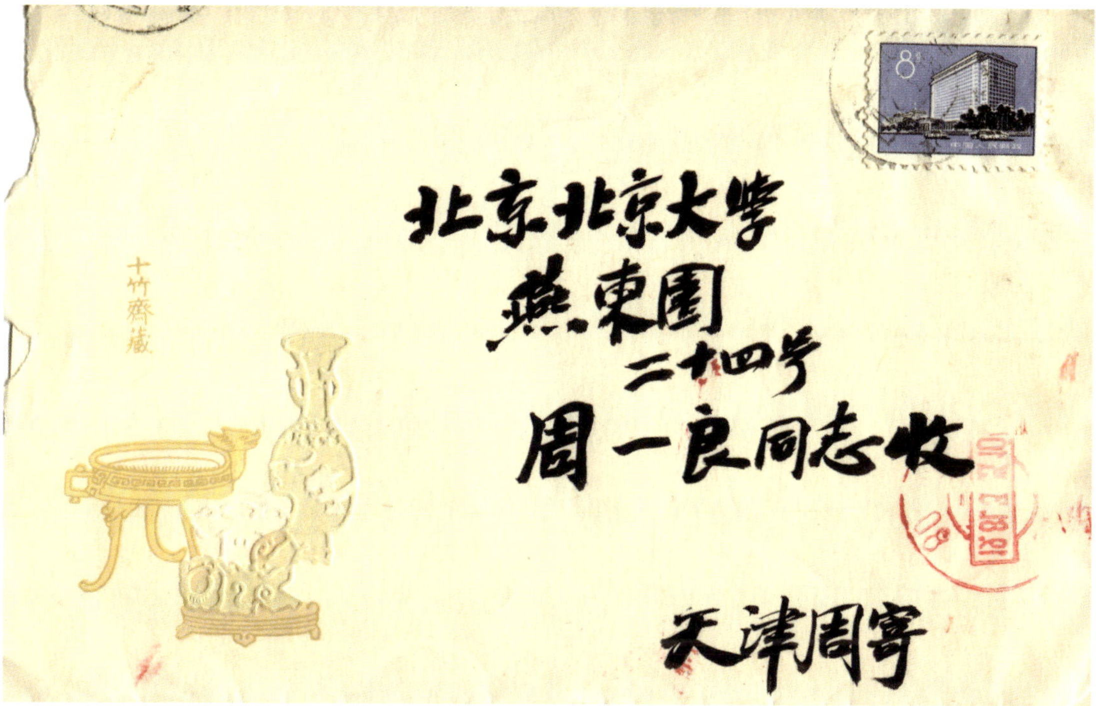
北京北京大學
燕東園
二十四号
周一良同志收
天津周寄
十竹齋藏

一九八一年三月三十日

一良：

大方對聯，巢章甫曾搜集，抄成一冊，有傳刻之意。今不知流落何所矣。我處有大方先生手寫贈妓聯、扇面數副（幅），容抄出并生日聯寄去，可作補白發表也。

《敦煌遺書總目索引》甚完備，《禪數雜事》在李氏藏目中。祝

好

父字

三月三十日

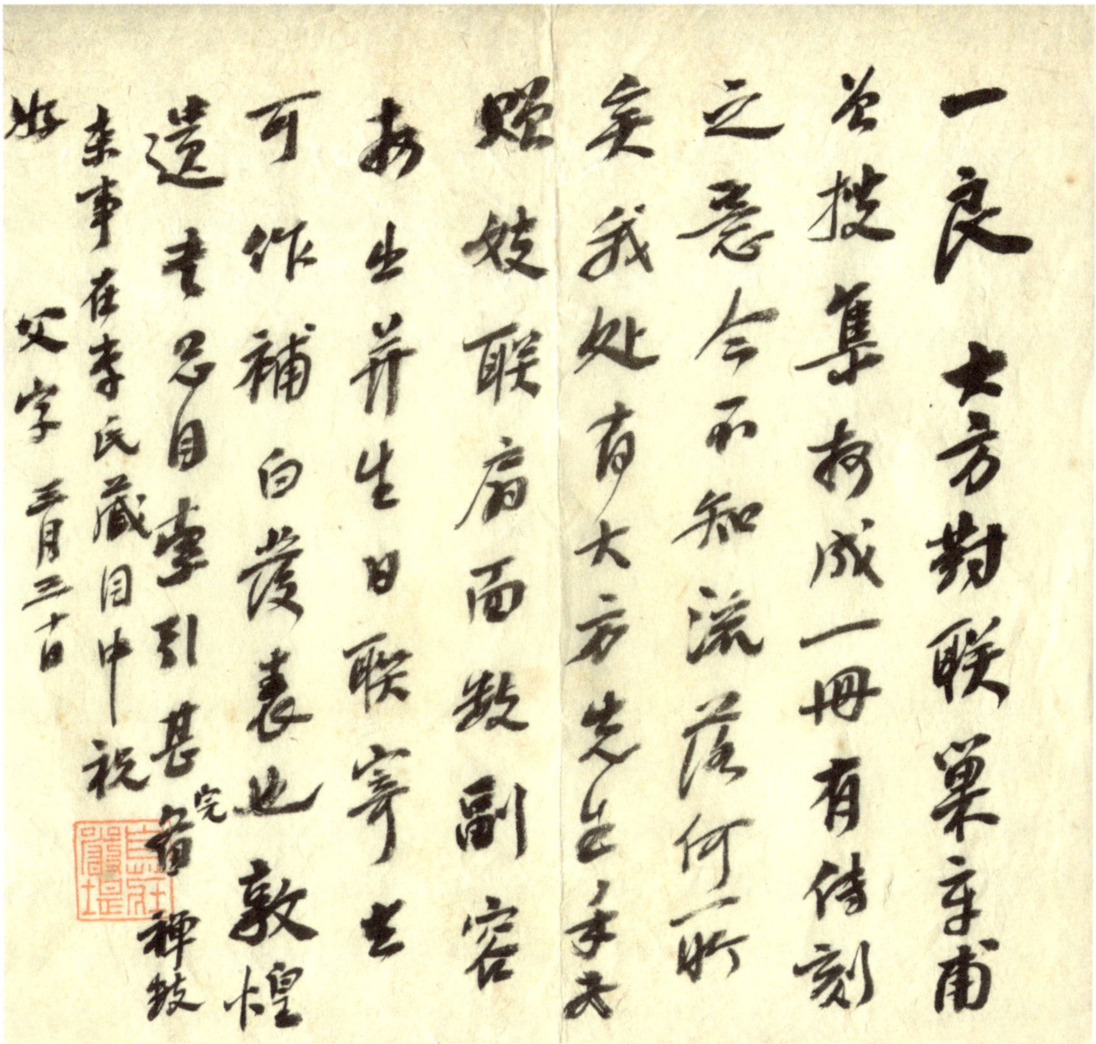
一良：大方對聯彙辛甫為搜集，將成一冊，有待刻之意，今不知流落何所矣。我處有大方先生手書贈妓聯扇面數副，容為生前生日聯寄去，可作補白。後表也。敦煌遺書總目索引甚佳。完稗鈔來事在李氏藏目中。祝好。父字 五月三十日

【附紙】

大方壽周叔弢三十生日聯：

生日似荷花，六月杯盤盛瓜果；

宗風接蕘圃，三郎沈醉在圖書。

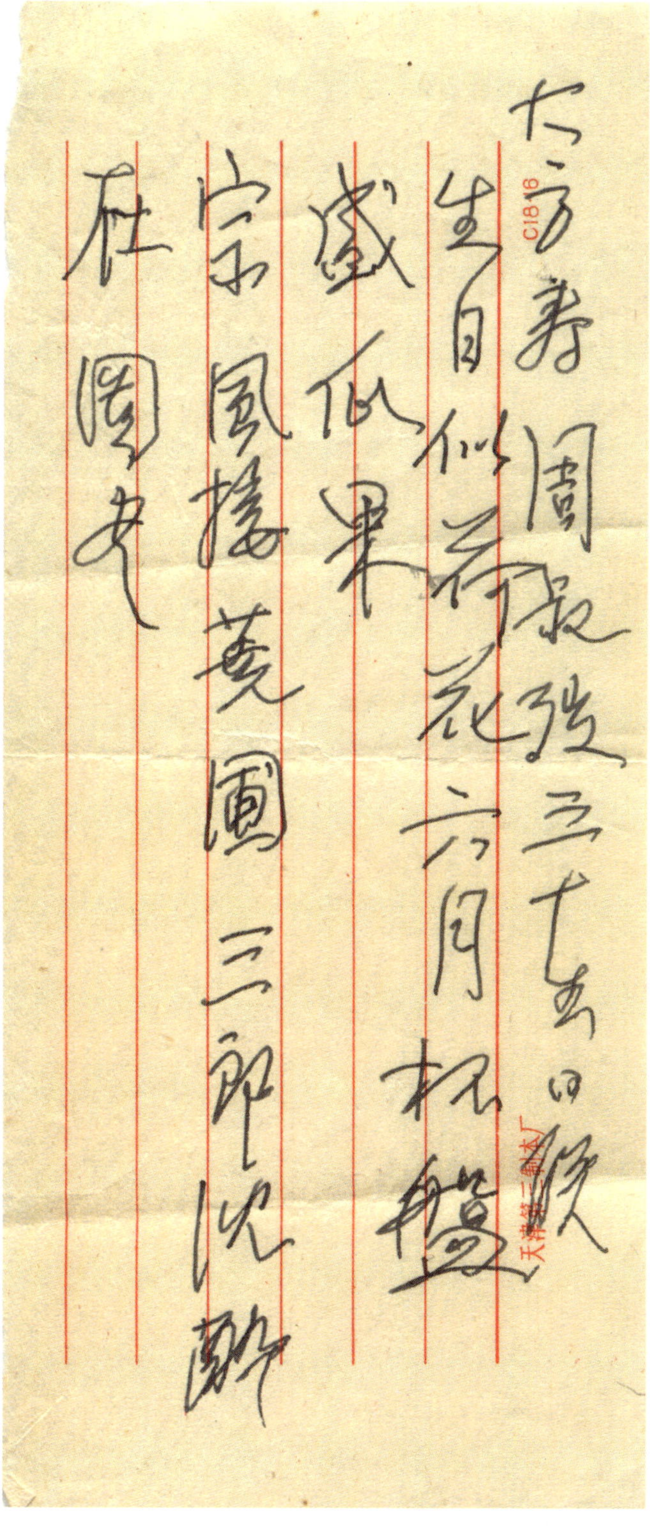
大方壽 周叔弢三十五日後
生日似荷花六月杯盤
盛瓜果
宋風樓藏園三郎沈醉
杜園老
CI816
天津第二制本厂

一九八一年四月二十三日

一良：

前由珏良轉去敦煌小詞抄本，想收到。〔一〕兹寄去租契及小詩印本，此為伯鼎舊藏。我曾為租契釋文，可能仍在藝博館中，暇當一詢之。祝

好

父字

四月廿三日

〔一〕案弢翁一九八一年四月五日致二子珏良先生函：「另《敦煌小詞》望交大哥。此卷現在天津藝術博物館。」

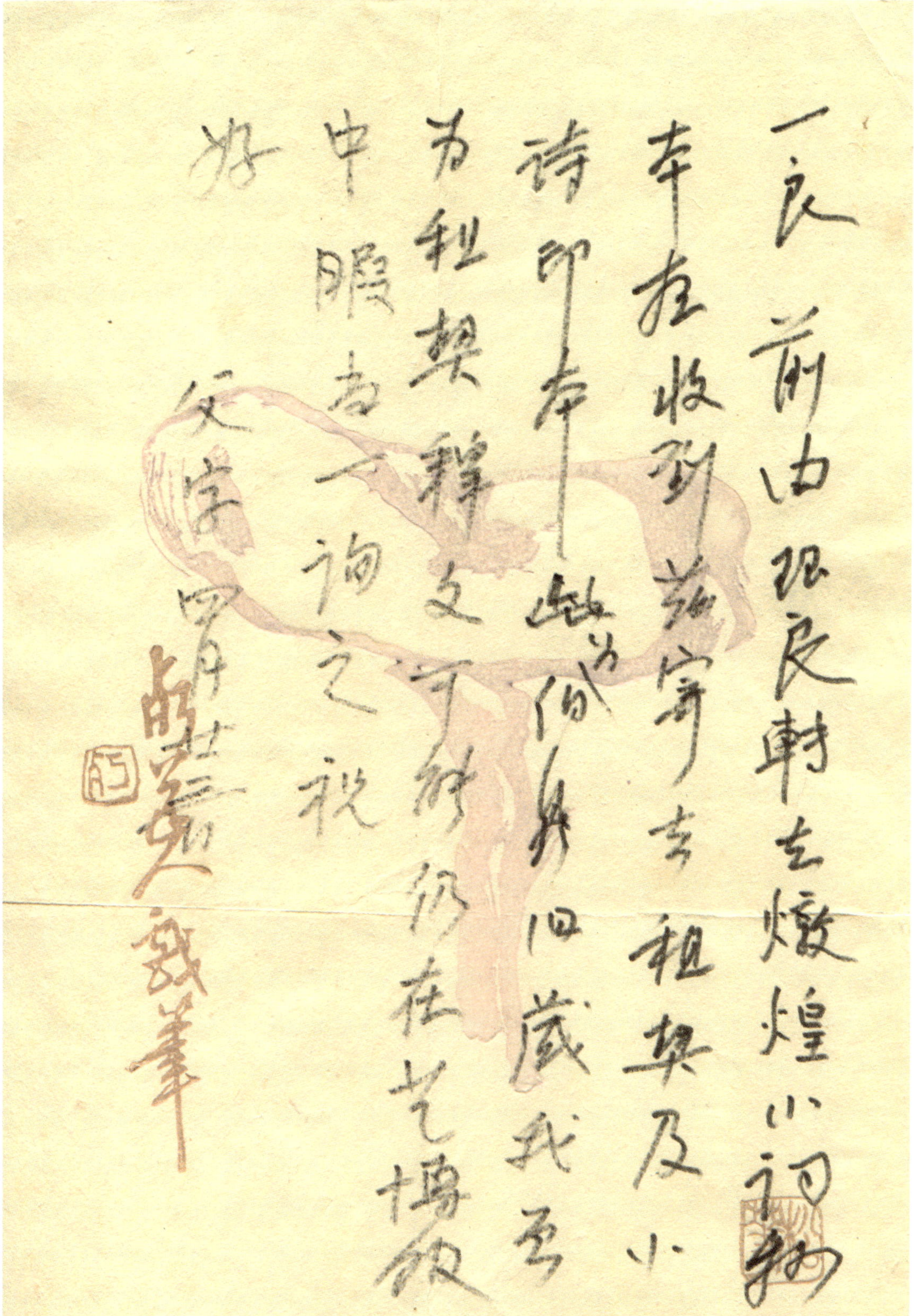
一良：

前由珏良转去燉煌小词稿本，在收到，兹寄去租契及小诗印本一幽为仰斋旧藏，我为为租契释文，可能仍在艺坛增刊中，暇为一询之。祝

好

安宁

四月廿二日

北京　北京大學
燕東園二十四號
周一良同志　收
天津周寄

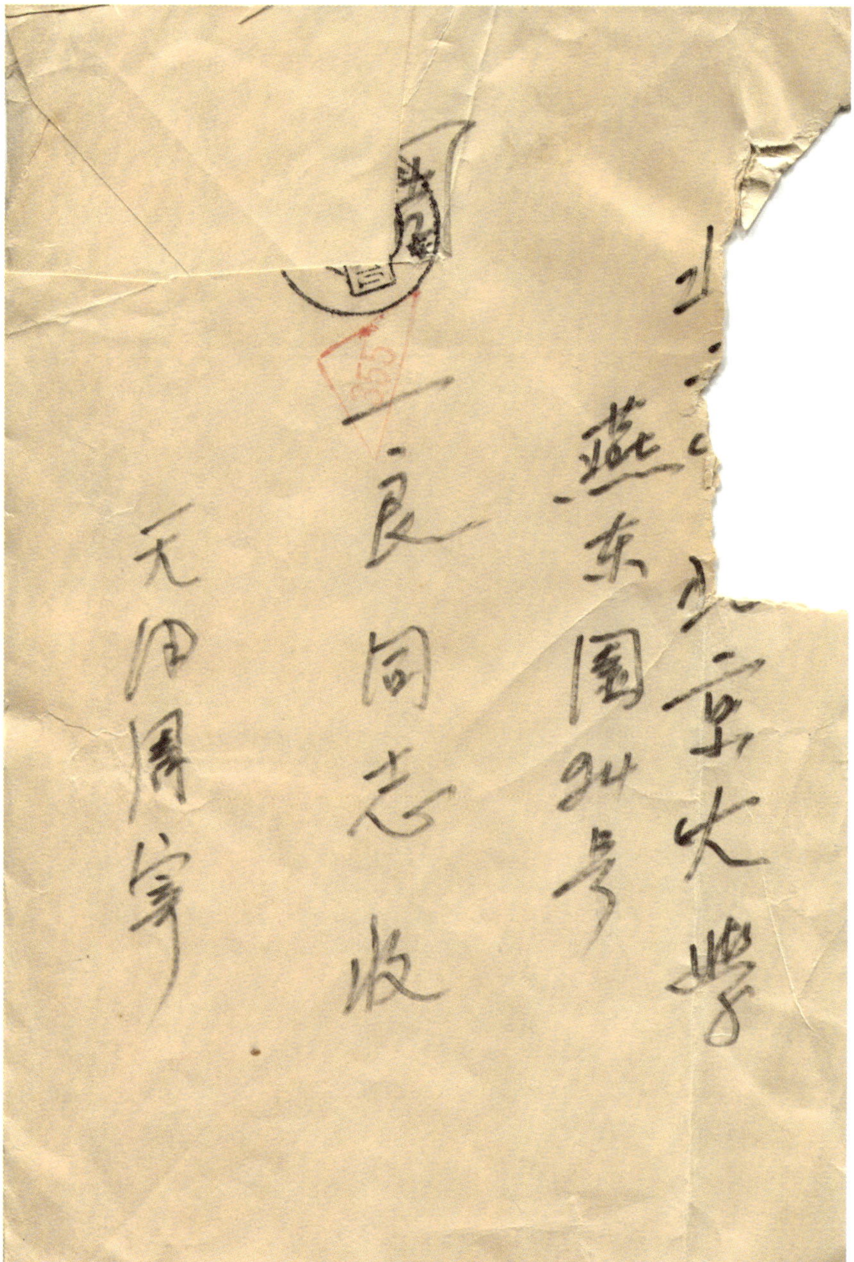

北京大学
燕东園24号
一良同志收
天津周寄

一九八一年六月十四日

一良：

雍正、乾隆、嘉慶三朝内府印書，多用「開花紙」及「開花榜紙」。近讀潘吉星《中國造紙技術史稿》，獨未及此紙産地及原料（是木是竹），不知有熟人可一詢其詳否？〔一〕

有人在電視中見招待趙元任時，你在坐中大笑。我未注意。祝

雙好

父字

一九八一年六月十四日

〔一〕潘吉星先生一九八三年十二月一日致周一良先生函云：「一良先生：謝謝您的來信，因南下開會，至今方歸，遲覆為歉。《菽園雜記》所載『胡桃藤』，恐為『楊桃藤』之筆誤。按此物即今之中華獼猴桃藤（Actinidia Chinensis Planch），為獼猴桃科野生多年生藤本植物，其果好吃，北京偶而可買到，我們過去在河南幹校見到處都是。其枝葉浸出液，具有黏滑性。造紙時，將此汁液投入紙槽中與紙漿配合，可使纖維均勻漂浮於槽内而不下沉，抄出厚薄均一，交織緊密的紙來。故實為一種飄浮劑，這是中國人的又一發明。早在宋元之際，周密（一二三二—一三〇三）《癸辛雜識》即已提及此物。弘治《徽州府志》（一五〇二）、《天工開物》《物理小識》等亦均提到。『楊桃藤』或作『羊桃藤』，但不稱『胡桃藤』。現在生産宣紙，仍在使用。拙作《造紙史稿》第一三章專論此物。『開化紙』，或『桃花紙』，是可以生産的，但因用户少、成本高，今已不再生産了。清初康熙年殿版或其他良書，多用此紙印刷。除楊桃藤外，亦可用黄蜀葵根浸出液。江西連史紙多用此，日本和紙一律用此。紙工稱為『紙藥』（paper drug），因其專治表面不勻之『紙病』。匆復，即頌　冬安。潘吉星，一九八三年十二月一日。」

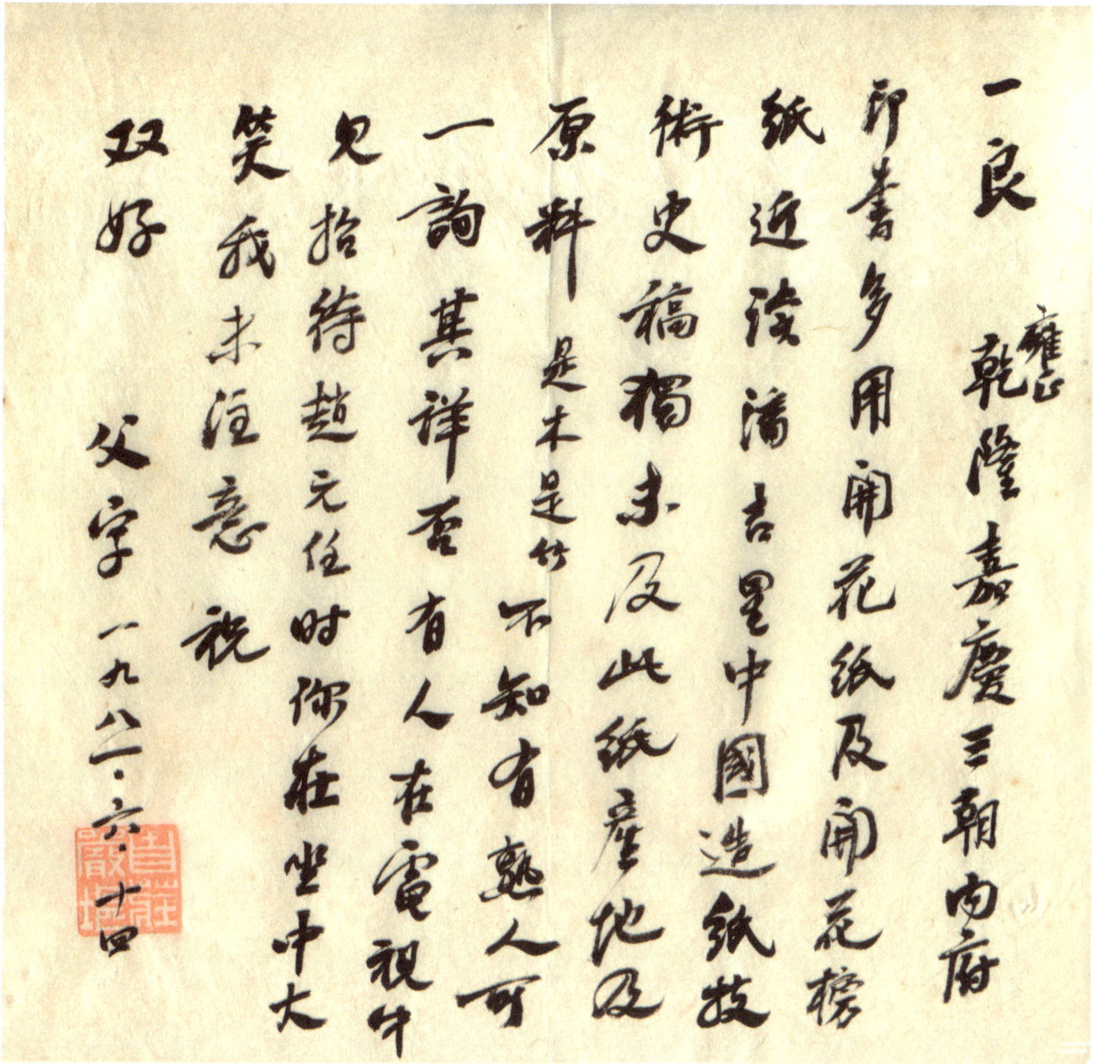

一良

雍正乾隆嘉慶三朝內府印書多用開花紙及開花榜紙近讀潘吉星中國造紙技術史稿獨未及此紙產地及原料是木是竹不知有熟人可一詢其詳否有人在電視中見接待趙元任时你在坐中大笑我未注意祝

双好

父字 一九八二・六・十四

北京　北京大學
燕東園二十四號
周一良同志　收
天津周寄

北京 北京大学
燕东园24号
周一良同志收
天津周寄
白石
中国人民邮政
4分

一九八一年六月二十九日

一良：

來信收到。你們七月中來，母親聞之極高興。

「開花紙」自道光以後，幾乎絶跡，不知何故。或因造紙技術失傳。潘先生曾走遍國内造紙基地，便中望再一詢之。我曾在某書中見其詳

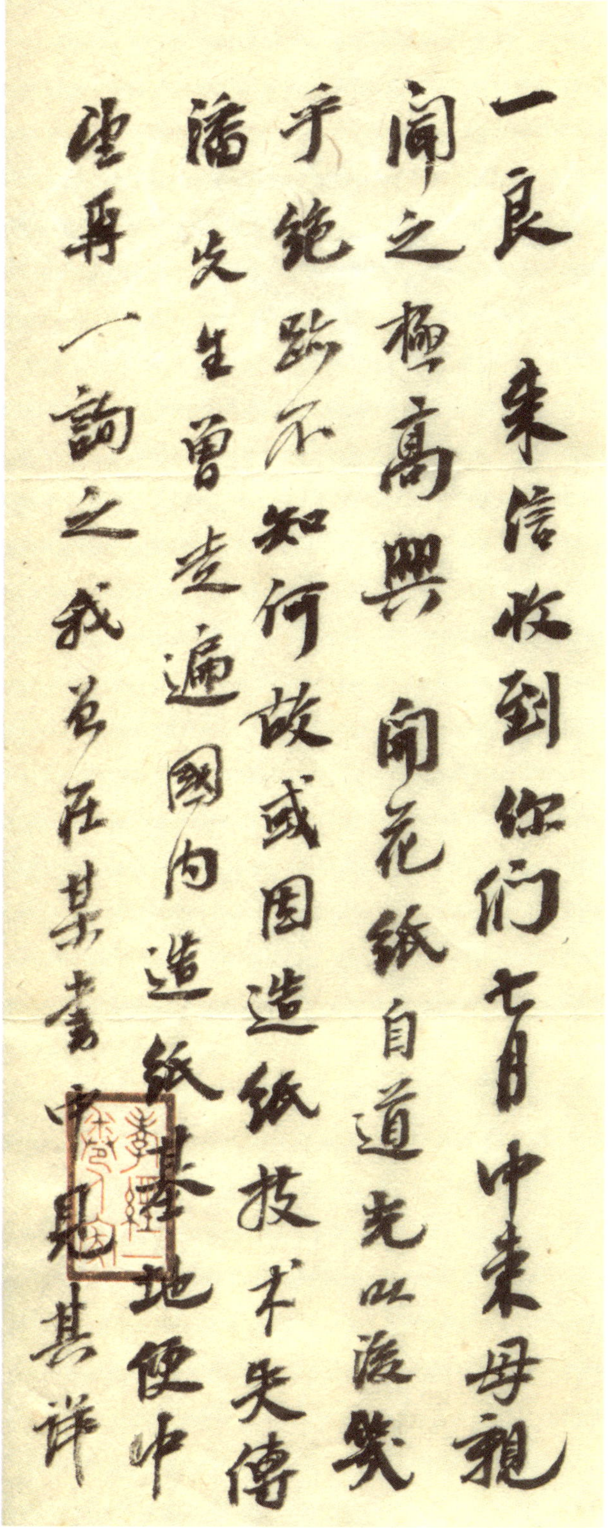

一良

来信收到你们七月中来母亲

闻之极高兴 闻花纸自道光以後幾

乎绝跡不知何故或因造纸技术失傳

潘先生曾走遍国内造纸基地便中

望再一询之我若在某書中見其詳

記明司禮監（記不清）印書所用紙之種類、數量、產地，其中似有「榜紙」之名（不知是「開花榜」否）。書名想不起，你能為我一查否？或詢之潘先生。〔一〕印書用紙最難審定產地，所可根據者，只色之黑白、質之粗細厚薄、簾紋之寬狹而已。

師白之子如能入上海圖

〔一〕潘吉星先生一九八三年十一月十日致周一良先生函：「一良教授：謝謝您的來信。明清時『開花紙』原料不一，多以桑皮或竹纖維。此種紙色白，而且薄，精工細作，適於印刷，惜這類紙今已不再生產。本月底，北京召開國產手工紙座談會，我將呼籲恢復傳統名牌紙的生產。但這類紙，既（即）使生產，恐銷路難以打開，因為用户畢竟是少數，市場上多是機器紙。目前宣紙也名不符實了，因為裡面草漿太多。尊父如果喜歡書法，現倒有白麻紙擬恢復生產，這是古代最强韌的紙，敦煌寫經多用此。至於談到機製紙有手工簾紋者，此本為日人所發明，清末向中國出口，想排斥我國產紙。因此光緒末年上海已從日本學得此法，仿製成功，距今我國製此紙已數十年矣。其製法很簡單：在長網機金屬製網上墊上一層普通手工用抄紙竹簾即可造成這類紙。亦可在金屬網製成凸出的簾紋或紋形圖案，即西方所謂『water marks』。這類紙在美、日、法、意、英國仍在生產，供用作信紙。因此尊父的想法是正確的：我們可以用更好紙漿造出高級機製羅紋紙來，要什麼紋樣有什麼紋樣，隨心所欲，關鍵在於造紙廠是否有此積極性了。我一直抱怨國產機製紙及手工紙形制單一，幾十年總是老一套，不求花樣翻新。這是因為我國缺乏木材資源，紙漿供應一直緊張，每年仍要進口，各紙廠所出之紙本為缺貨，大家争着要，没有競争，加上安於現狀，所以他們不想費事在花樣上翻新。尊父所云紙，現代紙界稱為『水紋紙』，國内很少生產，因為一般紙都供不應求。其實製這種紙是再容易不過的了。為此，我過去多次向有關部門反映，但是至今毫無音訊，令人感慨萬分。還有，輕工業部有部分人仍堅持蔡倫發明紙，并否認西漢出土紙為真紙，我看，恐難以長久堅持下去。他們在維護蔡倫權威上很起勁，卻不肯過問一下，如何改變目前國產紙品種單調的局面，亦一異也。匆復，此請教安！并向尊父及尊夫人請安！潘吉星，建外永安南里七－三〇二，一九八三年十一月十日。」翌日，潘先生又致函一良先生云：「一良教授：現在寄上美國機製紙帶暗紋者，請轉尊父一閱。如前信所談，製這類紙極其容易，但我國還顧不上製造。美國這類書信用紙，含麻纖維至少25%，此外有棉等，故極其强韌。又，這類紙在西方及日本都有生產，大致相同。潘吉星，一九八三．一一．一一。」

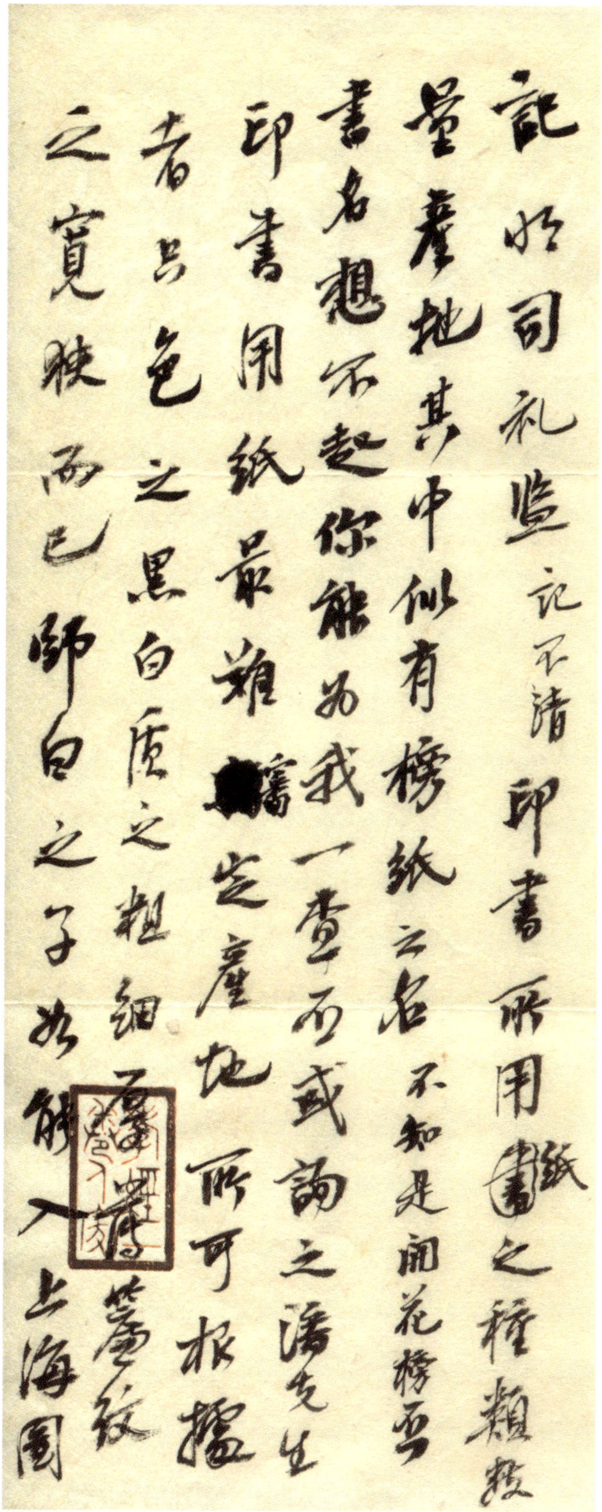

託於司札覽（記不清）印書所用書紙之種類、數量、產地，其中似有榜紙之名（不知是開花榜否）。書名想不起，你能為我一查，或詢之潘先生。印書用紙最難寫定產地，所可根據者只色之黑白、質之粗細及簾紋之寬狹而已。師白之子於解放上海圖

書館，〔一〕可謂得所。啟乾來，説大約一月以後或可東渡，説與聽尚須經過一段時期也。

不多及。祝

雙好

父字

六月廿九日

〔一〕此處所指，案即孫啟治先生。孫啟治先生為弢翁甥孫師白先生長子。啟治先生由一良先生、顧廷龍先生之薦，得入上海圖書館工作。

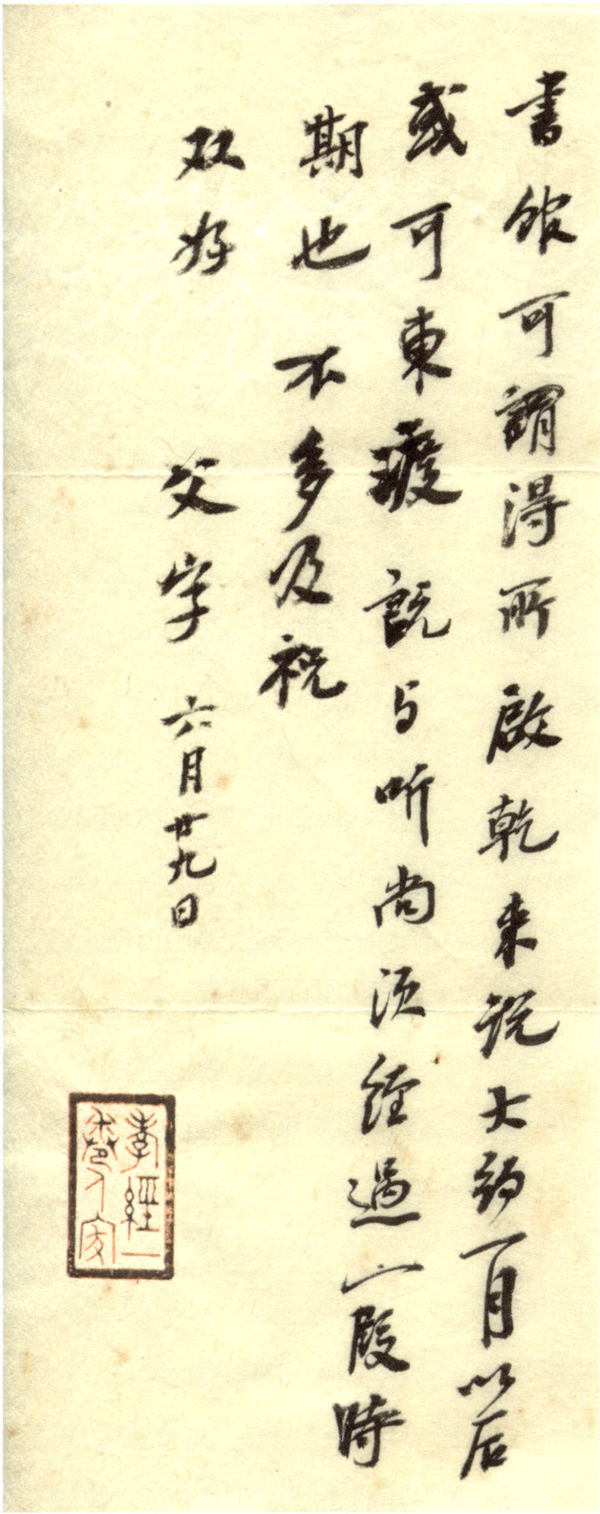

書館可謂得所。啟乾來說大約百日以后
或可東渡，既与听尚須經過一段時
期也。不多及。祝
双好
父字 六月廿九日

【另附字條】

昨買到《販書偶記續編》，著録《野語》九卷，亦嘉慶十三年（一八〇八年）刊本，署名亦是伏虎道場行者。後附《西吴蠶略》二卷、程岱葊《西吴菊畧》一卷，署名道場山人星甫編輯，不知是一人否？我書八卷不全，恐無法補足。

《販書偶記》前後編之書，絶大部分是孫殿起為倫明所收集。倫氏書不知今歸何處。我以為其重要不亞宋元。如星散，則不為人所重矣。

昨買到販書偶記續編，著
錄錚語九卷，亦嘉慶十三年刊本。
署名亦是伏虎道場行者。后附
西吳蠶略二卷，程岱葊西吳菊略一卷，
署名道場山人畏甫編織，不知是
一人否。我书八卷不全，恐无法補足。
販书偶記前后編之书，绝大部
份是孫殿起为倫明所收集。倫
氏书不知今歸何处。我以为实重
要不亚宋元。如是散则不为人所
重矣。

北京　北京大學
燕東園二十四號
周一良同志　收
天津周寄

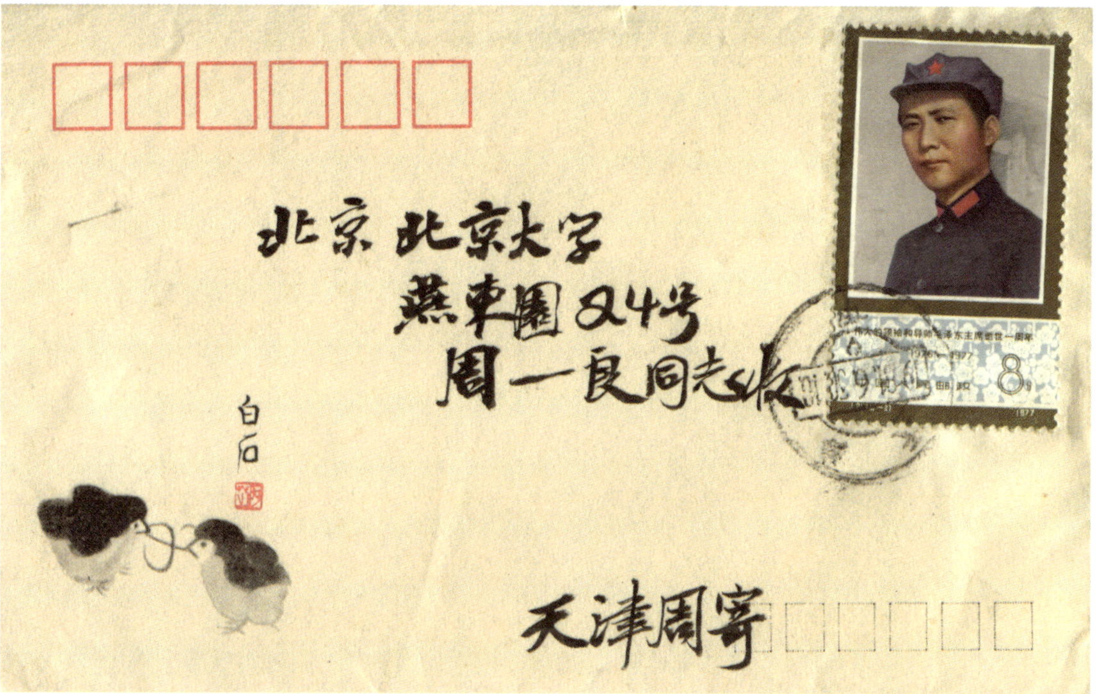
北京 北京大学
燕東園24号
周一良同志收
白石
天津周寄

一九八一年九月後（周啟鋭藏）

一良：

帶去《文物簡訊》六册，〔一〕内附（中央）簡報（複印本）。

你和珏良、景良、紹良各分一本。另二本分送謝老和冀淑英。〔二〕

父字

〔一〕《文物簡訊》，案即《天津文物簡訊》。一九八一年《天津文物簡訊》總第十四期（一九八一年八月二十一日印行），為「周叔弢、張叔誠捐獻文物、圖書」專輯，刊有《胡啟立市長在周叔弢、張叔誠捐獻文物、圖書授奬大會上的講話》《周叔弢先生的講話》《張叔誠先生的講話》《國家文物事業管理局副局長馬濟川同志的講話》《周叔弢、張叔誠將珍貴文物、圖書獻交國家，市政府召開授奬大會，胡啟立市長講話，給予高度評價》《古寶絶詣　燦然英發——周叔弢、張叔誠捐獻文物、圖書展覽》《買書藏書獻書——訪愛國藏書家周叔弢》，及子望、吕十朋觀看展覽後的二篇文章：《觀印脞語》《書林集珍——試述周叔弢先生捐獻圖書特點》。此處所言《文物簡訊》，當是指此。弢翁一九八二年元旦致周啟乾先生函，亦云：「我藏書獻書事，近日頗哄動一時。開始于《天津日報》劉書申的報導，授奬大會是高潮，故宫展覽是餘波。兹由蕴静寄去《天津文物簡訊》一本，國家文物局《文物簡報》複製品一紙。閲之可略知梗概。」

〔二〕「謝老」，案即謝國楨先生，二十世紀著名歷史學家、藏書家。「冀淑英」，原國家圖書館研究館員，二十世紀中國著名古籍版本目録學家，編纂有《自莊嚴堪善本書目》等。

一良：

寄去文物簡訊六冊

內附（山東）簡報（复印本）。

你和珏良、景良、紹良

各分一本。另二本分送

謝老和冀淑英。

父字

天津三制本　　8003

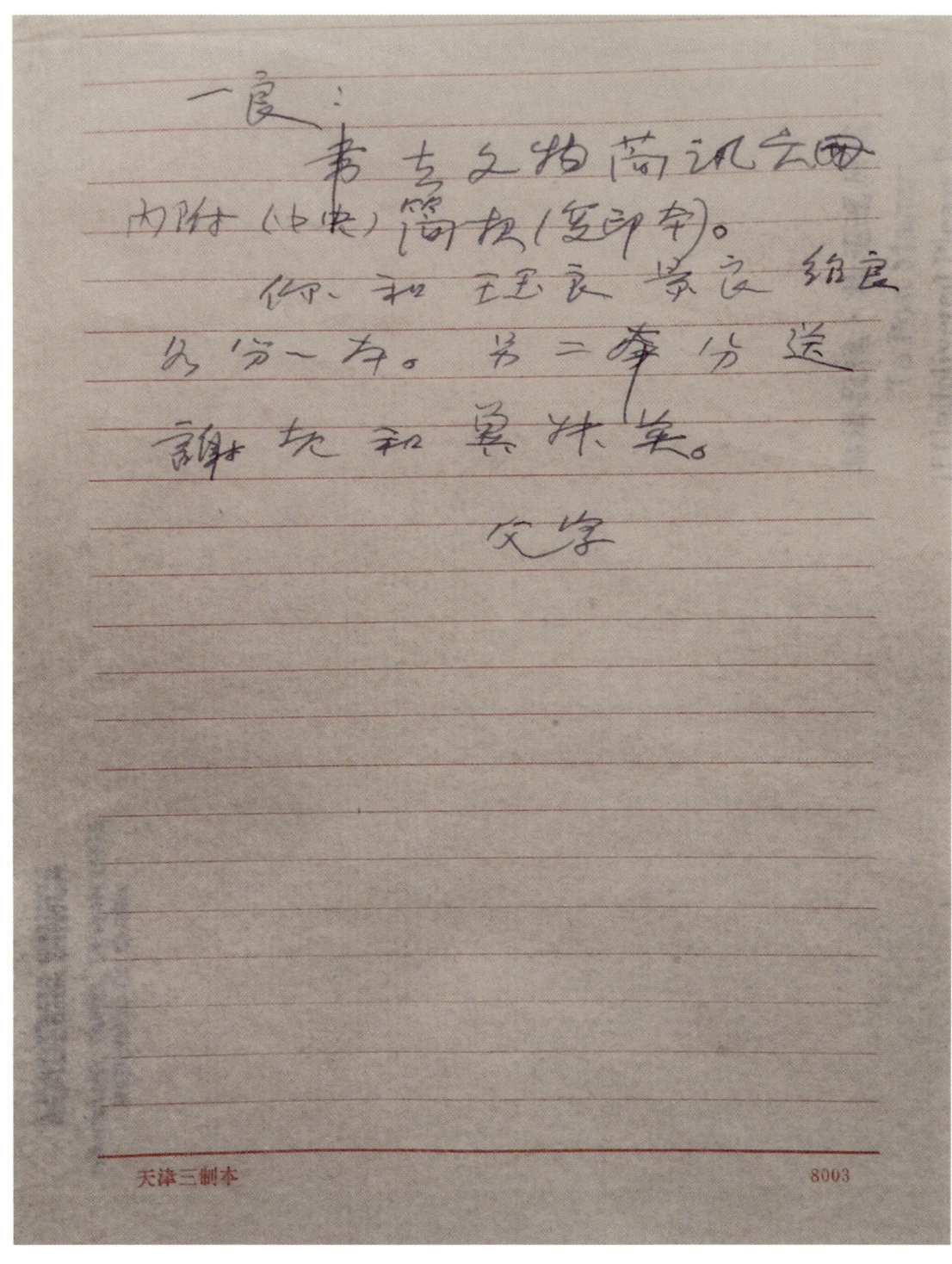

一九八二年一月五日〔一〕

一良、鄧懿同覽：

昨得你們信，祝我生日，非常欣快。一良生日和我同一天，今年又是一良七十歲初度之日，可惜不能聚在一地，共同歡慶，兹遥祝你們健康長壽，白頭偕老，為頌為禱。

我近日身體還好。自己過生日，自己忙，未免又要累一兩天了。能累就是好事，頗以此自慰。

父親返津後，次日即患重傷風感冒。現已兩星期，尚未全好。只此次感冒，僅咳嗽痰多，流清鼻涕不止。熱度不高，數日即退。所以人不覺得十分疲倦，望勿念。

餘不多及。祝

福壽齊眉

道腴

一九八二年一月五日

〔一〕弢翁代筆，左道腴致周一良、鄧懿。

一良 邓懿 同览：

昨得你们信，祝我生日，非常欣快。一良生日和我同一天，今年又是一良七十岁初度之日，可惜不能聚在一地，共同欢庆，兹遥祝你们健康长寿，白头偕老，为颂为祷。

我近日身体还好。自己过生日，自己忙，未免又要累一两天了。能累就是好事，颇以此自慰。

父亲返津后，次日即患重伤风感冒。现已两星期，尚未全好。只此次感冒，仅咳嗽痰多，流清鼻涕不止。热度不高，数日即退。所以人不觉得十分疲倦，请勿念。

余不多及。祝

福寿齐眉

珏良

1982.1.5.

天津三制本　8003

北京　北京大學
燕東園二十四號
周一良同志　收
天津左寄

北京 北京大学
燕東園24号
周一良同志收
天津左寄
1921—1981
中国人民邮政
8分
1981

一九八二年二月二十七日

一良、鄧懿同覽：

來信收到，甚慰。三號飛機票想買到，你們回國後這是第一次重到美國，舊地重游，當有許多變化。出國講學是文化交流，無問題，乃視同國産品出口换外匯，真不可理解。此次出國是美國聘請，國内工資發不發，應有一定章程，既發又要還，并以外匯還是乎？欠通。

與良明日赴京，當可晤面。母親囑她代買輕便易攜之物帶交蕙蓁，〔一〕如無合式的，即作罷。

日本藥「救心」，正是母親所服之藥。啟盈託友所購之藥，便

〔一〕「蕙蓁」：案即徐蕙蓁女士，周杲良先生夫人，弢翁兒媳。

一良
鄧懿 同览：来信收到，甚慰。三号飞机票想买到你们回国后这是第一次重到美国旧地重游，当有许多变化。出国讲学是文化交流，无问题，乃视同国產品出口换外汇，真不可理解。此次出国是美国聘请，国内工资应有一定章程，既发又要还，并以外汇还，是（发不发）乎欠通。与良明自赴京，当可晤面。母亲嘱她代买轻便易携之物，希交蕙慕，如无合式的即作罢。日本药"救心"正是母亲所服之药，启盈说友所购之药便中望交啟博帶來。前些時曾託春良之女啟棻帶來兩瓶，〔一〕不肯説多少錢。啟盈既是託買，應當知道，望告我為盼。

杲良今年有暇回國否？

不多及。祝

一路福星

父字

二月廿七日

望告景良代買金酒數瓶，交啟博帶來。上次與良從美國帶回瑞士製湯粉、雞湯薯茄湯、蘆筍湯，甚方便，回國時如方便，可帶些來。

〔一〕「春良」，案即周春良先生，弢翁姪，弢翁二兄周達先生長子。

中望交啟博帶來前些时曾託春良之女啟棻帶
來兩瓶不肯說多少錢啟盈既是託買應當知道
望告我為盼杲良今年有暇回國否不多及
祝
一路福星
父字 二月廿七
望告景良代買金酒數瓶交啟博帶來 上次杲良從美
回國帶回瑞士製湯粉雞湯蕃茄湯節筍湯甚方便回
國时如方便可帶些來

北京　北京大學
燕東園二十四號
周一良同志　收
天津同緘

北京 北京大学
燕东园24号
周一良同志收
十竹齋藏
天津周缄

一九八二年四月九日

一良、鄧懿同鑒：

前得來信，知已安抵美洲，食宿之地，已安排就緒，近想更安定也。大學請人講學，不安排食宿，自己須另起一小家庭，既費錢又費力，真不可解。如無杲良，不僅花錢，且須付出很多勞力也。近日講學想很辛苦，學生反應如何？杲良想亦不能常見面，汽油之價，亦不賤也。

杲良託南大教師帶來食物早收到，便中想可電話通知他，并告我不寫信矣。我從三月初即患重傷風，頗似流感，低燒不退，纏綿將一個月，

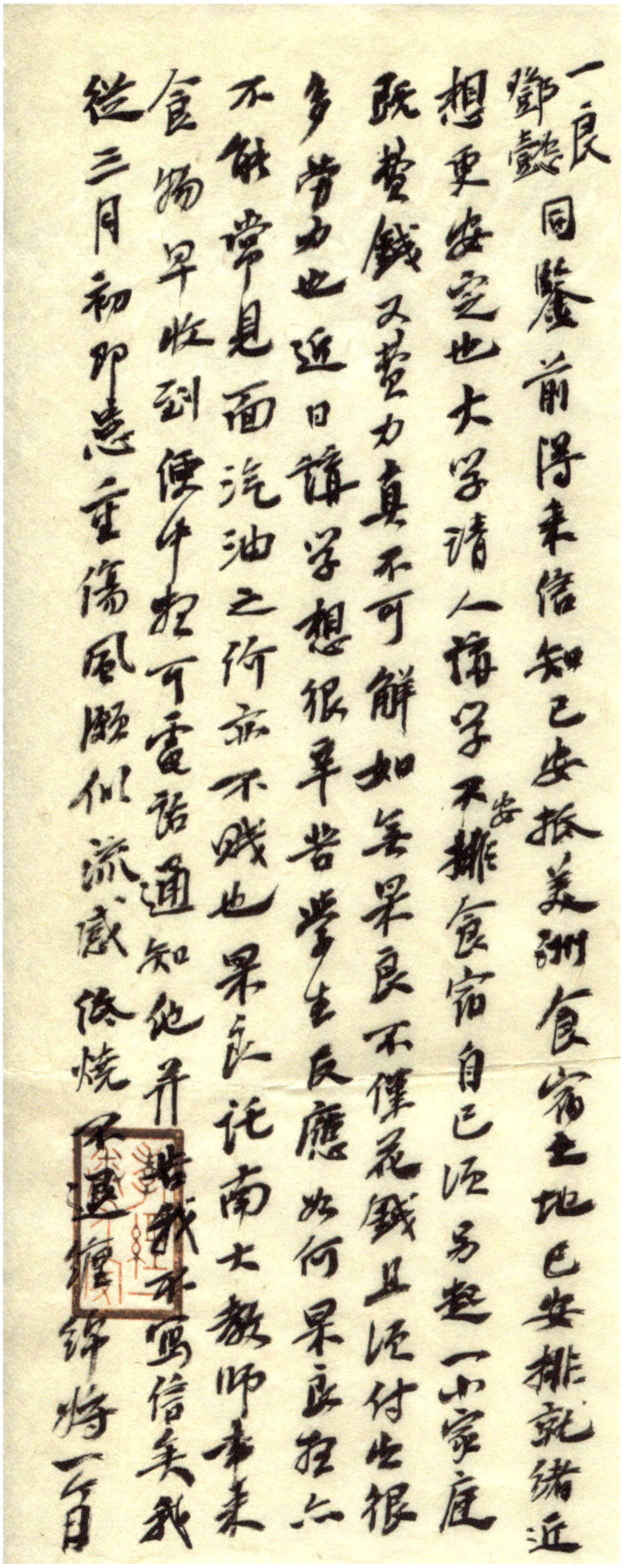

一良
鄧懿 同鑒 前得来信知已安抵美洲食宿土地已安排就绪近
想更安定也大学请人讲学不安排食宿自己須另起一小家庭
既费钱又费力真不可解如是杲良不僅花钱且須付出很
多劳力也近日讲学想很辛苦学生反應如何杲良在六
不能常見面汽油之价亦不贱也杲良托南大教师本来
食物早收到便中在可電話通知他并告我不寫信矣我
從三月初即患重傷風類似流感低烧不退經将一个月

近始稍稍恢復，仍未出門。天津開人代會，我未能參加也。

天津天氣時冷時暖，至今尚未止火。加州氣候如何？報上説美洲時有冷潮及大風雪，不知加州曾波及否？近日是否自己做飯？採辦菜蔬，是否皆鄧懿自己親自出馬？可用電話購買否？鄧懿心臟不强，宜勿過勞累。斯坦福醫院能去一診否？國内很多人心羡美國，蓋不深知資本主義世界之腐朽也。

不多談。祝

雙好

父字

四月九日

母親近日亦患感冒，尚未全好。

近始稍〻恢復仍未出門天津開人代会我未能參加也天
津天氣時冷時暖至今尚未止火加州氣候如何報上說
美洲時有冷潮及大風雪不知加州曾波及否近日是
否自己做飯採办菜蔬是否皆鄧懿自己親自出馬
可用电話購買至鄧懿心臟不強宜勿過勞累斯坦
福醫院能去一診否國內很多人心羨美國蓋不深
知資本主义世界之腐朽也不多談祝
双好　父字　四月九日　母親近日亦患感冒尚未全好

航空
美國加州
周一良
中國天津和平區睦南道一四七號周叔弢寄

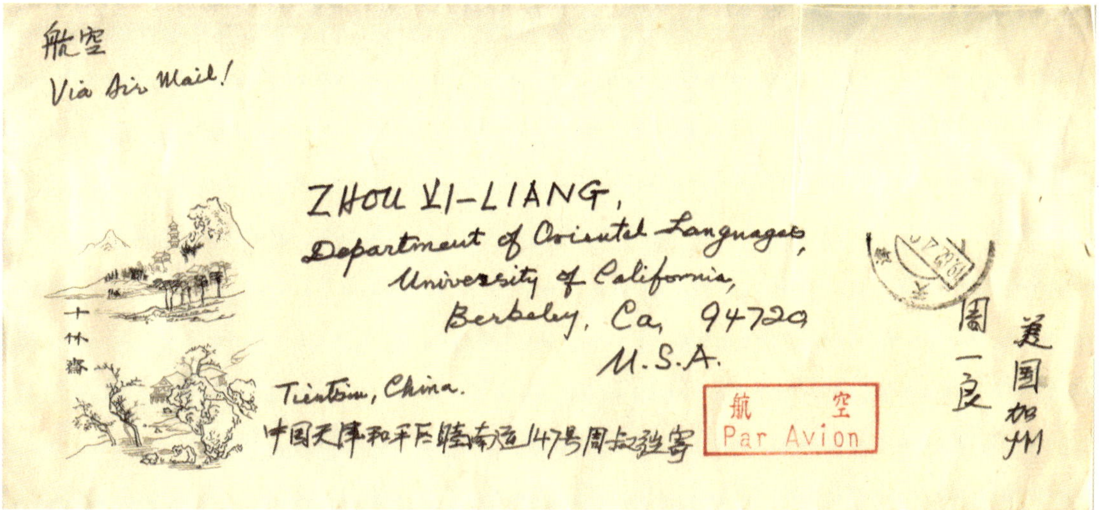
航空
Via Air Mail!
ZHOU YI-LIANG,
Department of Oriental Languages,
University of California,
Berkeley, Ca, 94720
U.S.A.
Tientsin, China.
中国天津和平区睦南道147号周叔弢寄
航空
Par Avion
美国加州
周一良
十竹齋

一九八二年八月六日

一良、鄧懿同覽：

你們兩信都收到。第二信及相片是我生日第二天收到，你們估計甚確。看見叔昭相片非常欣慰。〔一〕一九四八年上海一別，轉瞬之間已三十餘年。叔昭丰采似未大改，生活想不致太差。景珊已作古，〔二〕或非誤傳。你們此次在美國，得與家人在美國者晤談或通話，聞之非常高興。衛德明能見面，〔三〕更是意外。我解放前只在北京見一面。鄧懿摔跤腿部受傷，殊為懸念，回家後不知已恢復正常否？

〔一〕案叔昭即周叔昭女士（一九〇九—一九九六），弢翁長兄周達第四女，弢翁姪女，現代童話作家。早年畢業於燕京大學社會學系，曾受教於吴文藻、冰心夫婦。抗戰勝利後，周叔昭隨丈夫嚴景珊到臺灣任職并定居。叔昭女士一生主攻社會學，興趣卻在文學，小説、隨筆、詩歌均有涉獵，還翻譯過不少外國文學作品，尤其是「涉及孩子」的小説。一九六八年，繼《月兒彎彎》之後，叔昭女士又將先前創作的童話作品結集為《夏夜的故事》，署筆名「舒吉」。全書分為兩集，第一集包括四篇童話和一篇寓言，總名為《南麗姑娘和其他故事》。其中《南麗姑娘》塑造了活潑、善良、孝順的小姑娘南麗，在父親生病去世後，不得不輟學，被母親送到五十里外的莊子去做工，掙錢贍養多病的媽媽。叔昭女士希望小朋友能將「孝和愛奉為重要的生活守則」。第二集為中篇童話《魔術師的音樂匣子》，故事生動曲折，以悲劇結局，讓小讀者在認識到人生不完美的同時，也能生出豐富的想像空間。

〔二〕景珊，案即嚴景珊先生，周叔昭女士夫婿。景珊先生早年畢業於燕京大學社會學系，嘗在南開大學經濟研究所工作，抗戰勝利後赴臺，時已逝世。

〔三〕衛德明，按即 Hellmut Wilhelm，衛禮賢先生（Richard Wilhelm，一八七三—一九三〇）之子，父子同為著名漢學家。衛德明先生一九〇五年生於青島，一九三三—一九三七年嘗在北京大學教德語，全面抗日戰爭期間在北京德國人辦的德國學會。一九四八年赴美定居，任華盛頓大學東方學院教授，一九九〇年在美逝世。著有《中國思想史和社會史》（一九四二）、《中國的社會和國家：一個帝國的歷史》（一九四四）等。曾參與其父德譯《易經》工作，并以講授《易經》馳聲於歐美，西方人對《易經》之理解，深受他們父子的影響。

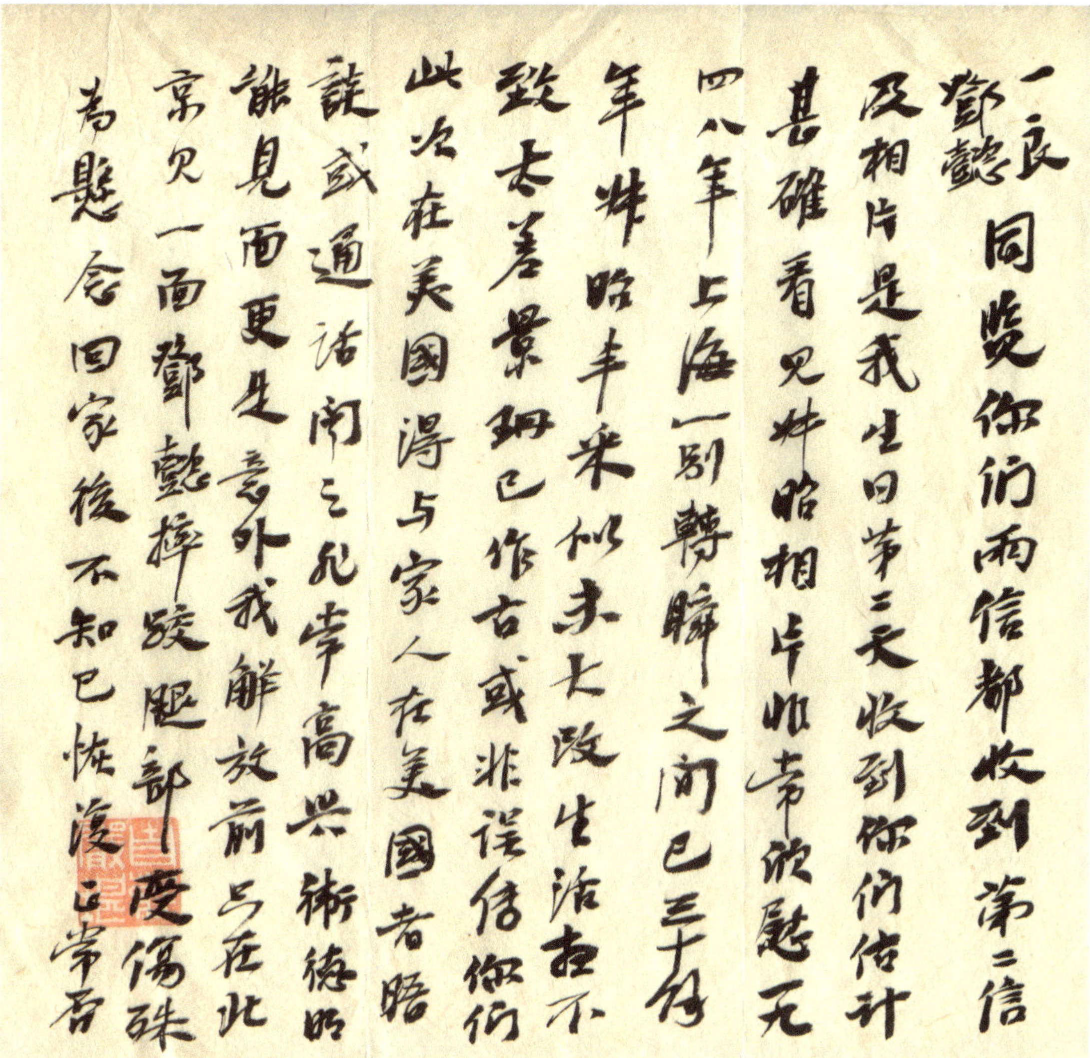

一良
鄧懿同覽你們兩信都收到第二信
及相片是我生日第二天收到你們估計
甚確看見你們相片非常欣慰无
四八年上海一別轉瞬之間已三十餘
年將照丰采似未大改生活當不
致太差景翔已作古或非謠傳你們
此次在美國得與家人在美國者晤
談或通話聞之非常高興衛德明
能見面更是意外我解放前與在北
京見一面鄧懿摔跤腿部受傷殊
為懸念回家後不知已恢復正常否

此次腿部受傷，不知與國内受傷處相同否？你在普林斯頓講學照片，屋内懸「壯思堂」扁（匾）額，不知何人手筆？平時此屋作何用處？外國大學中有中國扁（匾）額，殊出意外。你們在美尚須住多少時候？杲良來信，他擬約你們到附近風景區一遊，不知去過否？在照片中見志輔大叔如此清瘦，頗以為念。楊小樓劇目信箋我處只存數張（志輔大叔亦有信來談及此事），無《連環套》。當日木版是否只缺此一版，現在補刻，恐不易也。現在家中修理房屋已經兩個月，恐須再

此次腿部受傷不知與國內受傷處相同否你在普林斯頓讀學此片屋內懸壯思堂扁額不知何人手筆乎時此屋作何用處外國大學中有中國扁額殊出意外你們在美常須住多少時候果良來信他擬約你們到附近風景區一遊不知去過否在此片中見志輔大姊（志輔大姊亦有信來談及此事）清瘦頗以為念楊小樓劇目信箋我處只存數張無連環套當日木版是否只缺此一版現在補刻恐不易也現在家中修理房屋已經兩个月恐須且

過兩個月才能完工。我生日時珏良、耦良、丁怡自北京來，住與良家。我處雜亂，無處可安身也。今年北方春旱，近日雨多，天氣悶濕。再過幾天即立秋，或可稍爽。我們身體都好，母親心臟病雖未大發作，但因修房雜事太多，不能迴避，時覺不適耳。你們何時回國，已定日期否？

不多及。祝

雙好

父字　八月六日

志輔大叔處可通電話，信已收到，另函復。

可居室藏周叔弢致周一良函 附周珏良致周一良函

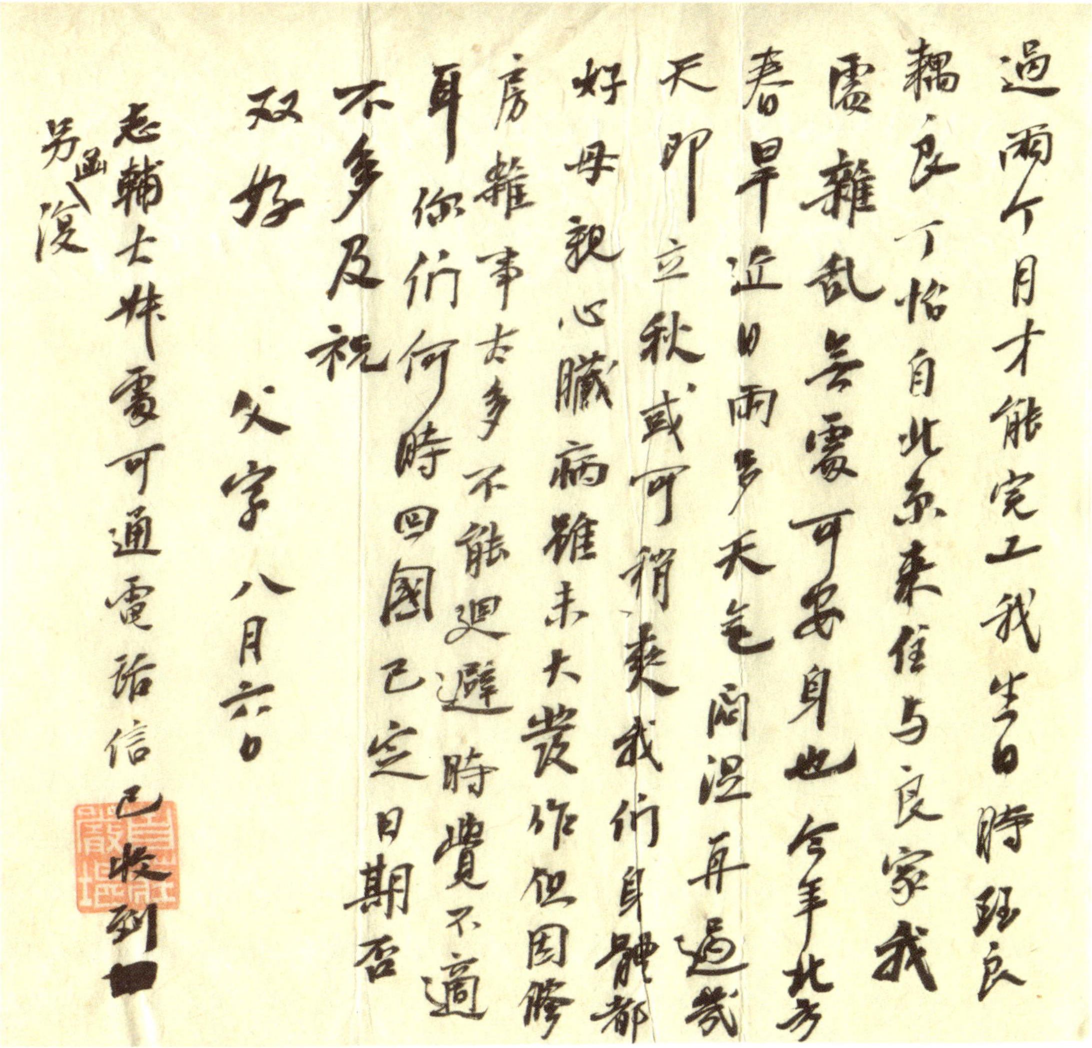

過兩个月才能完工我生日時珏良
耦良、丁怡自北京來住与良家我
處雜亂無處可安身也今年北方
春旱近日雨多天氣悶濕再過幾
天即立秋或可稍爽我們身體都
好母親心臟病雖未大發作但因廚
房雜事太多不能迴避時覺不適
耳你們何時回國已定日期否
不多及祝
雙好　父字　八月六日
志輔太太處可通電話信已收到
芳涵 浚

航空

美國加州

周一良　收

中國天津和平區睦南道一四七號周叔弢寄

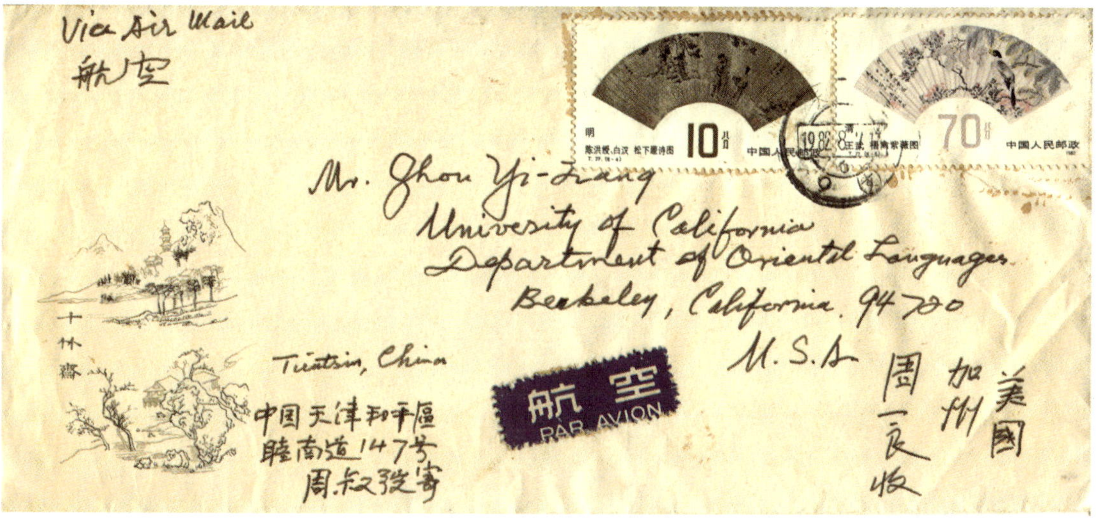
Via Air Mail
航空
Mr. Chou Yi-Liang
University of California
Department of Oriental Languages
Berkeley, California. 94720
U.S.A.
Tientsin, China
中国天津和平区
睦南道147号
周叔弢寄
航空
PAR AVION
美國
加州
周一良收

一九八三年二月二十二日

一良、鄧懿同覽：

得元旦書，共同歡喜。

左運奎是外公胞弟，行四，生於同治十一年（一八七二年）壬申，歿於民國二十三年（一九三四年）。舉人，某科記不清。天津圖書館有《迦厂詞》四卷，鉛印，有庚戌（一九一〇年）徐士佳序，〔一〕乃四十歲以前所作。當時遊幕瀋陽，歿在天津，時服務於河北省政府及財政廳，大約是秘書長及科長之職。其餘事跡，不得其詳矣。（子文又作祉文。）

《北山草堂詩記》附去，首頁複印二頁，可交珏良一頁，另全份四頁交景良。

今年春節來客甚多，一日有至二十餘人者。感冒未復元，頗感疲乏。近兩日稍稍清閒，仍不能多看書。

日本自來水塑料筆，使用頗方便，惜墨水用完不能再加，為美中不足。

近兩日天氣轉暖，大約寒潮不致再來襲矣。匆此。不多及。祝

雙好

父字

二月二十二日

此信交治良帶京。他大約遲五六日方返京。

北京圖書館所編《文獻》，我只收到第十輯，已後續出否？郵局似不辦訂閱。

〔一〕「徐士佳」，江蘇江陰人，同治九年（一八七〇年）舉人，光緒三年（一八七七年）進士，曾任軍機章京、兵科掌印給事中、直隸熱河道。

一良
鄧懿 同览 得元旦書共同歡喜 左運奎是外公胞弟行四生于同治十一年壬申殁于民国二十三年 举人[redacted]某科記不清 天津圖書館有迦丁詞四卷鉛印 有庚戌徐士佳序 乃四十歲以前所作 當時遊幕瀋陽 殁[redacted]時在天津服務於河北省政府及財政廳 大約是秘書長及科長之職 其作事迹不得其詳矣 北山（子文又作祉文）草堂紀事詩記附其首頁復印本二頁可交珏良一閲 另全份四頁交景良 今年春節來客甚多 一日有至二十餘人者 感冒未復元 頗感疲乏 近兩日稍稍清閑 仍不能多看書 日本自來水塑料筆使用頗方便 惜墨水用完 不能再加 爲美中不足 近兩日天氣轉暖 大約寒潮不致再來襲矣 匆此不多 及祝
双好

父字 二月二十二日

此信交珏良 東京 他大約迟五六日方返京
北京圖書館所編 校我只收到第十輯 已後續出否 郵局似不辨訂閲

一九八三年四月十七日

一良、鄧懿同覽：

前得景良信，得知鄧懿手臂摔斷，上小夾版（板），不知近日情况如何？深以為念。鄧懿已摔過二次，連這次，是第三次。容易摔交，想是骨質鬆弛之故。以後要特別小心。此次全（痊）愈後，出門可持手杖，可助一臂之力。

本月二十二日是鄧懿七十生日，我也不能上街給鄧懿買點禮物，兹由郵局匯去賀儀壹百元，祝你們百年長壽，為頌無量。

天津人代會

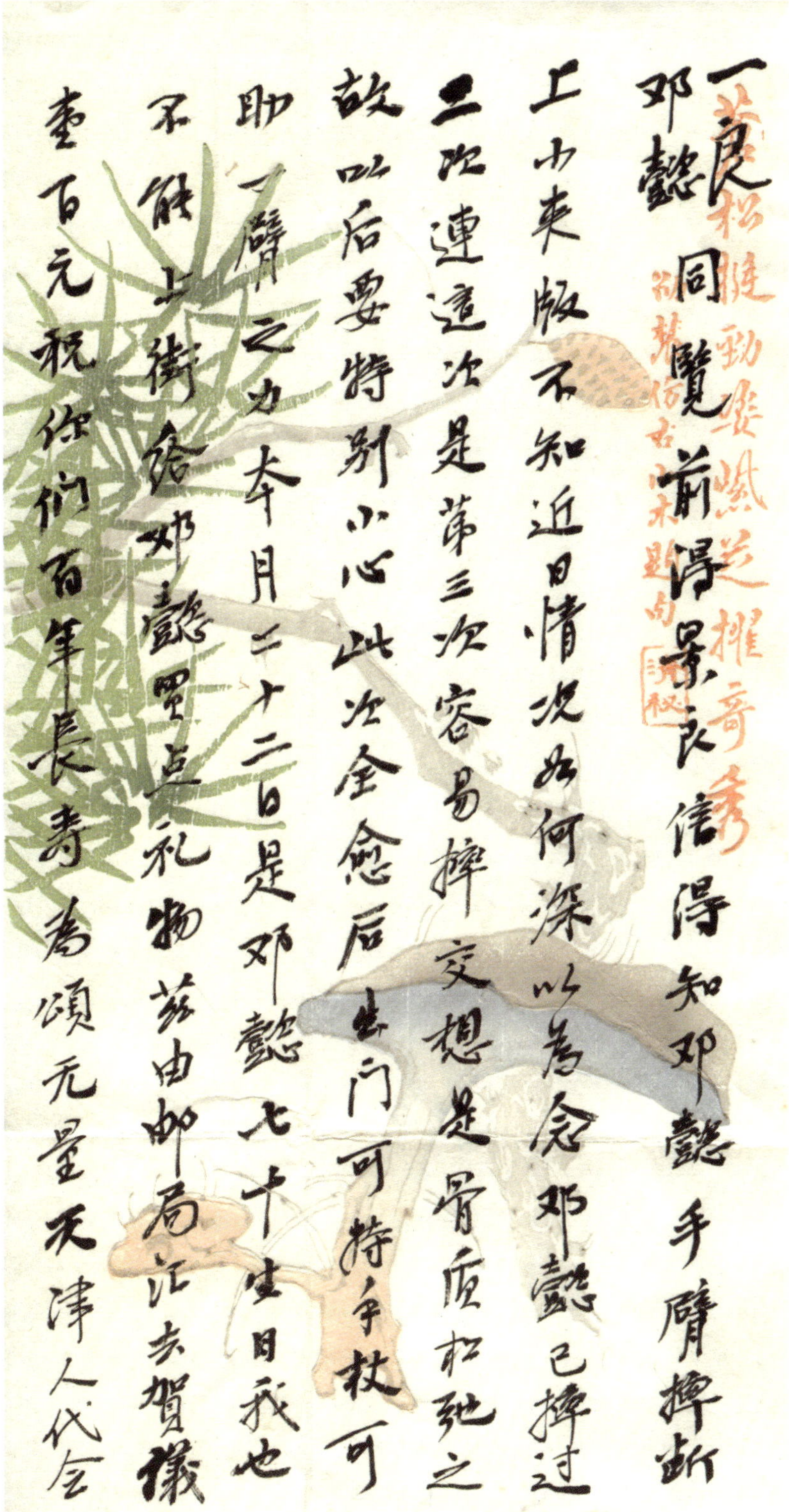

一良

邓懿同覽：前得景良信，得知邓懿手臂摔断

上次来函不知近日情况如何，深以为念。邓懿已摔过

二次，連這次是第三次，容易摔交，想是骨质松弛之

故。以后要特别小心。此次全愈后出门可持手杖，可

助一臂之力。本月二十二日是邓懿七十生日，我也

不能上街给邓懿买点礼物，兹由邮局汇去贺仪

壹百元，祝你们百年長寿，為頌无量。天津人代念

才開完，接着人大常委開會，我忙了好多天。近兩日始得稍稍休息。政協同時開會，我因身體不好，請了假，所以還清閒。

杲良來信，五月廿日抵北京，在國内只住廿日，只在京津小住，或到西安去一次，未十分定。他明年退休，前些時學校師生為他開慶祝會，印成小冊，寄來一本，你們想也收到了。

前天我們停了暖汽（氣），天氣忽然又冷了。北京想亦有大風，望多珍攝。

不多談。祝

雙壽

叔弢、道腴同祝

農曆三月五日

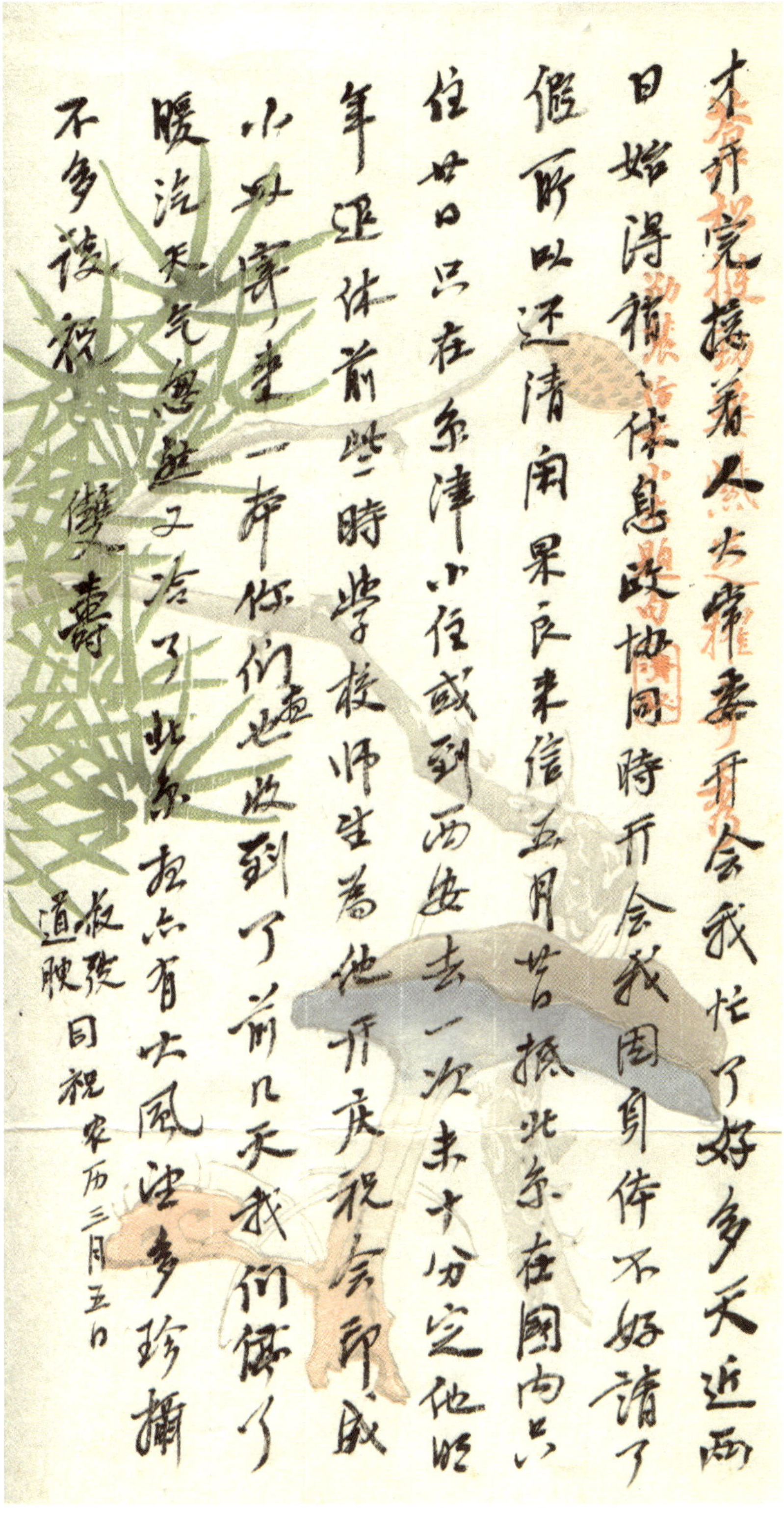
才开完接着人大常委开会我忙了好多天近两
日始得稍稍休息政协同时开会我因身体不好请了
假所以还清闲果良来信五月昔抵北京在国内只
住廿日只在京津小住或到西安去一次未十分定他明
年退休前些时学校师生为他开庆祝会印成
小册寄来一本你们去也收到了前几天我们俩了
暖流天气忽然又冷了此京据亦有大风沙多珍摄
不多谈祝
雙壽
叔弢
道腴 同祝 农历三月五日

北京　北京大學
燕東園二十四號
一良同志　收
天津和平區睦南道一四七號周寄

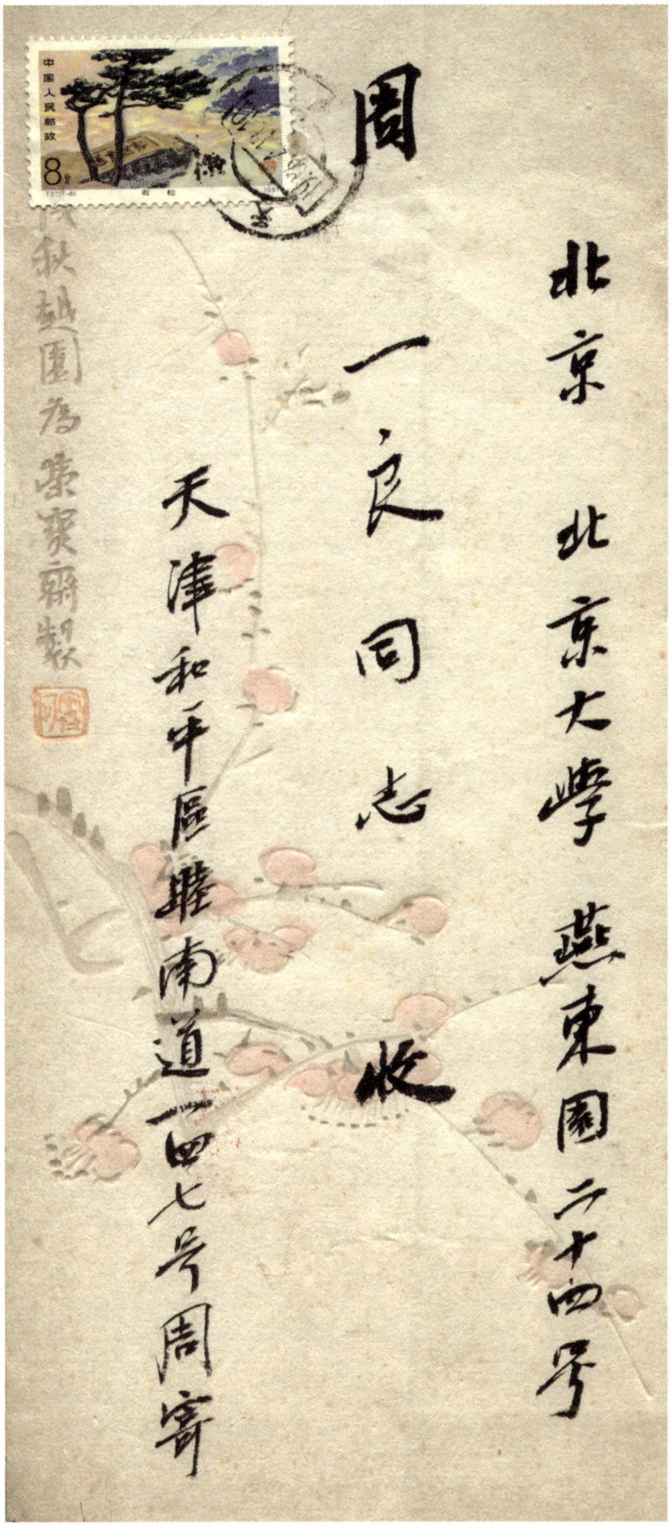
中国人民邮政
8
周
北京 北京大學 燕東園二十四号
一良同志 收
天津和平區睦南道一四七号周寄

一九八三年八月二十九日

一良、鄧懿同覽：

兩信收到，慰悉小朋、小博同機赴美，〔一〕途中可不寂寞。抵美後，有杲良招呼，出站當亦方便。小盈赴加，有定期否？宋元本書，用舊紙背面模印，黄蕘圃跋宋本《蘆川詞》已注意及此。《書林清話》有「宋元明印書用公牘紙背及各項舊紙」條，言之甚詳。我藏書中，有宋本《三禮圖》，是淳熙二年（一一七五年）鎮江府學公文紙印；元本《隨（隋）書》，是明嘉靖公文紙印。近世最知名者，宋本《王文公集》，不獨校（較）他本多出

〔一〕「小朋」，案即周啟朋，弢翁孫女，周珏良先生第二女，外交學院教授、前美國研究所所長。「小博」，即周啟博。

一良
母親近日可稍節勞，但新保姆初來，仍須操心了。
鄧懿同覽：兩行收到，慰悉。小朋小博自杭赴美，途中可不寂寞，旅美後有珏良招呼出站，當亦方便。小盈赴加有定期否？

宋元本書用舊紙背面模印，黃蕘圃跋宋本蘆川詞已注意及此。書林清話有宋元明印書用公牘紙背及元明舊紙條，言之甚詳。我藏書中有宋本三禮圖，是淳熙二年鎮江府學公文紙印；元本隨筆是明嘉靖公文紙印。近世最知名者宋本王文公集，不獨校他本多出詩文若干篇，背面乃南宋名公箋翰簡帖。我曾得照片十餘紙，今已散失。此書已影印，前些時仍售舊價七十元，可謂價廉物美，惜無知音之人耳。

三祖姑適洪氏，早寡，并未聞絕食之事。〔一〕洗手汲水，是關於絕食者常談，恐不可信。《北京晚報》載鄧廣銘先生關於岳飛二事，〔二〕我頗同意，不知你見之否？班師因客軍盡撤，孤軍無援，不知有根據否？便中可一詢之。

家中新來褓姆尚合用。下月初一日人大常委將派二人來，輪流住傳達室中，晚間可多一人照應，較方便也。不多及。祝

雙好

父字

廿九日

母親近日可稍節勞，但新褓姆初來，仍需操心耳。

〔一〕「三祖姑」，案即弢翁祖父周馥三妹，弢翁祖姑母。周馥光緒三十年（一九〇四年）所撰《三妹洪節婦傳》文云：「節婦洪周氏，予之第三妹也。生而性靜且惠，予母特鍾愛之。建德自咸豐三年至同治二年，此十一年中，為粵匪蹂躪無虛日。全家轉徙奔避，間關數百里，艱苦備嘗。同治二年春，予祖父挈家避亂安慶，感其姑相待之厚，因以妹許字其子洪金和為室。妹入門後，先意承志，克盡婦道，內外無閒言，勤苦持家，若將終身。妹夫金和，旋選授福建政和縣下莊司巡檢，孑身赴任，留妹侍養。逾年，姑病歿，妹拮据經理，喪殮周備且豐，人咸稱之。妹夫先感心痛，旋聞耗奔歸，見棺一慟而絕。妹於是痛不欲生，將以身殉，百勸不聽，水漿不入口者七日。將絕矣，戚鄰乃共扶起，以水沃其髮，復持其兩手納盆中。手熱，吸盆水忽乾。兒女環泣，戚鄰復責以大義，稍甦乃強起，茹辛耐苦，俾子女成立。」（參見《玉山文集》卷二）

〔二〕覈以周景良先生處藏弢翁岳飛研究筆記，及《鄧廣銘全集》（河北教育出版社，二〇〇五年）所附《鄧廣銘先生文章繫年總目》，鄧先生文章題目為《為岳飛的「愚忠」辯》，刊於《北京晚報》一九八三年八月十六日，第三版。

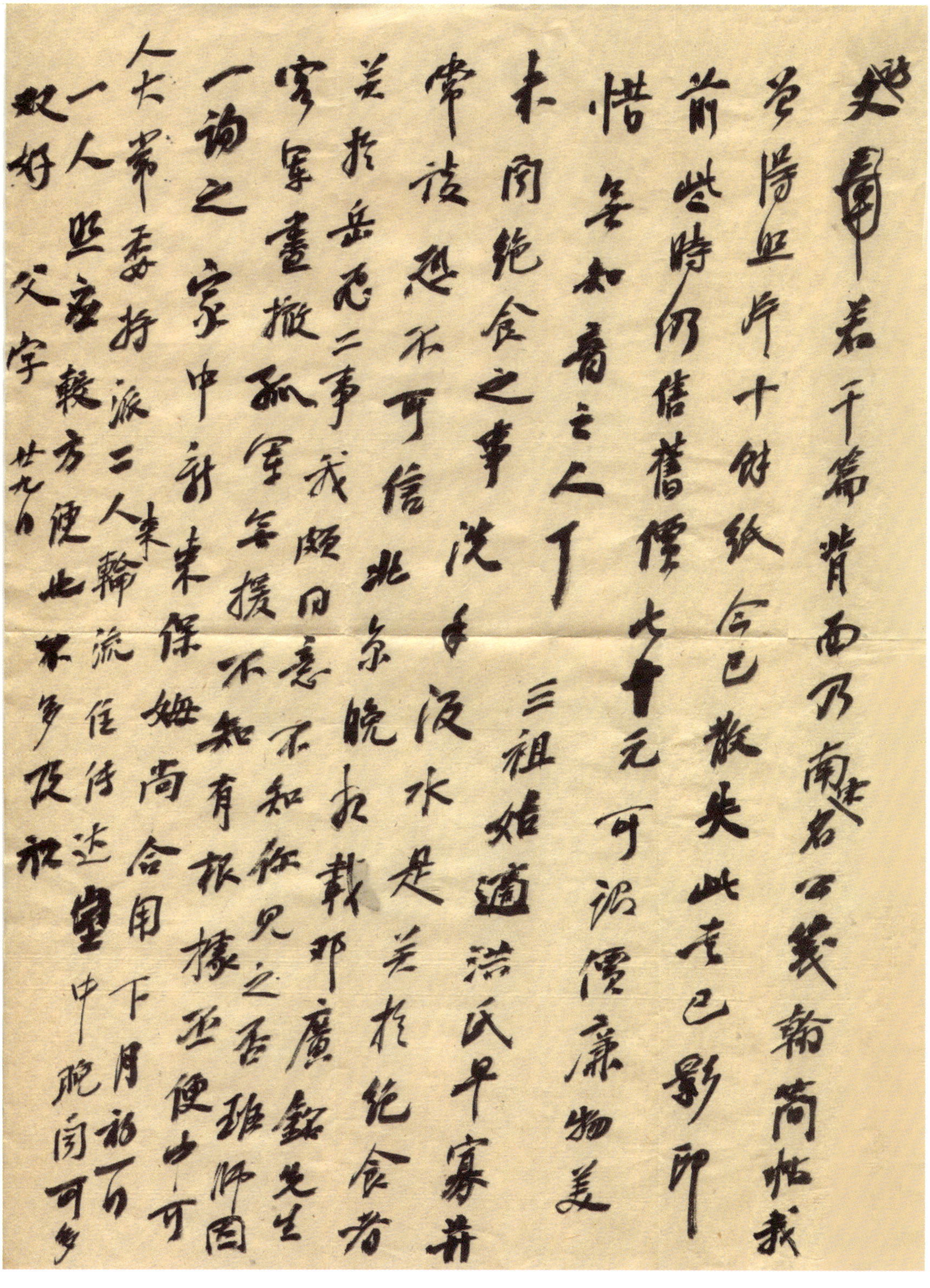

史傳若干篇，背面乃南宋名公箋翰，尚帖哉。
另得此片十餘紙，今已散失，此書已影印。
前些時仍售舊價七十元，可謂價廉物美，
惜無知音之人了。三祖姑適湛氏，早寡，并
未聞絕食之事，洗手汲水是关於絕食者
常談，恐不可信。北京晚報載鄧廣銘先生
关於岳飛二事，我頗同意，不知爾見之否？班師因
宋軍盡撤，孤軍無援，不知有根據否，便中可
一詢之。家中新來保姆，尚合用。下月初旬
人大常委擬派二人來輪流住侍述堂中，晚間可多
一人照應，較方便也。不多及，祝
雙好。父字 廿九日

北京　燕京大學
燕東園廿四號
周一良同志　收
天津周寄

中日邦交正常化十周年
1972 1982
中国人民邮政
北京燕京大学
燕東園
廿四号
周一良同志收
天津周寄

一九八三年九月九日

一良：

東至縣修縣志，前曾派人來津搜集周家史料。近寄來一簡目。我曾囑珏良寄祖父、祖母墓志銘，四叔墓志銘複製本。〔一〕目中皆未列入。不知珏良已寄否？修志處還要你們弟兄姊妹國内外學歷、社會職務、著述等。此事你可抽暇向他們詳細一查，可列一表寄我轉交。或直接寄安徽東至縣地方志編纂委員會更好。凡著作如尚有存者，最好能寄一本去。

蕭家三小姐蕭浣桐（壽官）住天津氣象臺路氣象里一四門六〇三號。她愛人朱寶璋是以良同學，現在外貿學院教英文。家中新來褓姆尚合用，母親尚不能十分安閒。傳達室有二人，每日一倒班。夜間多一人，仿佛好些。近日天氣漸涼，或不致再熱。今年酷熱，時間又長，居然熬過來，良不易也。

不多及。祝

雙好

父字

一九八三年九月九日

〔一〕「祖父」、「祖母」，案此為弢翁對子女言者口吻，「祖父」當即弢翁尊人周學海，「祖母」當即弢翁母親徐太夫人，「四叔」當即弢翁四弟周季木。

一良：

东至县修县志，前曾派人来津搜集周家史料。近寄来一简目。我[redacted]曾嘱珏良寄祖父祖母墓志铭，四叔墓志铭复制本。目中[redacted]皆未列入。不知珏良已寄否。修志处还要你们弟兄姊妹国内外学历，社会职务，著述等。此事你可抽暇向他们详细一查，开列一表寄我转交。或直接寄给东至县地方志编纂委员会更好。凡著作如尚有存者，最好能寄一本去。

萧家三小姐萧浣桐（寿货）住天津气象台路气象里14门603号。她爱人朱宝璋是以良同学，现在外贸学院教英文。

家中新来保姆尚合用，母亲尚不能十分安闲。传达室有二人，每日一倒班。夜间多一人仿佛好些。

近日天气渐凉，或不致再热。今年酷热，时间又长，居然熬过来，良不易也。

不多及。祝

双好。

~~殷盈想已无恙矣~~——记错了

父字

1983.9.9.

北京　北京大學
燕東園二十四號
周一良同志　收
天津周寄

北京 北京大学
燕东园24号
周一良同志收
天津周寄
8分
中国人民邮政
1983

一九八三年九月十四日（周景良藏）

一良、珏良：

前寄一信，談東至縣修志事。茲得志俊二叔來信，[一]附去一閱（此信望善保存）。他的意見很可取（珏良赴滬可帶給煦良一閱，美權大伯小傳似可由他寫[二]），你們二人可努力促成之（時間似不宜太長）。我的自傳本擬寫一提綱，至今未下筆。其實事迹不多，有一二千字足矣。一良前在津所見「文史資料室之稿」已退回矣。[三]《文史資料》是寫「活歷史」，應該以求實為主，亦非易事。我初意只供資料，已經公開關於我的文字，已囑郭蘊静複製矣。[四]紹良處我亦曾去信，《法音》雜誌載一文，敘叔迦事迹很詳，略加充實即可。[五]

餘不及。祝

好

父字

九月十四日

〔一〕「志俊」，案即周志俊，弢翁堂弟，弢翁四叔周學熙第二子，中國現代實業家。

〔二〕「煦良」，案即周煦良，弢翁姪，弢翁大哥周達先生第二子，二十世紀著名英國文學翻譯家、詩人、作家。「美權」，案即周達，「美權」「梅權」其字也，弢翁長兄，民國著名詩人，中國近代數學奠基人物，「集郵大王」，有《今覺盦詩》行世。

〔三〕此稿由邢公畹先生夫人根據訪談及資料整理而成，弢翁不滿意，故有此説。

〔四〕「郭蘊静」，弢翁孫媳，周啟乾先生夫人，明清史研究專家。

〔五〕「叔迦」，案即周叔迦先生，二十世紀中國著名佛學家。叔迦先生為弢翁堂弟，弢翁四叔周學熙第三子，周紹良先生尊人。

一良
珏良 前寄一份談东莞县志事一篇得志後
此信望善保存
珏良赴滬可帶給與良一閱美權大伯小傳似亦由他寫
二弟來信附去一閱他的意見很可取你們二人
時間似不宜太長
可努力促成之我的自傳今擬寫一提綱至今
未下筆其實事迹不多有一二千字足矣一良
前在津所見文史資料室之稿已退回矣文史
資料是寫活歷史應該以求實為主亦非易事
我初意只供資料已經公开关于我的文字已囑
郭蘊鏡复製矣紹良處我亦寄去代請音難認
戴一文敘述事迹很詳略加充實即可餘不及
祝好
父字 九月十四

一九八三年十一月×日〔一〕（周景良藏）

一良：

京豐賓館太遠。你們不容易來。有時間，我坐車到城裡來，比較方便。賓館電話尚未裝好。進門也很費事。我此次帶小宋車來。可以自由些。望囑耦良把《板橋集》送你處。我想請卞孝萱寫一小跋。〔二〕他的文章見《文物》。其他各處望轉告。

父字

北京大學燕東園二四號。

賓館電話二樓。八一四.〇〇一二。房間二〇二。

〔一〕原函未署年月日，據周景良先生處藏《左道腴日記（一九八三—一九八六）》（手稿）一九八三年十一月三日條：「〔一九八三年十一月三日〕三日乘九時半火車來北京。這次車從西站開，至豐臺站只停一分鐘，未下車，仍到北京站，大會車到站內來接。換車半小時到京豐飯店，已快一點鐘，即到飯廳吃飯。特做麵湯雞旦，香油味很大，只吃一小碗一個雞旦。京豐賓館我們住兩門，伙食一班（般），米飯太梗，菜也不熱，我牙疼皆不能吃。房間內没有電話，到服務臺給珏良打電話，叫他通知大家。後鄧懿來電話，我説路太遠，大家都不要來。」推知此函為一九八三年十一月所書無疑矣。然弢翁此函具體日期，猶不能確定，疑即弢翁夫婦一九八三年十一月三日抵京後當日或翌日所書，遲至三四日之後則不可能矣。另據《左道腴日記（一九八三—一九八六）》（手稿），弢翁此次蒞京開會，至十一月二十一日上午九時始乘火車返津，居京約十九日。此為弢翁最後一次來京出席政治活動。

〔二〕此處所言卞孝萱先生《文物》文章，即卞先生發表於《文物》一九八三年第一〇期之上的《乾隆焚書與〈板橋詩鈔〉鏟板》。卞先生於文章中條分縷析《板橋集》的四個版本，及《板橋詩鈔》遭鏟板前後的脈絡演變，甚是明暢清晰，故弢翁擬有所請也。案卞孝萱先生（一九二四—二〇〇九），江蘇揚州人，南京大學中文系教授，著有《劉禹錫年譜》《元稹年譜》《鄭板橋叢攷》等。

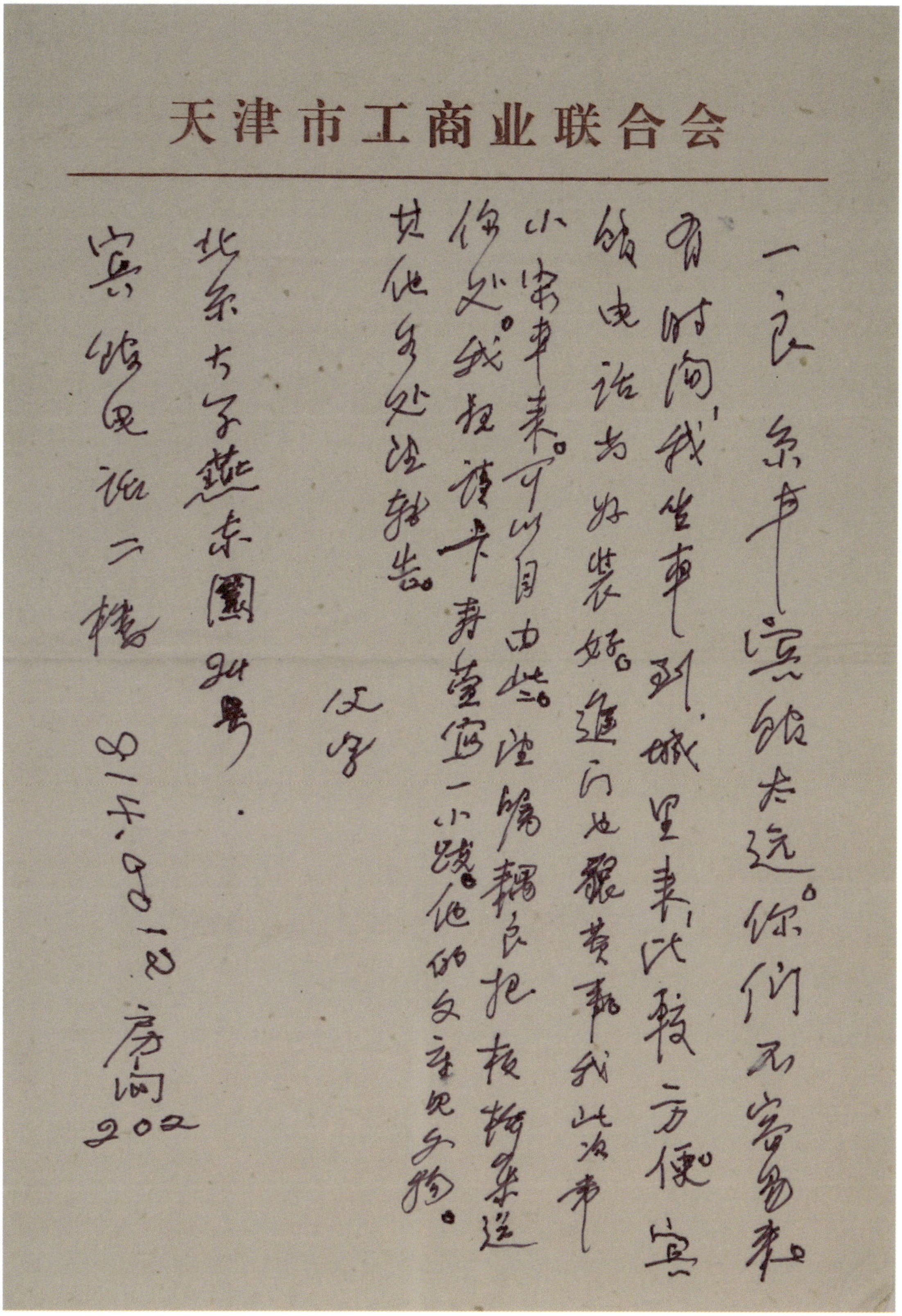
天津市工商业联合会

一良：京中宾馆太远。你们不容易来。有时间，我坐车到城里来，比较方便。宾馆电话为好装好。进门也难。黄彝我此次带小宋来。可以自由些。请编翻良把板桥来送你处。我拟请卞孝萱写一小跋。他的文章见多稿。其他各处请转告。

父字

北京大学燕东园24号。

宾馆电话二楼 81年.8.12 房间202

一九八三年十一月二十七日〔一〕

一良：

我曾在一書中見到詳記司禮監每年所用紙、筆、墨數量及種類。現在想不起書名，望代查。每年年終即將應用之紙、筆、墨算出，紙大約是江西製造，有「開花榜」之名。《宛署雜記》只記翰林院及各部和宛平署。我所見之書，并非罕見之本，或不難查出。

〔一〕此函落款未具年月日，然函套保存完備，據函套郵戳（自天津寄出時間為一九八三年十一月二十七日，抵達北京時間為一九八三年十一月二十八日））、郵票（郵票為一九八三年「猴票」），及信封「半月後即入院」鋼筆字樣，推知此函時間最晚為一九八三年十一月二十七日。

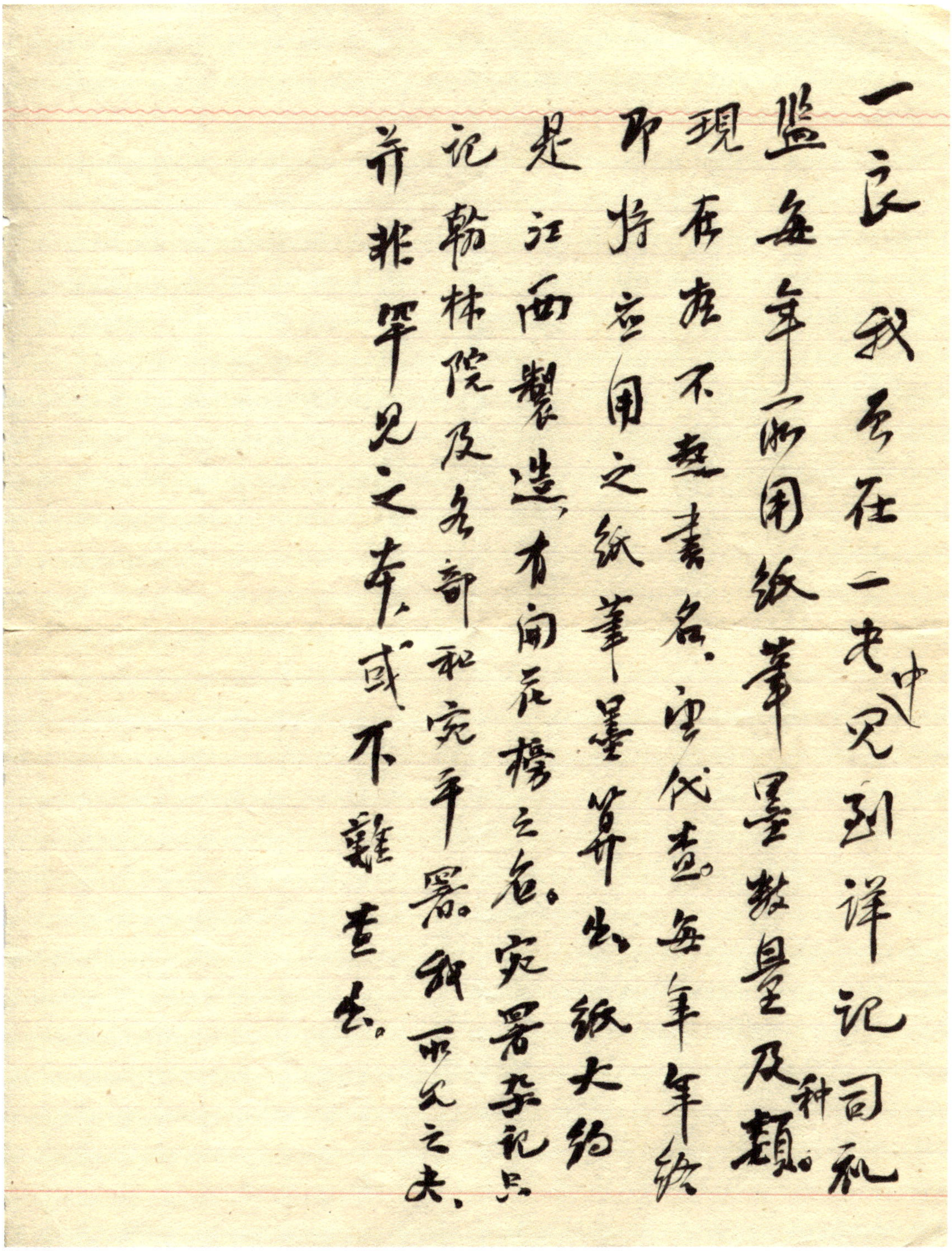
一良

我曾在一书中見到詳記司禮監每年所用紙筆墨數量及种類。現在記不起書名，望代查。每年年終即將應用之紙筆墨算出，紙大約是江西製造，有向花榜之名。究[illegible]記只記翰林院及各部和[illegible]器。我所見之書，並非罕見之本，或不難查出。

北京　北京大學

燕東園二十四號

周一良同志　收

天津周寄

半月後即入院

北京 北京大学
燕東園二十四号
周一良同志收
天津周寄

一九八三年×月二十七日

一良：

回家後，極疲乏，竟睡十二小時。足腫如故，稍遲擬就中醫診之。現在左腿無力，走路頗不方便。是否骨刺，亦不能確定。〔一〕

言申夫信寄去，〔二〕望直接復信。所稱海外書，當指言二之信，可於復信中附回此信。本

〔一〕此函無函套，落款無年月，僅署「廿七日」。據《左道腴日記（一九八三—一九八六）》（手稿）一九八三年十一月二十三日記：「叔弢去總醫院。因走路腿不好走，恐有骨刺，想照像，大夫不主張照，未照。」十二月八日記：「中醫張大夫來診，叔弢腿腫脚腫，他説是脾腎，開了七付湯藥。」頗疑此函書於一九八三年十一月二十七日，然猶不能確定矣。

〔二〕言申夫，民國沽上聞人言謇博次子，實業家言敦源之姪。嚴修名言：「北洋舊僚，惟我和言敦源不愛錢」，概可想見言敦源之風骨。言氏為「南方夫子」言偃之後，世居江蘇常州，至言謇博、言敦源兄弟，方以宦跡所之，卜居京津。言申夫長兄言簡齋、姨表兄弟許姬傳，皆曾為梅蘭芳秘書，知名於時。其外祖徐致靖為清末名臣，戊戌大難不死之第七君子。言、周兩家係同僚、同事加姻親（周學熙長子周志輔先生娶言氏女），關係非同一般。言申夫曾為啟新洋灰公司職員，後引退。「言二」，承周景良先生賜示，即言鎔甫先生，言敦源之子，曾為久安信託公司經理。一九八四年二月十四日弢翁逝世，言申夫、言鎔甫兄弟曾作輓聯云：「叔弢三哥大人千古：德足輔世言足範俗童叟中青共仰；行達乎恭用達乎儉聰明正直為神。姻愚弟言鎔甫、言申夫敬輓。」

一良回家後極疲乏竟睡十二小時足腫如故稍遲擬就中醫診之現在左腿無力走路頗不方便是否骨刺亦不能確定言申夫寄信去法直接復信所稱海外書畫指言二之代可於復信中附回此信本

可不寄。你過眼小趙所寫薰腿藥方。前忘二藥，兹補去：（一）乳香，（二）没藥，各十克。寫信多錯脱，精神大差，近幾日只静養，除閱報之外，非緊急公文，原封不動。不多及。祝

雙好

父字

廿七日

可不寄你過水趙所寫
薰腿藥方前忘二藥茲補左
（一）乳香（二）沒藥 各十克 寫信多
錯脫精神太差近幾日只
靜養除閱報之外緊急
公文原封不動不多及 祝
雙好
父字 廿七日

附周珏良致周一良函

說明

可居室藏周珏良先生致周一良先生函凡十八通，亦太初先生健在日所親贈可居室主人者。案珏良先生民國五年丙辰二月十一日（一九一六年三月十四日）生於天津，為周叔弢先生第二子，少長兄一良先生三歲，長幼弟景良先生十二歲。珏公少與太初公一同進塾，後始入新式學堂，由廣東中學而南開中學，而清華大學。一良先生《畢竟是書生》憶云：「在家塾讀古書以外，我從十四歲以後開始了外文的學習，首先是日文。這裡又要提到我的父親的卓識。當時他認為，日本與蘇俄是我國緊鄰，關係必將日益密切，這兩國的語言很重要。所以他計劃讓我學日文，我的二弟珏良學俄文。珏良後入南開中學，外語為英文。當時情況下，俄文出版物不易見到，家塾補習也不易進展。他不久放棄俄文，多年後當了英文教授。」珏公於一九三五年入清華大學西洋文學系，抗戰軍興，隨校播遷滇省，一九四〇年自西南聯大外國語文系畢業，嗣後讀研究生并留校執教。一九四七年赴美，入芝加哥大學（The University of Chicago）英文系研究院，攻讀英美文學及文學批評。時珏公與同在英美留學之清華同學、同事相約，將來學成回到清華外文系，李賦寧教中世紀，「佐良教文藝復興和莎士比亞，國璋教十八世紀，珏良教十九世紀（以詩歌為主）」。珏公於一九四八年自芝加哥大學畢業，一九四九年八月返國。一九五〇年起，任北京外國語學院英語系教授。自茲同許國璋、王佐良、李賦寧、楊周翰等，并為我國一九五〇年後英語教學學科建設及英美文學研究之基石人物。珏公犖犖大才，默存先生為弢翁六十生日祝嘏所撰《黄山谷詩補注》，開篇即讚珏公云：「拙著《談藝録》中，補山谷詩天社、青神兩注五十許事。近偶批尋，復獲數則。珏良賢弟，承其家學，於涪皤集不啻得髓，嘗以論山谷詩學一文相示，為之心愜眼明。因寫出奉質，且詠山谷詩曰：『有子才如不羈馬，先生身似後凋松』，為堂上難老之祝云爾。」（參見《周叔弢先生六十生日紀念論文集》）珏公同學、同事兼畢生知己王佐良先生於珏公歿後，撰《懷珏良》文亦云：「他在清華師從吴宓和溫德，在西南聯大師從錢鍾書和燕卜蓀（William Empson），在芝加哥大學師從R.S.克雷因（R. S. Crane）和其他『新亞里斯多德主義者』，加上他的天賦和家學，使他成為一個既能欣賞又能分析、既有文學的史的學問又有理論的學者。他有兩大優勢。其一是由於熟悉西方傳統學院派、新批評派、新亞里士多德主義者等的成就，他對於當代新文論的背景和淵源比一般人清楚，善於把它放在適當的歷史地位，既不為其新奇所惑，又不會看不出其發展的意義所在。另一個優勢是他在中國古典文論方面的修養使他能夠有超越西方的另一種標準來判别事物，不至於受一時時尚的操縱。」又云：「他還是一個卓越的翻譯家，文學翻譯之外，還從事過政論翻譯和口譯。他擔任過朝鮮停戰談判的翻譯，文革中有一個時期他是外交部翻譯室的負責人之一。他也是《毛澤東選集》（第五卷）《毛澤東詩詞》和《周恩來選集》英譯的定稿人之一。在這些方面他都是有重大貢獻的。」今讀珏公文集，説文，則詩歌、戲劇、小説、文論、比較文學，無不在其評論之列；談藝，則版本目録、書法藝術、墨本書譜、清代名墨、書畫篆刻（如談清末民初周明錦與劉希淹之刻印藝術），盡收眼底；談及譯事，則既有理論著述《論翻譯》，亦不無詩歌、戲劇、散文、小説、文論等不同文類、風格迥異之名篇譯作。珏公譯文譯詩提倡『譯述法』，即不拘泥於一字一句之對譯，用心於原意之傳達，自是别具隻眼，自有風采。觀其文，其開闊之視野，與時俱進之學術思想，行文灑脱，真可謂淵矣博矣精矣，浩浩若無崖岸之可望，企慕之心頓生。珏公於一九九二年十月十六日因心臟病突發遽然辭世。太初先生輓二弟云：「生也悠遊，去的瀟灑；詩精中外，書追晉唐。」《周珏良文集》出版，太初公收到書後即有題記云：「一九九四年六月十五日收到，距珏良之歿二十月矣。一良記於燕東園。」言有盡而意無窮，兄弟之情怡怡，讀來令人動容，適如晉人潘嶽

《楊荊州誄》所謂，「舉聲增慟，哀有餘音」也。可居室藏此十八函，或兄弟談書論學，或述及家事（如弢翁赴港事、九十壽慶事等）、個人心曲、學林近況，或記一代故聞，非僅一代學術史資料、思想史資料，亦一代文化史料、社會史料、生活史料矣。今屆珏公百周年誕辰，又係太初公逝世十五周年，爰徵得景良先生俞允，逐年編次、箋注如下，以饗讀者。闡揚前賢之學，追思前賢風範，有茲於來者矣。原札中之誤字、增補字、衍字，分以（ ）〔 〕〈 〉標出，「相形而不相掩」，存其真而求其實也。丙申秋九，孟繁之記於北大靜園二院。

一九七九年十二月一日

大哥：

天津寄來日報，有訪問記者三份，以一份寄上，供保存。父親近日血壓較高，曾到二二〇，後降至一八〇/九〇，故此次常委會告假未來北京。專此。并致

敬禮！

弟　珏良　頓首

十二月一日

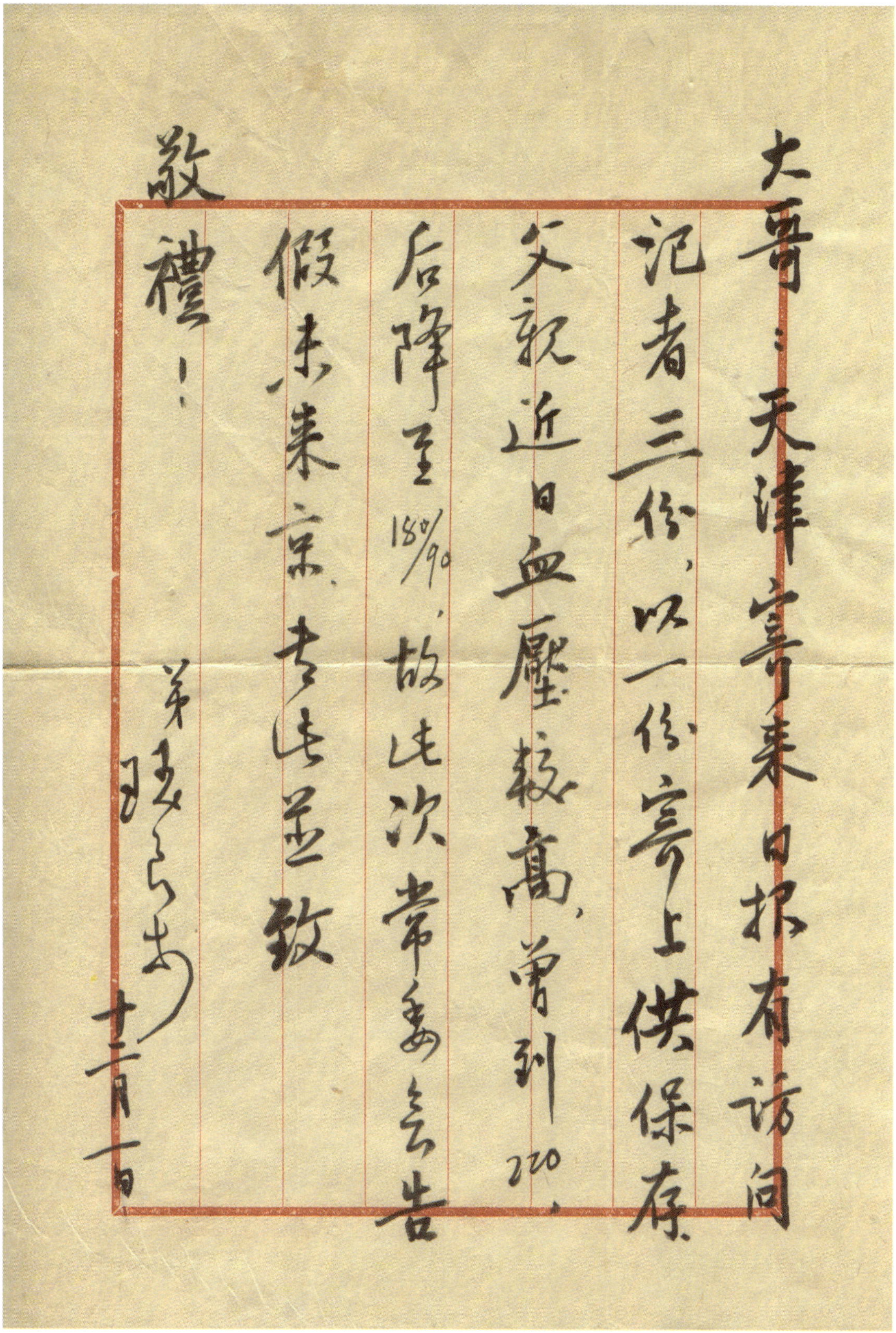

大哥：天津寄来日报有访问
记者三份，以一份寄上供保存。
父亲近日血压较高，曾到220，
后降至180/90，故此次常委会告
假未来京，专此并致
敬礼！
弟珏良上
十二月一日

【附紙】

父親來函云，天津市革委會有派他去香港訪問之説。他因當地熟人不多，未即應允。并説，如成行，希望弟能告假陪他去（此事尚須與外部領導商量）。[一]他最近血壓曾高達二二〇，後降至一九〇/九〇，九十高齡，此數雖不算高，但遠行終須慎重，如果成行，恐需與天津市言明，醫護方面應有必要措施也。弟本想勸他不要去，後與珣良電話連（聯）繫，她以為老人家既有興致，飛機來往，亦無大關係。不知你以為如何？

弟　又及

〔一〕 弢翁一九七九年十一月二十九日致珏良先生函云：「珏良：最近天津市革委會有派我到香港去之議。我因考慮，我去香港，因工商界無熟人，恐影響不大，血壓尚未下降，所以未即答應。如果辭不脱，不知你能否請假陪我去否（日期不會長）？此是我個人打算，尚未與領導談。我意身體强弱，尚不是主要問題，只要能有好影響，我即不應十分考慮我個人也。」

父親來函云天津市革委会有派他去香港訪問之說，他因當地熟人不多，未即應允，並說此事尚須与外部領導商量。如成行希望弟能告假陪他去。他最近血压曾高達220，后降至190/90，九十高齡此數雖不算高，但遠行総須慎重。如果成行，恐需与天津市言明，匯款方面應有必要措施也。弟本想勸他不要去，后与珣良電話連系，她認為老人既有此興致，飛机來往亦无大关係，不知你以為如何？

弟又及

北京大學
燕東園二十四號
周一良同志　收
外語學院
周寄

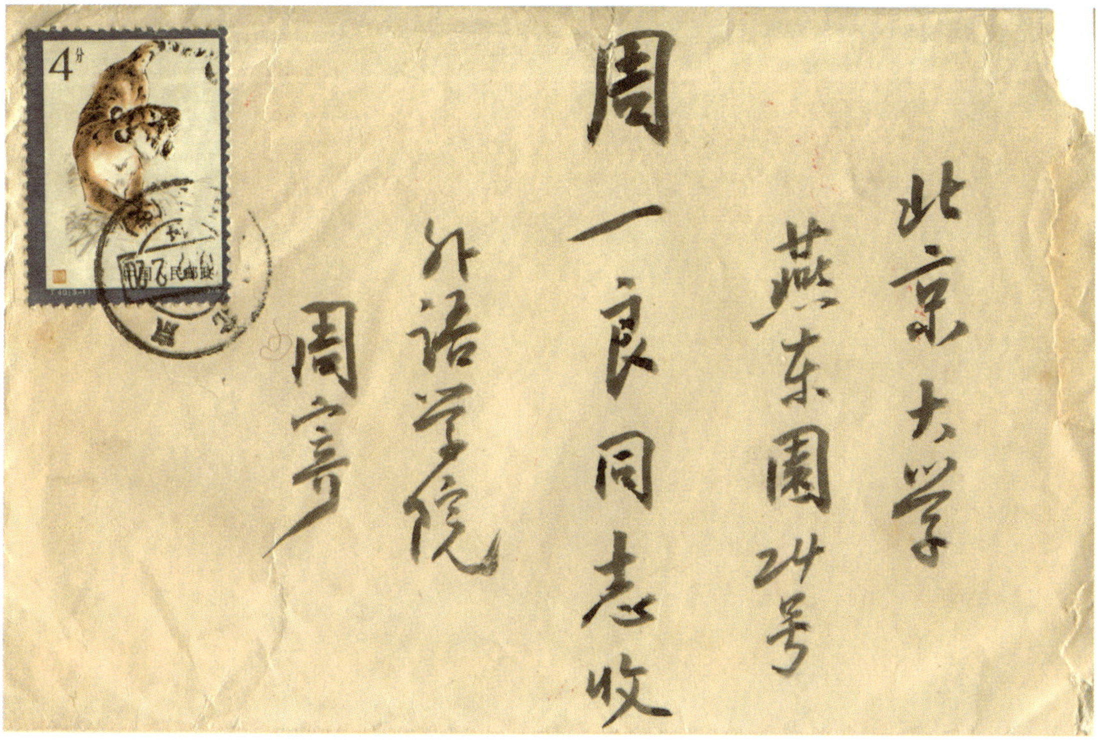
4分
北京大学
燕东園24号
周一良同志收
外語学院
周寄

一九八〇年一月十二日

大哥：

關於父親藏書的報導，已由紹良就《天津日報》材料另寫一篇，〔一〕經我補充後寄天津。〔二〕老人看過，擬去港之前，寄《大公報》或《文匯報》發表。唯行期尚未定。聞日前天津統戰部負責人曾與父親談起此事，頗以他身體為慮，或有變化，亦未可知。高齡作遠行，必須慎重也。（如不去，此文仍可發表。）

〔一〕「紹良」，案即周紹良先生（一九一七—二〇〇五），弢翁堂弟周叔迦先生之子，弢翁之姪，二十世紀著名紅學家、敦煌學家、佛學家、文史雜家，也是著名收藏家及古文物鑑定專家。

〔二〕弢翁一九七九年十二月三十日致玨良先生函：「玨良：信及印拓都收到。『半玉樓印』，非劉氏佳作，今後亦無用處，不足惜也。昨日統戰部長談及赴港事，只以我身體為慮。我以紹良投稿介紹藏書事告之（我如不赴港，此稿亦可寄港否？），他頗以為然。日期似尚未定也。」

大哥：聞於父親藏書的報導，是由紹良就天津日報材料另寫一篇，經我補充後寄天津老人看過，擬寄港之前寄大公報或文滙報發表，唯仍期尚未定，聞日前天津統戰部負責人曾與父親談起此事，頗以他身体為慮，或有變化之心，未可知。高齡作遠行，必須慎重也。

如果去此文仍可发表。

父親來函云訂閱上海《書法》雜誌，唯第五期（有漢簡者）未收到，囑在京覓一冊。[一]但市上此期已賣缺，前寄吾兄一本，可否先寄天津？弟當設法，另找一本寄吾兄，如何？

杲良來函，[二]云大約十月國際腦科會議在滬開會時回國，父親九十大慶時恐不能來了。

弟自去年十二月底，已臨時借調譯總理文選，需八九月始能竣事。現每日在西城中央編譯局上班，只管翻譯，無任何行政雜務，頗合弟意也。

敬禮！

弟　珏良　頓首

一月十二日

［一］弢翁一九八〇年一月七日致珏良先生函云：「珏良：至東門里新華書店一看，新印碑帖陳列甚齊，我選購《大觀帖》二本，《麓山寺》（因有碑陰）、安刻《書譜》及魏碑三種，今後可不到北京買矣。《書法》第五期、《故宮院刊》第四期仍未買得，望物色。昨見木刻《稼軒詞》，名為仿元，實是自成一格，寫刻殊佳。我眼饞，竟費廿八元買了一部，惜紙不佳，如得佳紙佳墨，不在董刻之下也。其他尚有木刻及影印之書，價皆奇貴。重印暖紅室本《桃花扇》，價四十五元（白紙六十五元，過去只三四元耳），真出意料之外也。」（原函今藏周景良先生處）

［二］「杲良」，案即周杲良先生（一九一八—一九九八），弢翁第四子，早年畢業於燕京大學、哈佛大學，後任斯坦福大學（Stanford University）醫學院神經學系教授，為二十世紀國際知名腦神經科、腦記憶學專家。

父親來函云訂閱上海書法雜誌，唯第五期（有漢簡者）未收到，囑在京覓一冊，但市上此期已失缺，前寄吾兄一本，可否寄天津，弟當設法另找一本寄吾兄，如何？果良來函云大約十月國際腦科會議在滬開會時回國，父親九十大慶時恐不能來了。弟自去年十二月底已臨時借調譯總理文選，需八九月始能竣事，現每日去西城中央編譯局上班，只管翻譯，無任何行政雜務，頗合弟之意也。

敬禮！

弟珏良上 一月十二日

附周珏良致周一良函

北京大學
燕東園二十四號
周一良同志　收
外院北樓戊一〇一號
周寄

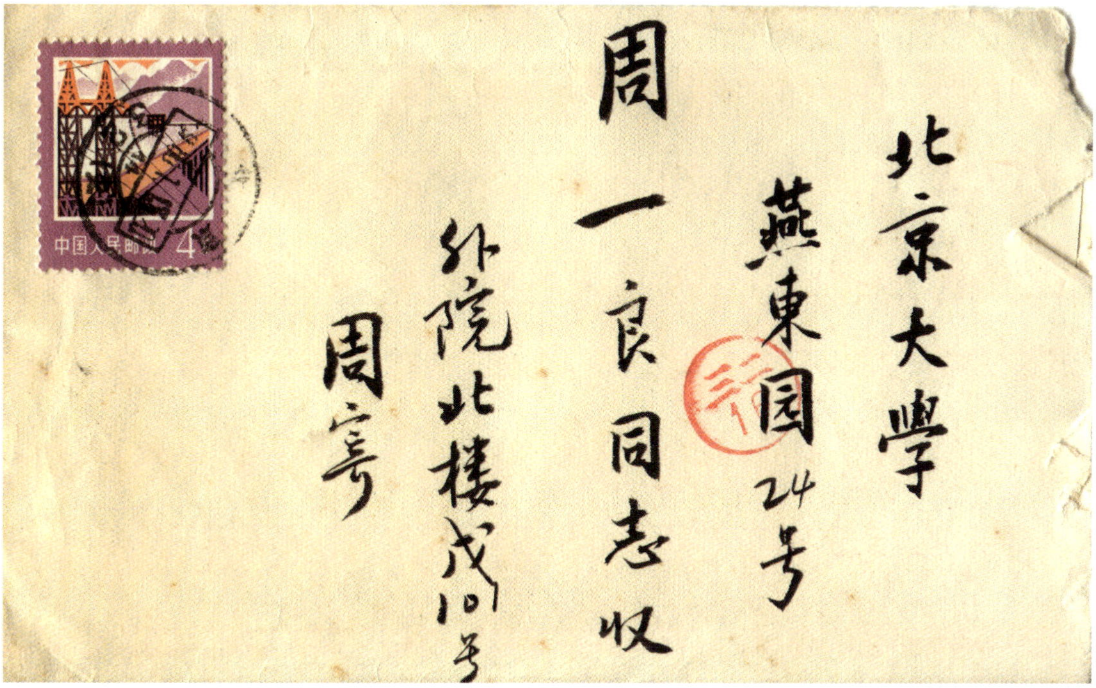
北京大學
燕東园24号
周一良同志收
外院北楼戊10号
周寄
中国人民邮政 4

一九八〇年一月二十日

大哥：

適奉手書，恰有《張猛龍》碑陰在藏中，亟檢之，「新陽縣」下確無「郡望」二字，并無鑿紋。唯此行已近碑底邊，依拓片上看，可能因已無地位，故而從簡，不知可能否？原拓片寄上，請你仔細一看。

紹良所藏有《晉處士成君碑》，小型隸書類《張朗墓志》《左棻墓志》（弟向疑《左棻志》為偽製，今細看之，以書法而言，不假也），又有《南梁威猛將軍程虔志》及《吕超静墓志》，均難得之品。弟有《宋劉惺民志》，不知於吾兄之研究工作，亦有幫助否？此幾種現均在弟處，隨時可以奉上也。

弟向疑左棻志爲偽製，今細看之，以書法而言不假也。

大哥：：適奉手書，恰有張猛龍碑陰在藏中，可檢之，新得縣下確無郡望二字，並無豐紋。唯此碑已近碑底，遂依拓片上所可見之，因底已無地位，故而從簡，不知可然否？原拓片寄上，請仔細一審。

紹良所藏有晉處士成君碑，小型之隸書張朗墓志、左棻墓志，有南齊梁、威猛將軍程虔志及呂超靜墓志均難得之品，弟有宋元拓民志，不知於吾兄之研究工作上可有幫助否？此幾种現均在弟處，隨時可以奉上也。

弟除參加「周選」工作外，因商務擬重出《英國文學選》（原為活頁，即「洋三家村」之罪證），佐良主其事，弟亦參與。《大百科全書》又約寫幾條有關英美文學者，下班後不得不忙於此事。看來此局不可長，六十五歲之後，應另打主意也。吾兄普查魏晋南北朝史料，如見有關書法而不經見者，乞見告。

專此。并致

敬禮！

弟　珏良　頓首

一月二十日

北圖冀淑英同志為父親藏書作目，〔一〕「五一」前可成，擬在天津出版，若生日前出書，則甚佳矣。

弟尚有一珂羅版《張猛龍碑》，亦有碑陰，拓較舊，如欲參考，可令啟鋭來取。〔二〕

〔一〕冀淑英（一九二〇—二〇〇一），前國家圖書館研究館員，二十世紀中國著名古籍版本目録學家，著有《自莊嚴堪善本書目》（一九八五年）、《冀淑英文集》（二〇〇四年）、《冀淑英古籍善本十五講》（二〇〇九年）等，參編有《北京大學圖書館館藏李氏書目》（與宿白先生合編，一九五六年）、《北京圖書館善本書目》（與趙萬里先生合編，一九五九年）、《中國版刻圖録》（與趙萬里先生合編，一九六〇年）、《西諦書目》（與王樹偉先生合編，一九六三年）等。

〔二〕「啟鋭」，案即周啟鋭，周一良先生第三子。

弟除參加「周選」工作外，商務擬重出「英國文選」（原有注釋字，即評三家村之[illegible]）佐良主其事，弟亦參與。大百科全書約寫幾條有關英美文學者，下班後不得不忙于此等事，亦知此局不可長，六十五歲之后應另打主意也。

吾兄若查録晉南北朝史料，如見有關書法而不經見者，乞見告。專此並致

敬禮

弟 珏良上

一月二十日

北高墓淑英因志為文，記藏書作目，立一篇可成，擬在天津出版，若能年前出書，則甚佳矣。

弟尚有一珂羅版張猛龍碑，亦有碑陰，拓較舊，如欲參考，可令啟銳來取。

一九八〇年三月十二日

大哥、大嫂：

杲良來函，云今年父親九十大慶如送禮，也算他一份。我想此事也確是應考慮了。本來大家曾想到電冰箱，但聽說老太太不大讚成，〔一〕不好强加。不知你們有何想法？最好找個時間，大家商量一下。

赴港之事，尚無確期。據天津來外部連（聯）繫借調人云，約在四五月間也。〔二〕

敬禮！

弟　珏良　頓首

三月十二日

〔一〕「老太太」，案即弢翁夫人左道腴女士。

〔二〕弢翁一九八〇年三月五日致珏良先生函：「珏良：赴港事已請示中央，想可批准。做衣服可在北京，比之天津品質較高，我是否來京做，尚未定。此次除你我二人外，再加萬國權及一醫士，共四人。」

大哥
嫂：杲良来函云今年（今年何時回國尚未定，定必在九十月間）父親九十大庆，如
送礼，也算他一份，我考虑了也确是应考
虑了，本来大家曾考虑到電冰箱，但听
说老太太不大贊成，不好强加，不知你们
有何看法，最好找个時间大家商量一
下。赴港之事尚無確期，据天津来外
部送来借調人云约在四五月间也。

敬禮！

弟珏良上
三月十二日

北京大學
燕東園廿四號
周一良同志　收
外語學院北樓周寄

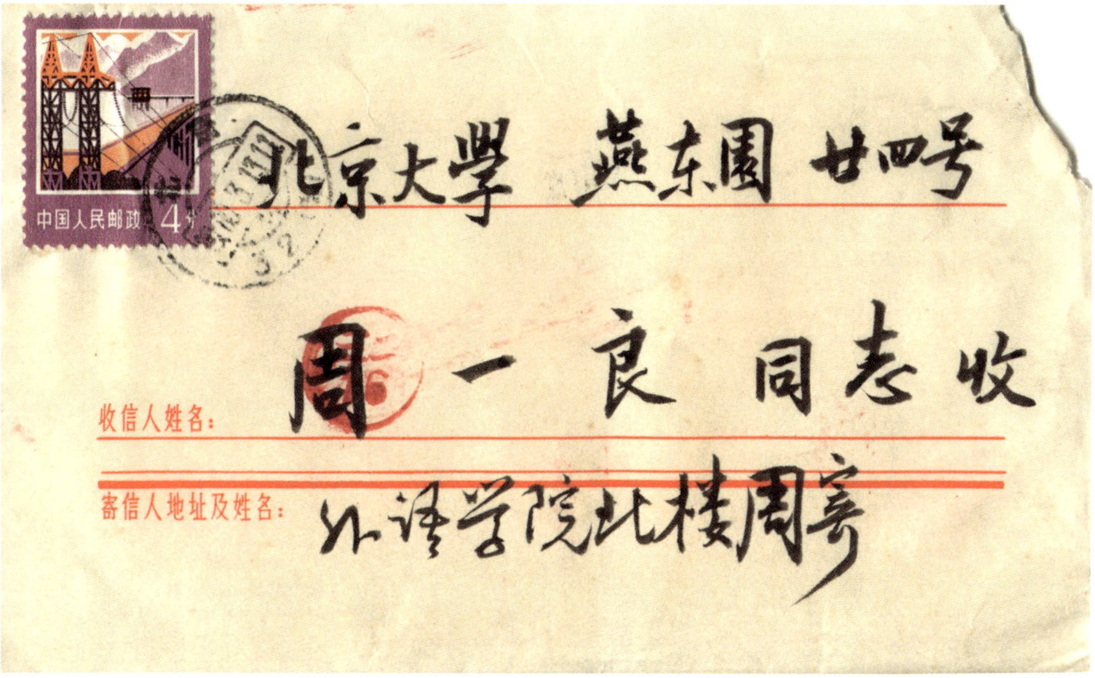
中国人民邮政 4分
北京大學 燕东園 廿四号
收信人姓名：
周一良 同志收
寄信人地址及姓名：
外语学院北楼周寄

一九八〇年五月二十五日

大哥：

久不相問，不知近況如何？前此信中曾提及父親九十生日紀念事，現北圖冀淑英同志正編寫《自莊嚴堪善本書目》（六月可完），并擬將老人自撰書跋（數十則），先期在北圖之《文獻》雜誌發表。〔一〕《書目》由天津百花出版社印行，當無問題也。

多年前見吾兄英文書中有Frager氏著*Golden Bough*一書，不知尚在否？如在，頗想借讀一過。〔二〕弟現仍在譯「周選」，約在七八月間可畢，上月已向外部領導

〔一〕冀淑英先生一九八〇年五月六日致弢翁函：

弢翁先生賜鑒：

昨歲去津，得面聆教言，感慰無似。回京後，以冗事所羈，未克修函致候，想起居興福，諸多順適為祝。頃接紹良同志函，謂先生尚未見《文獻》，此刊現只出第一輯，隨信寄奉一冊，第二冊印出後，當再奉上。

先生捐獻北圖書目，近正在編寫中，上半年當可完成。編審時，因念先生所撰各書題跋，考訂精詳，富有學術價值，輯為專集，當大可裨益後學，遂着手抄録，已輯出五十三種；其中包括傅沅叔先生批校書中四種，去歲在津人民圖書館所見《笠澤叢書》一種。原擬寫附書目之後，因與《文獻》編輯同志談及，他們極願先在《文獻》發表，故特函請先生示下，不知能否同意？目前《文獻》二輯已發稿，編輯同志云，如蒙先生俞允，可將題跋插入，提前印出，當為二輯壓卷之作。未知先生意下如何？望能賜示。如無異議，請擬篇名示知（「自莊嚴堪題跋」或其他），先生如能拔冗撰寫「前言」數行，當更生色；如無暇，可否請紹良同志代撰，統祈尊裁。

專此。即請

文安

後學　冀淑英　敬上

五月六日（下轉二四二頁）

大哥：

久不相问，不知近況如何？前次信中曾提及父親九十生日紀念事，現北圖冀淑英同志正編舊自莊嚴堪善本書目（六月可完），並擬將老人自撰書跋（數十則）先期在北圖之「文獻」雜誌發表，書目由天津百花出版社印行，當無問題也。多年前見吾兄英文書中有 Frazer 氏著 Golden Bough 一書，不知尚在否？如存頗想借讀一遍。弟現仍在译「周選」，約在七、八月间可畢。上月已向外部領導

（上接二四〇頁）弢翁五月十一日復冀淑英先生：

淑英同志大鑒：

昨得手書，慰悉一切。《文獻》第一集（輯）已收到，謝謝。報載從第二集（輯）起，可在郵局訂閲，頃往詢之，據云未得通知，不知何故。鄙人書目，承在百忙之中，拔冗編輯，曷勝感荷。題跋多一時興到之筆，隨手亂寫，不堪示人。如仿《西諦書目》之例，附之目後，尚可原諒。作為專著發表，益增其醜。如出於偏愛，以為其中尚有一二可取之處，請用編目者身份略誌緣起。僕不敢效老王賣瓜之故技也。篇名可否用「弢翁藏書題識」，祈酌之。《新安二先生集》小跋一則附上，乞察閲。此僕對清代刻本之偏見也。

匆復。順頌

著安

八〇年五月十一日

周紹良先生五月十二日致弢翁函：

爹爹、娘：

您好。

昨天碰到冀淑英同志，她告訴我，她已經把爹爹寫的題跋都輯出來了，現在計劃先在《文獻》上發表，但是預備以什麼名字為題，還是請您決定一下，是「自莊嚴堪題識」抑「弢翁題跋」？或者其他名字。并想您能寫一點識語。

至於藏書目録，現也着手，已寫出一半來了，大約不久可卒業。

法源寺已修好，十八日起，鑑真像將在這裡展出七天，即行回國。

近日得見大革命期間應城木塔所出「遼藏」。原來世傳「高麗藏」并非高麗所刻，乃高麗向北京請印，即由北京刷印，只將書尾題記換了一下，遂成「高麗藏」，實一本也。現在從板上各種特徵審之可證。世傳「遼藏」久佚，如以「高麗藏」按之，當不可云佚。可惜應城所出「遼藏」，在大革命中全被燒毀，僅殘餘此數冊，未免可惜耳。

專此，即請

福安

姪紹上

五月十二日

弢翁一九八〇年五月十七日致珏良先生函：「珏良：……冀淑英擬在《文獻》上發表我藏書題跋，我殊不願自炫也。」（以上數函原件今藏周景良先生處）

〔二〕珏良先生一九八〇年六月八日致幼弟景良先生函云：「景良：我向大哥借 *Golden Bough* 一書，他有石章一方託我找人去刻，希望有時間去取一趟，到我處時帶來為盼（不着急）。最近西單中國書店機關服務部舊書較多，價亦不貴，石印碑帖往往只售數角錢，近日頗有所得也。餘不及，并致 敬禮！珏良。六月八日。」（原函今藏周景良先生處）

提出，譯書完後即調回外院，仍作教師。部中已同意，估計秋天即可「一官歸去來」矣。此事暫希勿向外傳。

專此。并致

敬禮！

弟　珏良　頓首

五月廿五日

父親生日時，二老擬來北京過壽。日前老九來電話云，〔一〕和平飯店在修繕中，無處吃飯。西苑旅舍吃飯方便，離多數人住處較近，或可即住此處，不知以為如何？

〔一〕「老九」，案即周治良先生（一九二五—二〇一六），弢翁第六子，兄弟姐妹排行第九，故云。治良先生嘗為北京市建築設計院副院長，係北京市建築設計院開創者之一。曾任一九九〇年北京第十一屆亞運會工程總指揮部副總指揮兼總建築師、北京二〇〇〇年奧運會申辦委員會工程規劃組副組長兼總建築師、中國文物學會傳統建築園林委員會會長（繼單士元先生）。

提出，译書完後即调回外院，仍作教师，部中已同意，估计秋天即可「一官归去来」矣。此事暂希勿向外傳，專此並致

（前曾有意去北大，仔细想来，还是一動不如一静。）

敬礼！

弟 珏良
五月廿五日

父親生日时二老擬来北京過壽，日前老九来電话云，和平飯店在修繕中，無法吃飯，西苑旅舍吃飯方便，離多數人住处較近，或可即住此處，不知以為如何？

北京大學
燕東園廿四號
周一良同志　收
外院北樓戊一〇一號周寄

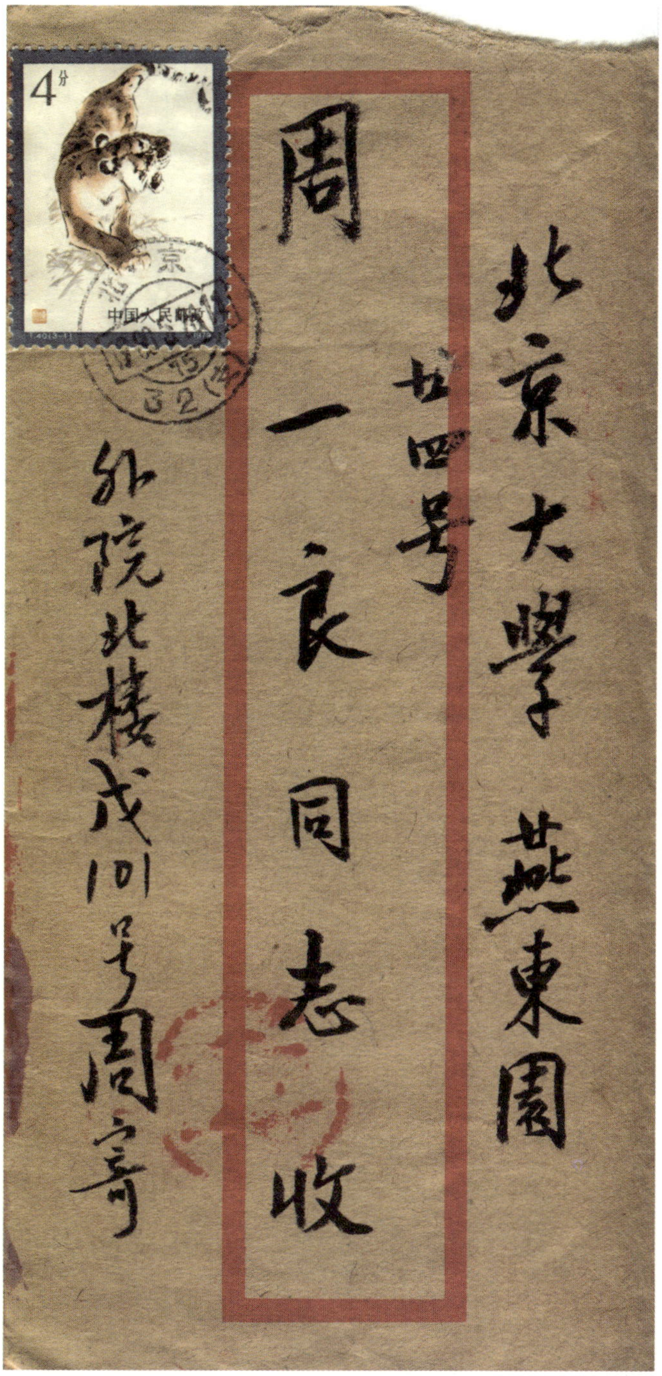
4分
中国人民邮政
北京大學燕東園廿四号
周一良同志收
外院北楼戊101号周寄

一九八〇年六月九日

大哥：

收到來信。所借之書，當托景良去取。〔一〕《津逮秘書》中《東觀餘論》及《廣川書跋》兩種，現在弟處未還也。

孫過庭《書譜》中「題勒方畐，真乃居先」，草書作「」。朱建新《書譜箋證》并未就此特加解釋，一般只從字面了解耳。所謂南北朝史籍中涉及「方幅」一詞者，不知具體見何書，望示。

北京刻印者無理想之選，金禹民氏尚可。「畢竟是書生所讀書」（似用白文較好）共八字，印

〔一〕「景良」，案即周景良先生，一九二八年二月十九日生於天津，弢翁第七子，兄弟姐妹排行第十。景良先生為輔仁、燕京、清華、北大四校校友，一九五〇年自清華大學哲學系畢業，同年再考入北京大學物理學系，一九五三年提前畢業，由國家分配，到中國科學院地質研究所從事科學研究工作。一九五六—一九六一年留學蘇聯，在蘇聯科學院晶體學研究所攻讀研究生，一九六一年取得物理/數學副博士學位。歸國後返中科院地質研究所，是我國最早使用電子衍射進行晶體原子結構分析的研究者。七十歲後，奔走組織其尊人周叔弢先生所藏善本書書影，以及弢翁手稿、批注、日記、信札等整理、出版、研究工作，陸續著有《地質所回憶》《周馥一生》《周馥手札二通略識》《丁亥觀書雜記》《回憶一良大哥》《瑣憶二哥周珏良》《醪海遺幀：自莊嚴堪藏酒票珍賞》等。

大哥：

收到来信，所借之書當托景良去取，津逮秘書中東觀餘論及廣川書跋兩種現在弟處未還也。孫過庭書譜中題勒方畐，真乃居先」草書作方畐，朱建新「書譜箋證」並未就此特加解釋，一般只從字面了解耳。所謂南北朝史籍中涉及「方幅」一詞者，不知是體見何書。侄示北京刻印者無理想之選，金禹民似尚可（似用白文較好）。畢竟是書多所讀書」共八字，印章需較大，揀出後可交景良帶交我。

與良七月廿日赴加拿大、英國開會，〔一〕父親生日亦不能參加矣。關於在京住處，與良言父親有住北京飯店之意，看來這須再商量也。

聞啟乾將赴日本學習，〔二〕不知何日成行，是否去學歷史？鑑真彫像，弟曾去瞻仰一次，人太多，看不甚清。弟回外院事，基本已定，尚未辦手續，今秋總可脱身了。

餘不都及。并致

敬禮！

弟　珏良　頓首

〔一〕「與良」，案即周與良教授（一九二三—二〇〇二），弢翁第二女，詩人穆旦先生夫人。一九四六年畢業於輔仁大學生物學系，一九四八年赴美，留學於芝加哥大學（The University of Chicago）植物學系，一九五二年獲植物病理學及哲學雙博士學位。一九五三年歸國，任南開大學生物學系教授，是南開大學微生物學學科創建人及奠基人。

〔二〕「啟乾」，案即周啟乾先生，周一良先生長子，弢翁長孫，天津社會科學院研究員，主要從事日本史、日俄關係史及中日關係史之研究。

章寄校大，揀出後可交景良帶交我。與良七月廿日赴加拿大英國開會，父親看自己亦不能參加了。關於在京住處，父親有住北京飯店之意（與良言），我意還須再商量也。聞啟乾將赴日本學習，不知何日成行，是否去學歷史？鑑真彫像弟曾去瞻仰一次，人太多，看不甚清。弟由外院事基本已定，尚未辦手續。今秋纔可脫身了。餘不都，及並致

敬禮！

弟 珏良 上

本市　北京大學
燕東園廿四號
周一良同志　收
外院北樓戊一〇一號周寄

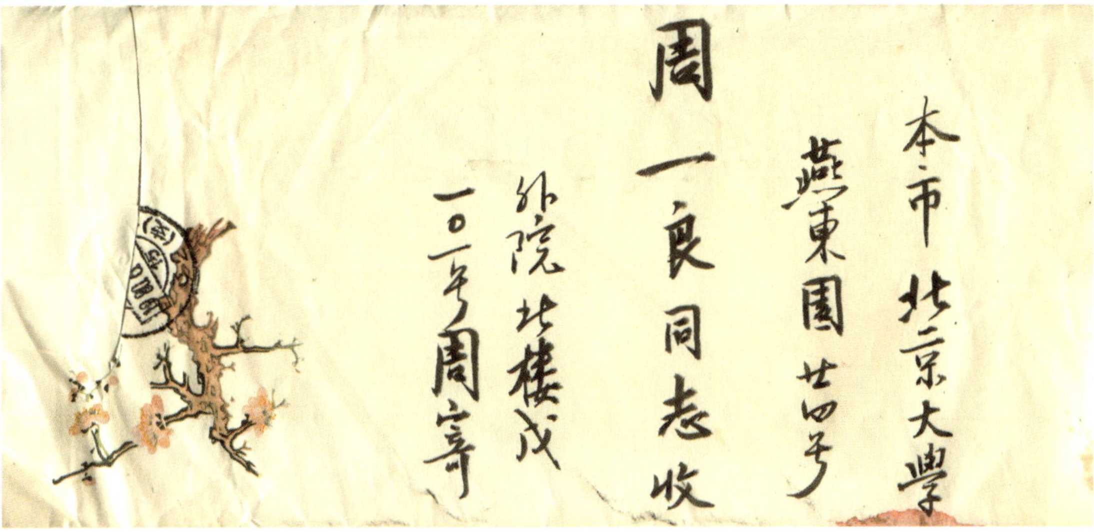
本市 北京大學
燕東園 廿四号
周一良同志收
外院 北楼戊
一〇一号 周寄

一九八〇年六月二十日

大哥：

日前去琉璃廠，看到一些篆刻家的潤格，稍有名的，竟然從過去的一字一元，提到一字十元，初出茅廬者也要五元一字，大約是因為「洋莊」賣買興隆所致。這一來，要刻你上次提到的藏書印，共有八字，所費將近百元，而且質量如何還很難説，如何之處，請斟酌。

前日老九來電話云，父親生日時來京，擬住前門飯店，因住過多次，服務員等都熟了，最近他想先去前門看一下，一切由他辦理。七月以

大哥：

日前去琉璃厰，看到一些篆刻家的润格，稍有名的竟然從過去的一字一元提到一字十元，初出茅廬者也要五元一字，大约是因為「洋庄」来買興隆所致，這一来，要刻你上次提到的藏書印，共有八字，所費將近百元，而且效果質量如何還很難説，如何之處，請斟酌。

前日老九来電云父親生日時来京，擬住前门飯店，因住過多次，服務員等都熟了。最近他要先去前门看一下，一切由他办理。七月以後他要去美國一趟，到舊金山，研究考查（察）建築旅館事，將住三個月。

弟仍在譯「周選」，七八月間可以結束，已得外部同意，即回外院工作矣。

餘不及。并致

敬禮！

珏良　頓首

六月二十日

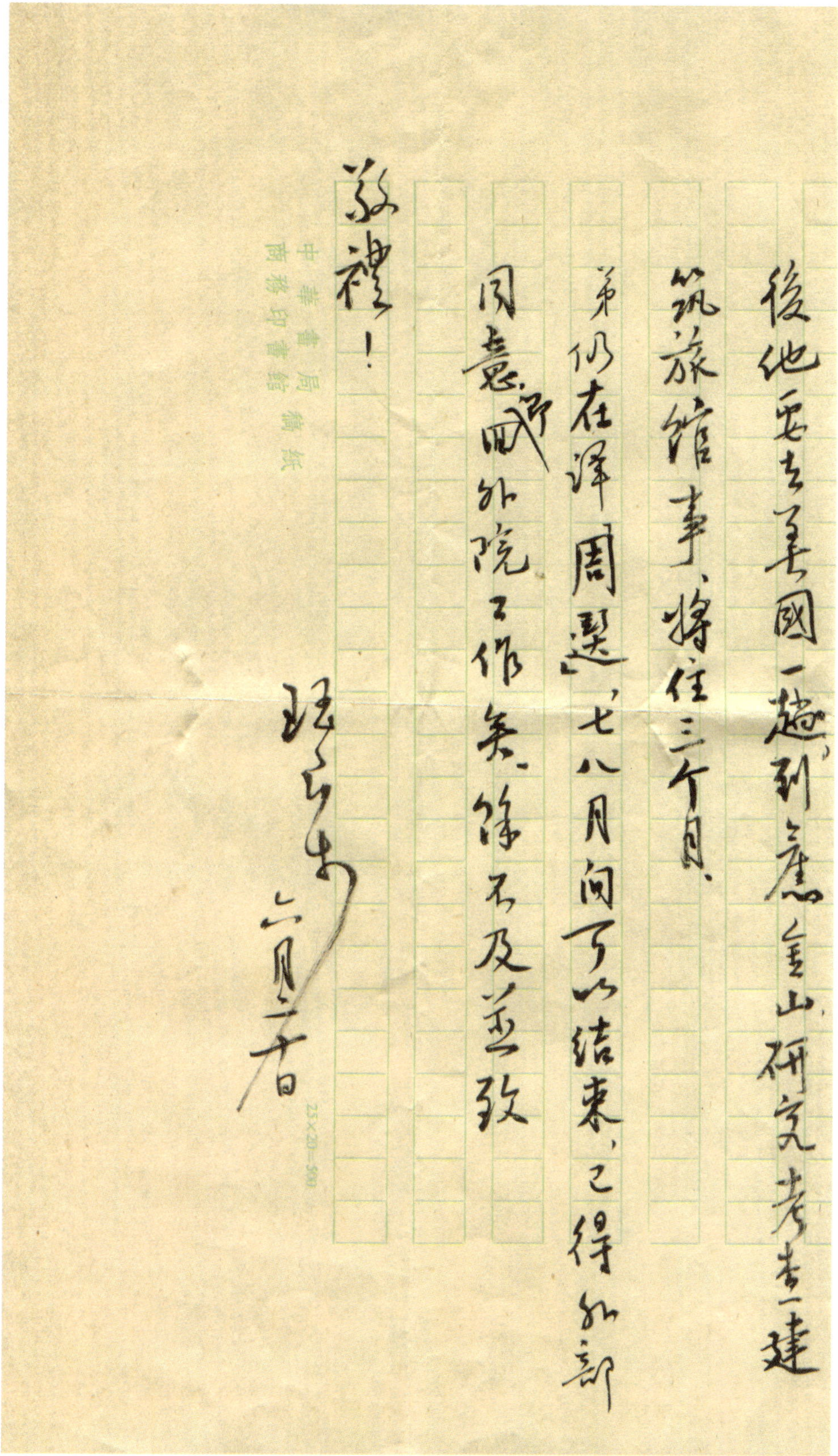
後他要去美國一趟，到舊金山研究考查建
築旅館事，將住三个月。
弟仍在譯「周選」，七八月間可以結束，已得外部
同意，即回外院工作矣。餘不及並致
敬禮！

珏良上
六月二十日

北京大學
燕東園廿四號
周一良同志　收
外院北樓周綎

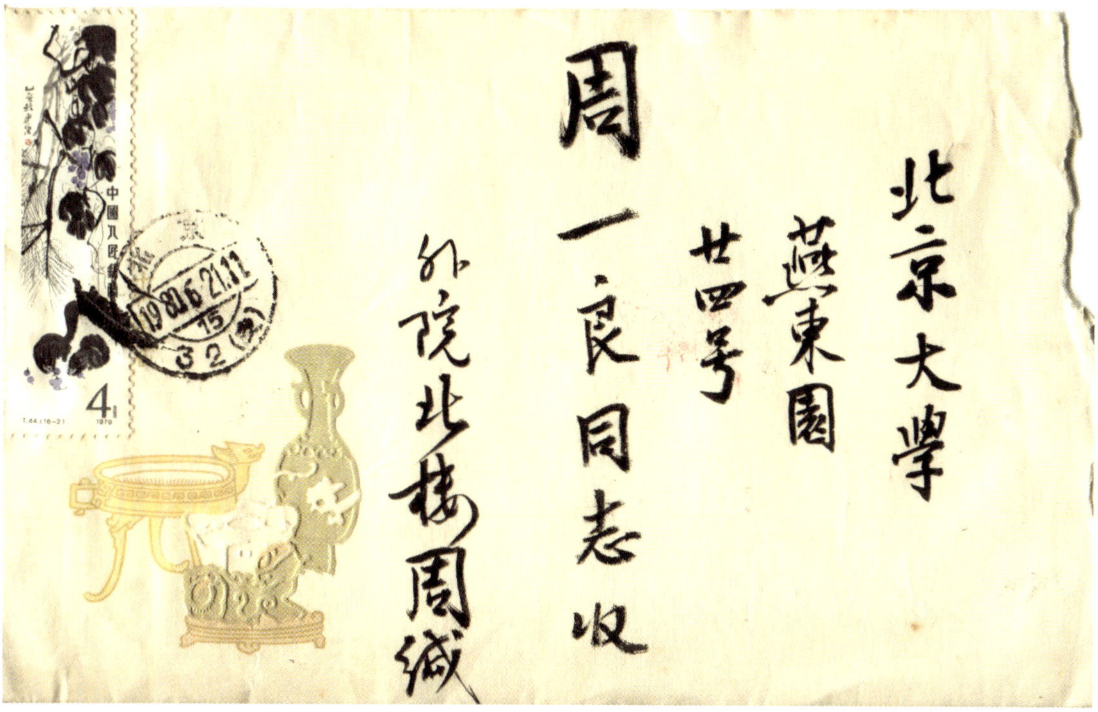
北京大學
燕東園
廿四号
周一良同志收
外院北樓周緘

一九八一年四月二日

（一）《廣川書跋》卷六「月儀」一條：

世謂毋丘奧碑比蔡邕石經無相假借，惜其書不見於世。觀晋人評書，以索靖比王逸少，而歐陽詢至卧碑下。則筆墨妙絶，不待見其書然後信也。近世惟《淳化》官帖中有靖書。其後購書四方，得《月儀》十一章，今入《續帖》中。其筆畫勁密，顧它人不能眦睨其間。然與前帖中書亦異，不知誰定之。李嗣真曰：靖有《月儀》三章，觀其趣尚，大為遒竦，無愢珪璋特達，猶夫聶政、相如，千載凜凜為不亡。今《月儀》不止三章，或謂昔人離析，然書無斷裂，固自完善。殆唐人臨寫近似，故其書剞劂徑出法度外，有可貴者。崇寧三年四月十七日書官帖後。

（二）《東觀餘論》卷下「跋索靖章草後」條：

索將軍章草，下筆尠古，今《七月廿六日帖》《月儀》《急就篇》，此著名書也。春蘭秋菊各不同，而花花自有佳趣。

以上兩書，均自吾兄處借來，如需用，請令啟鋭便中來此取去。

第　页共　页

（一）广川书跋卷六"月仪"一条：

世谓毋丘奥碑比蔡邕石经无相假借，惜其书不见于世。观晋人评书，以索靖比王逸少，而欧阳询至卧碑下，则笔墨妙绝，不待见其书而然后信也。近世推淳化官帖中有靖书。其后购书四方，得月仪十一章，今入续帖中。其笔画劲密，顾它人不能睥睨其间。然与前帖中书亦异，不知谁定之。李嗣真曰：靖有月仪三章，观其趣尚，大为遒竦，无愧珪璋特达，犹夫聂政相如，千载凛凛为不亡。今月仪不止三章，或谓昔人离析，然书无断裂，固自完善。殆唐人临写近似，故其书剞劂径出法度外，有可贵者。崇宁三年四月十七日书官帖后。

（二）东观馀论卷下"跋索靖章草后"条：

索靖章草，下笔劲古。今七月廿六日帖、月仪、急就篇，此皆其书也。春兰秋菊各不同，而花花自有佳趣。

以上两书均自吾兄处借来，如需用，请令啟锐往中华比取去。

20×20＝400　制本总厂 80.5（1529）

（三）《宣和書譜》卷十四：

（前略）今御府所藏章草四：《急就章》《月儀》《出師表》《七月帖》。

（四）有正書局石印本《淳熙秘閣續帖》卷第七「晉索靖月儀章」。姚鼐跋稱石刻鋪叙載《秘閣續法帖》十卷，補《淳化》所未刊，其七卷索靖《月儀章》也。（有正所印本缺四、五、六三月書。）

（五）故宫有影印本《唐人草書月儀帖》，是今草，然的是唐人筆。弟亦有之。

（六）日本人書（或是光明皇后）《杜家立成法書要略》亦月儀一類之尺牘書。弟亦有此書。

關於《索靖月儀帖》，弟所知者略如上，謹以奉聞。

珏良

四月二日

(三)宣和書譜卷十四：(前略)今御府所藏章草四：急就章　月仪　出师表　七月帖。

(四)有正書局石印本淳熙秘阁續帖卷第七"晋索靖月仪章"。姚鼐跋称石刻铺叙载秘阁續法帖十卷，補淳化所未刊，其七卷索靖月仪章也。

有正所印本缺四五六三月書。

(五)故宫有影印本唐人草書月仪帖，是今草，然的是唐人筆。弟亦有之。

(六)日本人書(或是光明皇后)"杜家立成法書要略"亦月仪一类之尺牘書。弟亦有此書。

关於索靖月仪帖，弟所知者略如上，謹以奉聞。

珏良　四月二日

北京大學
燕東園二十四號
周一良同志　收
外院北樓戊一〇一號周寄

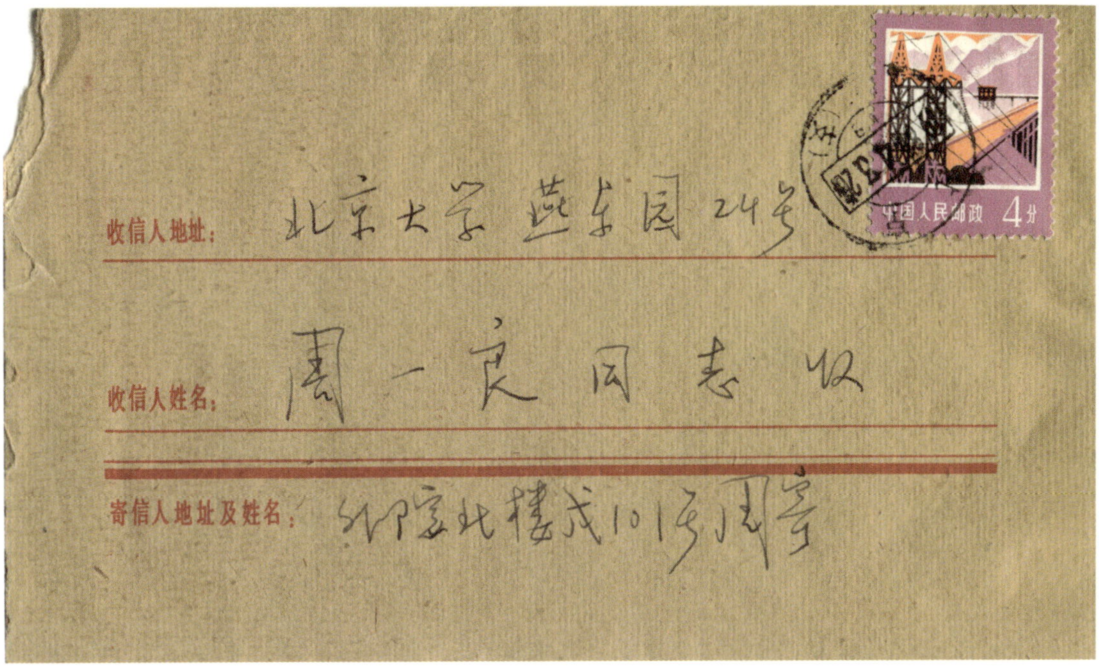
中国人民邮政
4分
收信人地址：
北京大学燕东园24号
收信人姓名：
周一良同志收
寄信人地址及姓名：

一九八一年四月七日

大哥：

收到小鋭帶來信。所問之事，謹覆如下：

一、唐宋人書札的封皮從未見過，不知何狀。

二、我手中有隨（隋）人寫經殘卷一卷、殘經一截，又隨（隋）前寫經殘卷一。前兩種每行十七字，每紙廿八行，紙高長各為：25.5cm×50.5cm及25cm×49.5cm，以手工紙而論，可稱為長高相等。後一卷亦十七字一行，一紙廿七行，高長為27cm×43cm。

又有珂羅版影印寫經兩種。一種為唐人跡，十七字一行，每紙卅一行，紙高長為22cm×47.5cm。另一種為隋人寫經，亦十七字一行，每紙廿八行，紙高長為21cm×47cm。這兩種高度比前三種相差甚多，可能是照像時上下取齊，因而短了，不足甚信。若以長度而論，則除去隋前一卷之外，都在47cm至50cm之間，相差不足3cm，從此或可大致估計隋唐間寫經用紙之標準大小也。

父親寄來紹良所抄唐人曲子詞（原卷現在天津藝術博物館），囑轉寄。〔一〕

此致

敬禮！

弟　珏良　謹白

四月七日

〔一〕弢翁一九八一年四月五日致珏良先生函：「珏良：……另《敦煌小詞》望交大哥。此卷現在天津藝術博物館。」

大哥：收到十镜弟来信，所问之事，详覆如下：

一、唐宋人书札的封皮，从未见过，不知何状。

二、我手中有隋人写经残卷一卷，残经一截，又随前写经残卷一。前两种每行十七字，每纸28行，纸高长各为25.5cm×50.5cm及25cm×49.5cm，以手工纸而论，可称为长高相等。后一卷亦十七字一行，一纸27行，高长为27cm×43cm。又有珂罗版影印唐人写经两种，一种为唐人临十七字一行，每纸31行，纸高长为22cm×47.5cm。另一种为隋人写经，亦十七字一行，每纸28行，纸高长为21cm×47cm。这两种高度比前三种相差甚多，可能是照像时上下取齐，因而短了，不足甚信。若以长度而论，则除去随前一卷之外，都在47cm至50cm之间，相差不足3cm，从此或可大致估计隋唐间写经用纸之标准大小也。

父亲要来给良所抄唐人曲子词（原卷现在天津艺术博物馆）嘱转寄，此致

敬礼！

珏良谨白 四月七日

北京大學
燕東園廿四號
周一良同志　收
外語學院北樓戊一〇一號周寄

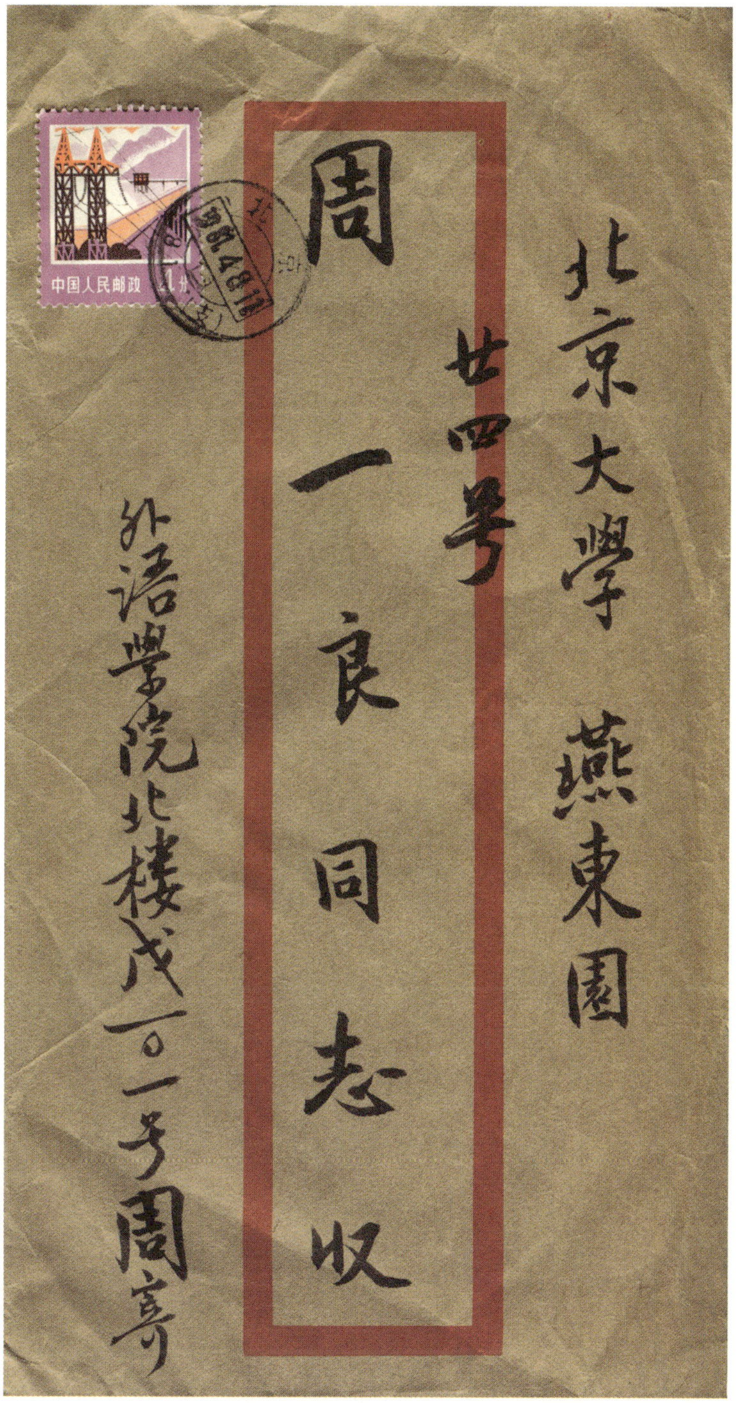
北京大學燕東園
廿四號
周一良同志收
外語學院北樓戊一〇一号周寄
中国人民邮政

一九八一年四月十三日

大哥：

今日得到通知，美國文學會在滬開會。弟訂十八日飛滬，需留十日，不知顧起潛住址吾兄知否？〔一〕在滬有暇，擬去問一下《勘書圖》題寫情况也。〔二〕

北圖冀淑英同志有信來，云父親藏書目已編就，不日當寄副本來。就當前形式（勢）看來，在天津覓一出版機會，當不甚難也。

餘不一一。并致

敬禮！

弟　珏良　上

四月十三日

〔一〕「顧起潛」，案即顧廷龍先生（一九〇四—一九九八），上海圖書館原館長，二十世紀中國著名古籍版本學家、目録學家、書法家。著有《吴愙齋先生年譜》《古陶文舂録》《尚書文字合編》（與顧頡剛先生合作）、《説文廢字廢義考》《章氏四當齋藏書目》《明代版本圖録初編》（與潘景鄭先生合編）等。所主編《中國叢書綜録》《中國古籍善本書目》《續修四庫全書》嘉惠士林，迄今猶為大型典範之作。

〔二〕案即倩顧廷龍先生所題之《自莊嚴堪勘書圖跋》。顧跋及《自莊嚴堪勘書圖》諸家題跋，現均并《勘書圖》一起藏北京周景良先（下轉二七二頁）

太哥：今得到通知，美國文学会在滬开会，弟订十八日飛滬，需留十日，不知顧起潛住址吾兄知否？在滬有暇擬去問一下勘書圖題字情況也。北圖冀淑英同志有信来云父親藏書目已編就，不日当寄副本来。况当前形式要求，在天津覓一出版機会當不甚難也。餘不一一，並致

敬禮！

弟 珏良上

四月十二日

（上接二七〇頁）生處。顧跋云：「五世丈周叔弢先生藏書之富，夙與李氏木犀軒、傅氏雙鑒樓鼎峙海内，而淩駕二氏，無媿後勁。龍久慕名德，未由識荊。既與令嗣太初學長同學燕京，又以京、津迢遞，未獲摳衣晉謁為憾。抗戰初，龍應葉揆初丈之招，南歸創辦合眾圖書館於上海，逾年先生來滬，偕喆弟志輔同訪揆初丈，并蒞『合眾』，始得以後學奉教，忝聞緒論。建國後先生視察來滬，時『合眾』已獻政府，改名歷史文獻圖書館，并已統一於上海圖書館矣。因出宋、元善本乞予鑒定，館藏宋槧《西漢會要》原已殘缺，先生即詔曰：『此怡府舊藏，余家有殘帙一冊，當為失群之鳥。』允以見贈。未幾郵至，帙面書簽無少差異，遂為延津之合。徵見真知篤好，一經寓目，歷久不忘，益令人企佩卓識，且拜高誼之賜，永矢銘感焉。旋遭動亂，不通音問者十餘年。迨四凶殄夷，為完成周恩來總理遺願，編輯《中國古籍善本書目》之業，先由全國各地著手進行，今年五月在京集合匯編，龍銜編輯委員會之命，專誠赴津敦聘先生為顧問，荷蒙欣諾，娓娓導論編纂目録之要旨，鑒別版本之精微，并出示將捐獻天津圖書館之宋、元本若干種，相與評賞。竊謂鑒定版本，非見真憑實據者，不宜輕改前人之説，舉以相質，承許鄙言為不謬。先生嘗收藏黃蕘圃校《穆天子傳》一書，為王君獻唐故物，曾付景印，或以為景印本與先生所藏原本略有出入，遂傳真本尚在山東某氏，祕不示人，稱與影印本絲毫不爽。龍請觀比勘，景印本與原本確有不同之處，如朱筆之深淡，校文位置之參差，點畫略見肥瘦，諦審再三，始恍然當時影印條件較差，攝景、套版、描潤三者技術皆不精，遂失真面，滋人疑竇耳。其為黃校親筆，固無庸致疑矣。具見明眼精鑒，非後生所能企及萬一也。先生博學强識，愛書若命，每得珍本之紙敝裝劣者，必為修復如新。居恒於治事之暇，怡情典籍，丹鉛不去手，曾經校讀者，往往繫以題識。建國之三年，先生以所聚精本悉獻諸國家，近復出賸篋續歸公庫。嘗謂捐獻個人藏書乃求書得其所，使書籍免遭流散損毀之厄，藉以發揮應有之作用，由國家收藏，自較私人收藏為勝。此其愛國熱情溢於言表，尤令人彌深敬仰之私。昔南雷嘗謂『藏書難，藏久尤難』，而先生力謀書之得所，書延其年，人益其壽，斯亦可以解南雷之惑矣。今年恭值先生九十華誕，太初適以《自莊嚴堪勘書圖》命題，因書龍所獲承教者，附贅卷末。《詩》不云乎：『君子萬年，介爾景福』，謹為長者頌之。一九八〇年六月，後學顧廷龍。」

北京大學
燕東園二十四號
周一良先生　收
外院北樓戊一〇一號周寄

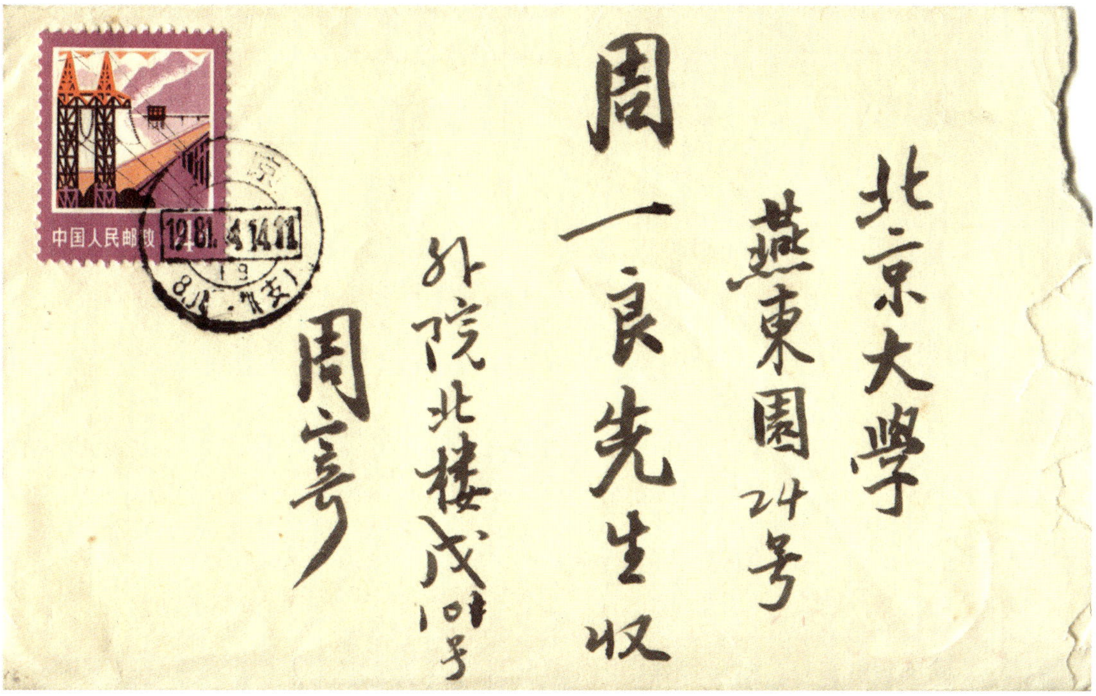
中国人民邮政
北京大學
燕東園24号
周一良先生收
外院北楼戊101号
周寄

一九八一年五月十一日

大哥、大嫂：

昨日在天津聽到你們抱了孫子，[一]向你們祝賀！父親説孩子可以叫「堅」，即堅持「四項原則」之意；或叫「展」，即發展經濟之意，不日有信去，叫我先通知一下。特此奉聞。

聽説大哥去上海參加《百科全書》的會，不知去多久？我剛從上海回來，還到揚州去了一趟。大樹巷老宅的園子（小盤谷）在修復中，住宅已改為旅館了。[二]

此致

敬禮！

弟　珏良　頓首

五月十一日

〔一〕「孫子」，此處所云，案即周啟鋭先生之子周展，一良先生文孫，弢翁曾孫。

〔二〕揚州小盤谷為周氏故宅，為弢翁幼年及孩童生長之地，故云。

大哥
嫂：昨日在天津收到你們抱了孫子，向你們
祝賀！父親說孩子可以叫「堅」，即堅持四項原
則之意；或叫「展」，即發展經濟之意。不日有
信去，叫我先通知一下。特此奉聞。昨說大哥去
上海參加百科全書的會，不知去多久？我剛從上
海回來，還到揚州去了一趟。大樹巷老宅
的園子（小盤谷）在修复中，住宅已改
為旅館了。此致
敬禮！

弟 珏良
五月十一日

本市　北京大學
燕東園二十四號
周一良同志　收
外語學院北樓戊一〇一號周寄

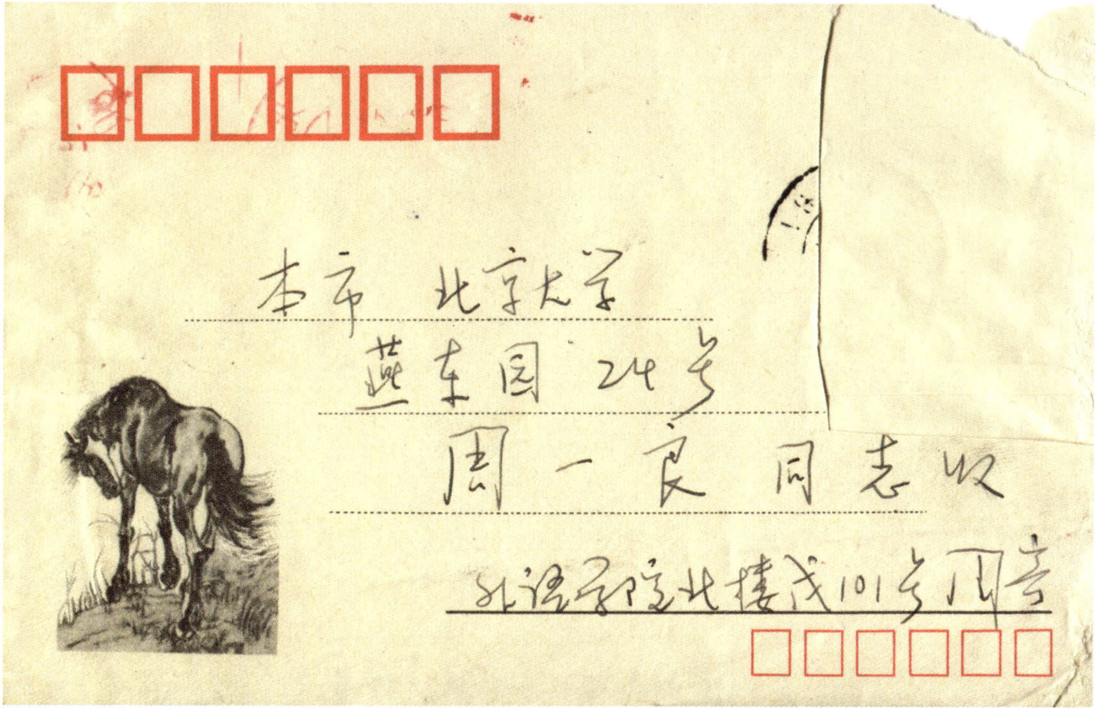
本市 北京大学
燕东园24号
周一良同志收
外语学院北楼戊101号周寄

一九八一年八月十六日

大哥：

來書敬悉。父親來信亦以為請謝剛主作序為好，〔一〕弟已與冀淑英電話聯繫，她同意下周可以將書目依老人之意改好，交紹良轉我。收到後，當由我去找謝老也。

宋人書札尾書「謹空」例找到幾個（但未找到「敬空」例），如需要全文，當即録上。我記得還見過明清人書札末尾寫「左沖」等字樣的，可惜不記得具體地方了。

入夏以來，我右手指腕常作痛，用毛筆作書困難，俟略好後，當勉為吴小如君寫幾個字也。〔二〕

札記草稿，題目作「王僧虔論書」，而内容實為信札格式，是否可考慮另換一題？餘不都及。并致

敬禮！

弟　珏良　頓首

八月十六日

〔一〕謝剛主，案即謝國楨先生（一九〇一—一九八二），剛主其字也，晚號瓜蒂庵主，二十世紀中國著名歷史學家、版本目録學家、金石學家、藏書家，生平亦嗜詩詞書法。此處所言，案即《自莊嚴堪善本書目》編就倩謝先生作序事。弢翁一九八一年八月九日致珏良先生函云：「珏良：來信收到。《書目》序似以剛主為宜，人熟交情夠也。」（原函今藏周景良先生處）

〔二〕吴小如先生，原名吴同寶（一九二二—二〇一四），以字行，二十世紀書法名家吴玉如先生長子，生前為北京大學中文系、歷史學系教授，是二十世紀著名學者、書法家。在中國文學史、古文獻學、俗文學、戲曲學、書法藝術等方面，都有極高的成就及造詣，被認為是「多面統一的大家」。

第　页共　页

大哥：来书敬悉。父亲来信亦以为请谢刚主作序为好，弟已与叶淑美电话联系，她同意下周可以将书目依老人之意改好交给良转我。收到后当由我去找谢老也。

宋人书札尾书"谨空"（但未找到"敬空"例）例找到几个，如需要全文，当即录上。我记得还见过明清人书札尾写"左冲"等字样的，可惜不记得是何地方了。

入夏以来我右手指腕常作痛，用毛笔作书困难，俟略好后当勉为吴小如君写九个字也。

札记草稿，题目作"王僧虔诫书"，而内容实为信札格式，是否可考虑另换一题？余不都及，並致

敬礼！

弟珏良

八月十六日

北京市电车公司印刷厂出品 八〇・八

(1460) 20×20=400

【附紙】

以下一種見一九八一年出版《書法叢刊》第一輯（文物出版社）

一、蔡襄「持書帖」，藏故宫博物院。曾刻入《快雪堂帖》和《三希堂法帖》，帖尾作：「謹奉手啟上聞不宣。襄上賓客七兄執事。八月二十日謹空。」

以下三種見民國二十年故宫博物院出版《宋人法書》。

二、韓繹書翰。原藏故宫博物院，入《石渠寶笈續編》，刻入《三希堂法帖》。書尾作：「謹奉啟不宣。繹惶恐啟上留守司徒侍中台坐。十一月一日謹空。」

三、曾布書翰。入《石渠寶笈續編》。書尾作：「謹奉手啟不宣。布頓首再拜上知府安撫資政左丞台坐/謹空。十八日。」

四、葛洪書翰。入《石渠寶笈續編》。書尾作：「洪叩首拜啟仁仲府判計議丈台坐。十二月廿六日謹空。」

第　页共　页

以下一种见1981年出版《书法丛刊》第一辑（文物出版社）。

1. 蔡襄"持书帖"，藏故宫博物院。曾刻入《快雪堂帖》和《三希堂法帖》。帖尾作："谨奉手启上　闻不宣。襄上　宾客七兄执事。八月仁十四日。谨空。"

以下三种见民国二十年故宫博物院出版"宋人法书"。

2. 韩绛书翰。原藏故宫博物院，入《石渠宝笈续编》，刻入《三希堂法帖》。书尾作："谨奉启不宣。绛惶恐启上　留守司徒侍中台坐。十一月一日谨空。"

3. 曾布书翰。入《石渠宝笈续篇》。书尾作："谨奉手启不宣。布顿首再拜上　知府安抚资政左丞台坐。谨空。十八日。"

4. 葛洪书翰。入《石渠宝笈续篇》。书尾作：洪叩首拜启　仁仲府判计议丈台坐。十二月廿六日谨空。

北京市电车公司印刷厂出品 八〇·八

(1460) 20×20=400

北京大學
燕東園廿四號
周一良先生　收
外語學院北樓戊一〇一號周寄

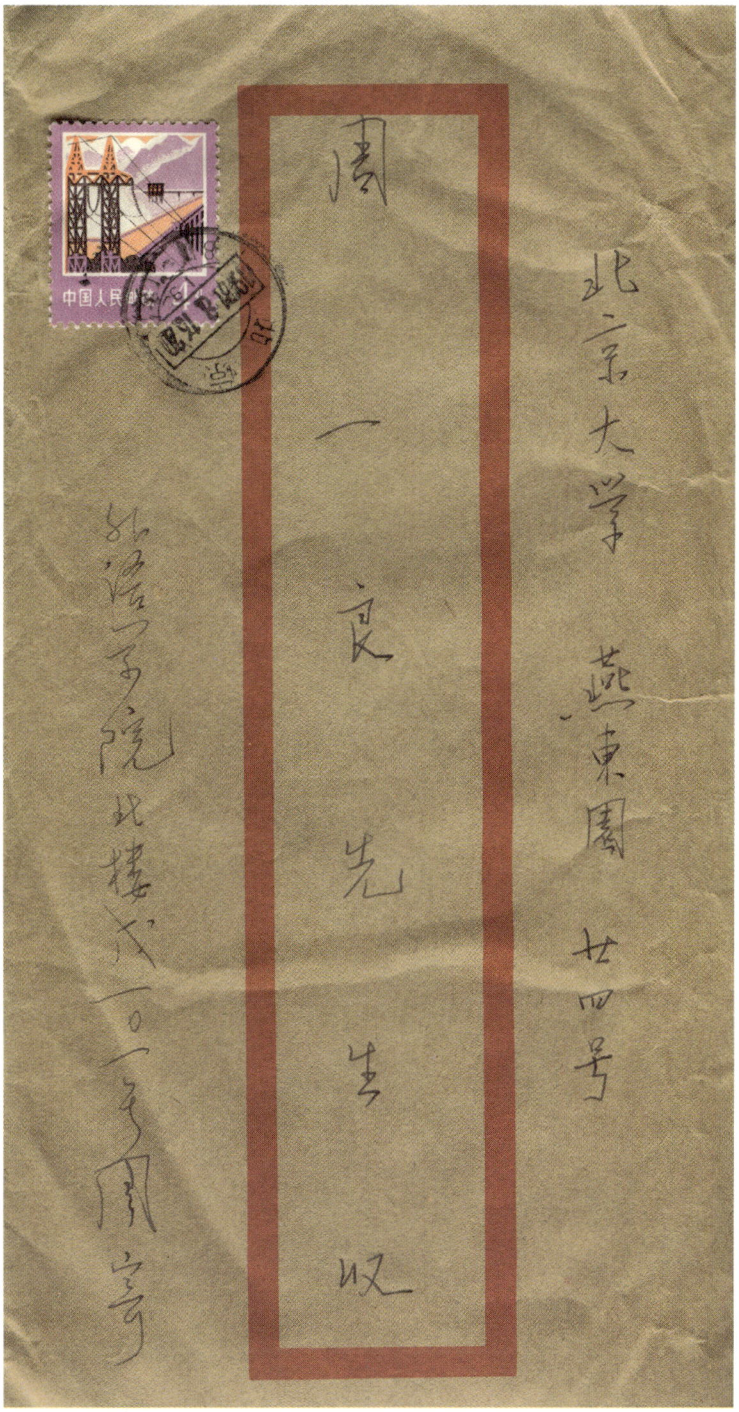
周一良先生收
北京大學燕東園廿四号
中国人民邮政

一九八一年八月二十四日

大哥：

我寫了一篇記念季木四叔的收藏和書法的文章，準備在《文物》這類雜誌上發表。予（預）備加一些插圖，不知有何建議？請你看一下有什麼錯誤，和可以補充的地方，邊上有用鉛筆加注的地方，尤請注意。〔一〕此事不着急。

冀淑英已依照父親意見把書目修改完畢，準備星期三同紹良一起去找謝剛主寫序。天津百花出版社已去找過老人，想出版不成問題也。〔二〕

聞有出國講學之說，〔三〕確否？

此致

敬禮！

弟 珏良 頓首

八月廿四日

〔一〕珏良先生此文，案即發表於《中國文化》二〇一五年秋季號（總第四二期）之《收藏家周季木先生》。一良先生於一九八一年九月一日專就此文復二弟云：

珏良：

文章讀過，沒有甚麼意見，有些可補充地方，羅列如下：

藏石有助於歷史研究，提供資料方面，似可說幾句。如黃腸石可以幫助了解漢代墓中槨外所用黃腸石的形制，《周禮》鄭注說：「天子之槨，柏黃腸為裡而表以存焉。」《石影》第三八號殘石中有「黃巾起義」領袖張角之名，且有「天子策功」等語，當是鎮壓起義的將領的墓碑。《西鄉侯兄張君殘碑》，余嘉錫考定為《漢池陽令張君殘碑》，對於碑中主人事蹟有所考證，見《余嘉錫論學雜著》。石尠、石定兩志，對晉史提供資料。《當利里社碑》中社老、社正等名稱，對於研究晉代民間「社」的組織是極珍貴的材料。（下轉二八八頁）

第　　页共　　页

大兄：我写了一篇记忆季木四叔的收藏和书法的文章，准备在“文物”这类杂志上发表，（并需加一些插图，不知有何建议？）请你看一下有什么错误，和可以补充的地方，边上有用铅笔加注的地方尤请注意，此事不着急。丛书业已依照你的意见把书目修改完毕，准备星期三日同绍良一起去找谢刚主写序。天津百花出版社已去找过老人，想出版不成问题也。闻有出国讲学之说，确否？

此致

敬礼！

弟 珏良

八月廿四日

文章那月用什么刊好？

20×20＝400（京电04）8101

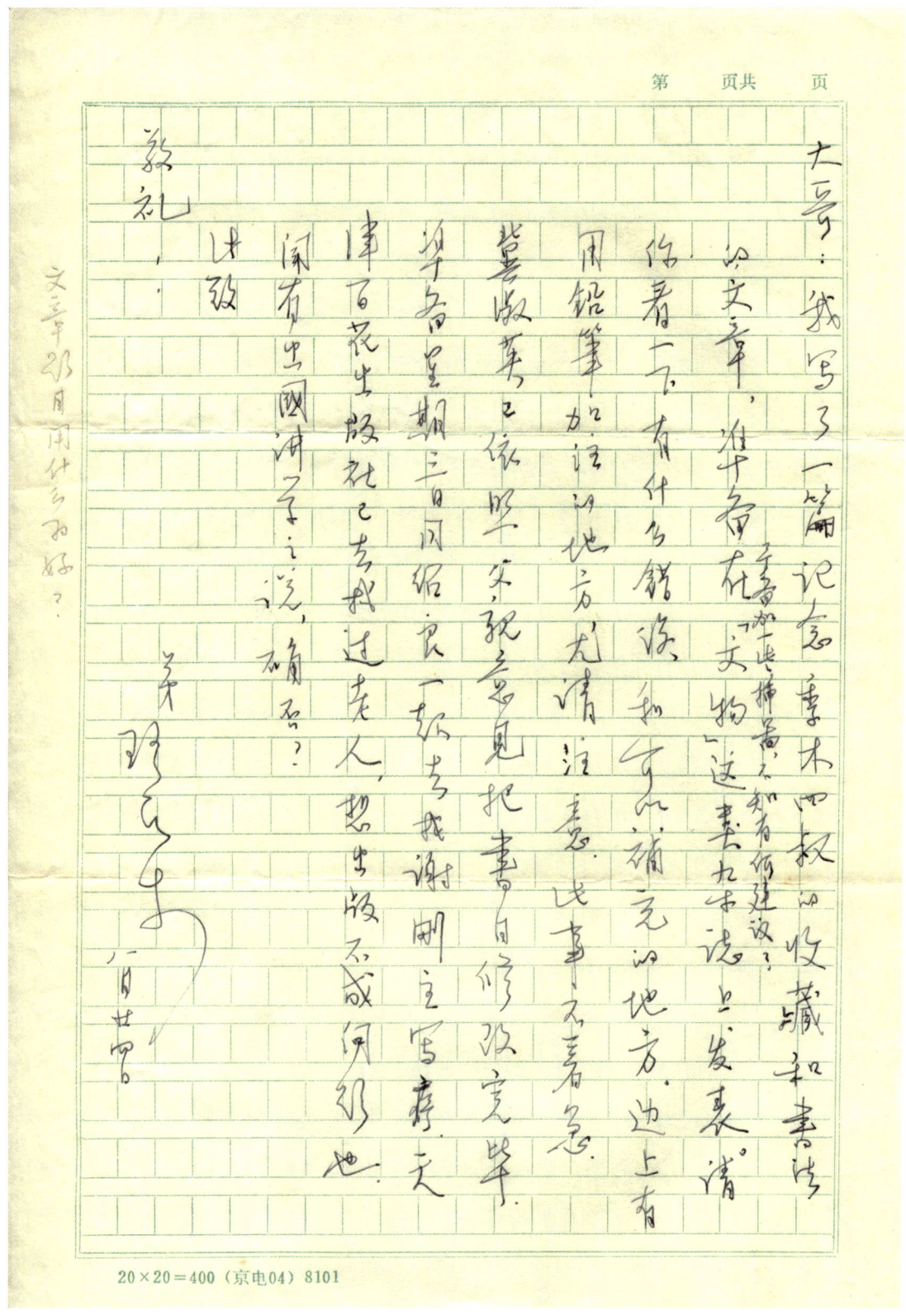

（上接二八六頁）「女」「説」二字，據王國維致陳乃乾信中説：「此『女』『説』二字，或釋為『予違「女」弼』及『庶頑讒「説」』之『女』『説』二字，以行款校之卻合。」「或釋」當即指四叔父。文中説「女」字是「女聽」的「女」，兩説不同，不知哪一説是四叔原意？《水經注》及《隋書・經籍志》都説「正始石經」只刻了《尚書》和《春秋》兩部。（王國維考定，刻了一部分《左傳》，但未完成。）故有「當時石僅兩經鐫」詩句。

最好能附四叔父書法插圖和藏品插圖。我看藏石是否以《小子碑》為代表？如全拓本印出太小不清楚，不如選擇部分印。書法似以他寫的小隸書為能代表他的風格，足以印證文中説法。志輔大叔所印四叔父臨的《小子碑》，我這裡還有，但我覺得它既未能體現《小子碑》精神，更没有表現出四叔父隸法的造詣。總之，不宜用臨摹漢碑的字體為代表。給你寫的扇子是否可用？

《古匋文舂録》《季木藏匋》我都有，其中《序文》可能補充些材料。余嘉錫書我也有，如需用，可讓小如、小鳴（案即周啟如、周啟鳴兩位先生，皆珏良先生之子）便中來取。

出國之説又有變化，大致作罷了。系主任任命已下達，但我堅持要等結論或至少領導宣佈我已「説清楚」，方可到任。政治問題還須嚴肅審（慎）重對待，否則難免後患也。

即祝

健康！

一良

八一年九月一日

繁之案：一良先生所引觀堂致陳乃乾先生函，參見陳氏《觀堂遺墨》，併見吴澤主編，劉寅生、袁英光編《王國維全集・書信》，北京：中華書局，一九八四年，三六六至三六七頁。全函信文云：

乃乾仁兄大人閣下：

昨晚接手書，敬悉一切。三字石經，其行款有二種：一《尚書》首數碑，作品字式，皆每行七十四字（與漢石經行款同），每碑約廿五六行。又一種則每碑卅餘行，每行六十字，品字式，現所出已有六七小塊，皆《皋陶謨》之文（石經無《益稷篇》，合於《皋陶謨》）。而又有「女」「説」（二字并列）二字石則非品字式，而與〈多士〉《無逸》《君奭》二碑同式。此「女」「説」二字，或釋為「予違『女』弼」及「庶頑讒『説』」之「女」「説」二字，以行款校之卻合。如「女」「説」二字果係此經，則以字數計之，《尚書》首二碑為品字式，第三碑以後即改為三字直下式。此二種行款雖異，而碑之高廣則同，因品字式者字較小故也。承同言字，乃《皋陶謨》「朕『言』惠可」底行之「言」。此處碑本比今本少一字，而《益稷》篇題則古文所本無，故不必計也。弟於此碑新有考證，約得三十紙，而尚未定稿，

且冀續有所見，故現不能發表也。此復。即請

著安不一

弟維頓首

七月十五日

《無逸》《君奭》一石有未剖時拓本，《尚書》《春秋》各多一行，此外尚多十餘字。

〔二〕弢翁一九八一年八月十八日致珏良先生函云：「珏良：……前幾日百花社負責人陳君來，詢印《書目》事，我告以《書目》稿本現在北京，請他和紹良接洽。我已寫信給紹良，囑他和你商量。如果能付印《勘書圖》四跋，似可附之書後。望與冀淑英一商也。」（原函今藏周景良先生處）

〔三〕珏公此處所詢一良先生出國講學事，參見前引一良先生一九八一年九月一日致珏良先生函。一良先生赴美講學，至一九八二年三月始成行，為盧斯基金（The Henry Luce Foundation）訪問學者，在美居停六閱月。《中國歷史學年鑒（一九八三）》所載《中外學術交流簡訊》云：「〔九八二〕三月至九月，應美國加州大學伯克利分校邀請，北京大學歷史系周一良教授作為盧斯基金訪問學者，赴美加州大學伯克利分校、普林斯頓大學、匹斯堡大學和明尼蘇達大學講授《中國歷史學研究現狀》《世説新語及其作者》《梁武帝及其用人政策》《中日文化（漢字）交流》等專題。在回國途經日本停留期間，還就上述專題在日本東京大學、早稻田大學舉行了專題講座。」

北京大學
燕東園廿四號
周一良同志　收
外語學院北樓戊一〇一號周寄

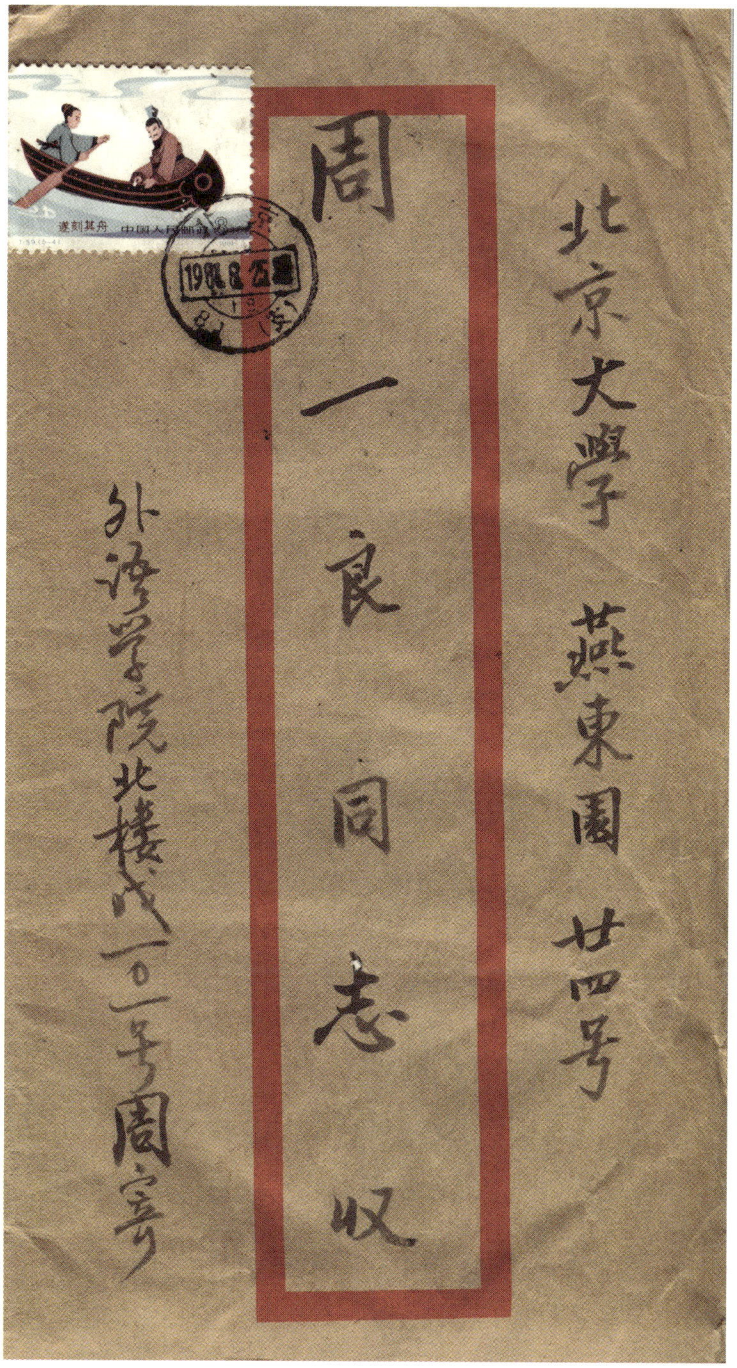
北京大學 燕東園 廿四号
周一良同志收

一九八一年十月八日

大哥：

謝剛主所撰序文已交天津。并父親回信一併寄上，請依示仔細讀一下，提出意見後寄還，再與謝老商量。紹良去濟南開會，回來後，亦擬請他一看也。〔一〕書目題齋名，編者用冀淑英名，藏者何人，只於序文中見之，這樣好否？有何辦法將藏者何人提出一下？請一併考慮。

此致

敬禮

弟 珏良 頓首

十月八日

〔一〕謝剛主一九八一年十月二十七日有致弢翁函云：「弢老尊鑒：久未通候，入冬以來，比維道履康勝，起居安吉，定符下頌。《自莊嚴堪善本書目》囑為撰序，已交北京圖書館冀淑英大姊，頃已録副，轉陳塵覽，想已過目，不成為文字，聊博一粲。頃接陝西出版社來函，拙著《兩漢社會生活概述》，藉以祝吾公松柏之壽，業已付排。適修書間，適接北圖來函，拙序與藏書題跋，陸續在《文獻》刊出，原函附上，藉供參考。楨日内即遷入團結湖北區第六樓一〇一號，起居較為寬敞，户外有草坪，堪為偃息之所，吾公倘能莅京，不吝賜教，當一面看書，一面茗飲也。耑此，即頌　健康。謝國楨上。十月廿七日。」

北京外國語學院

大哥：謝剛主所撰序文已寄天津，並又
親回信一並寄上，請依示仔細讀一下，提出
意見後寄還再與謝老商量，紹良去濟南開
會，回來後亦擬請他一看也。
書目題齋名，編者用叢書淑英名，藏者何人
只於序文中見之，這樣好否？有何異議時
藏者何人提出一下，請一並寄還為感。此致
敬禮！

弟 珏良
十月八日

地址：北京西郊苏州街　　邮政编码：100081

一九八四年九月二十九日

大哥：

得來書，所問之事，謹陳我見如下：

一、所謂索靖《月儀帖》，最初見南宋孝宗刻《淳熙秘閣續法帖》。此書決不出晋人手，似隨（隋）唐間物，但草書尚有章意，所據或更早則有可能。

二、故宫藏唐人《十二月朋友相聞書》，的是唐人真跡之精者。

以上兩種，弟處均有影本，如不急用，則國慶後景良回京，可由渠帶去也。弟尚有日本光明皇后書《杜家立成雜書要略》影本，亦書儀之類，不知亦有用否？

琉璃廠中國書店展銷展覽，想已收到請帖，

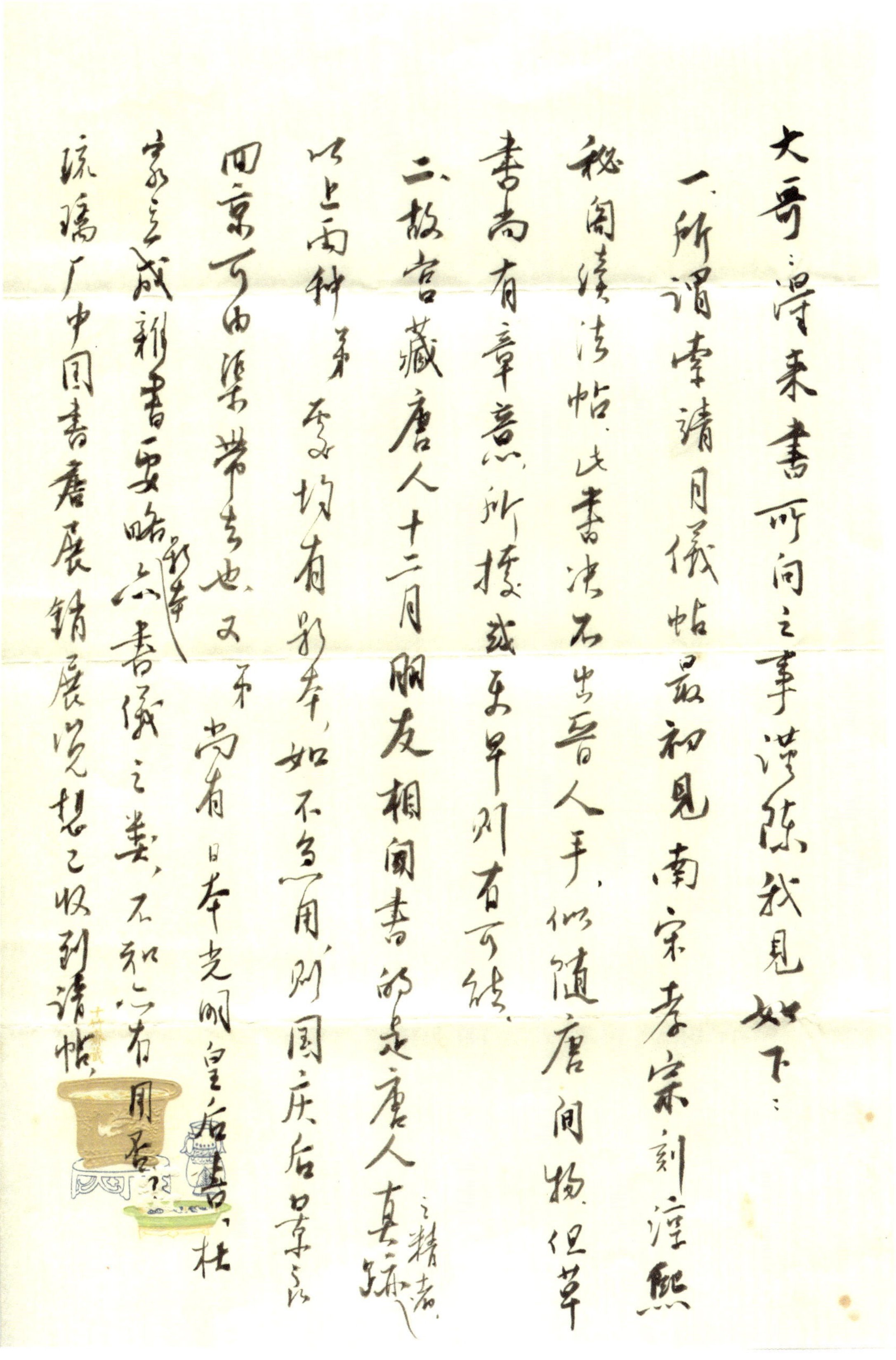

大哥：得来书所问之事谨陈我见如下：

一、所谓李靖月仪帖最初见南宋孝宗刻淳熙秘阁续法帖，此书法不出晋人手，似随唐间物，但草书尚有章草意，所据或更早则有可能。

二、故宫藏唐人十二月朋友相闻书的是唐人真迹之精者。

以上两种弟处均有影本，如不急用，则周同庆后日去京，回京可由渠带去也。又弟尚有日本光明皇后书杜家立成新书要略（杂帖），亦书仪之类，不知亦有用否？

琉璃厂中国书店展销展览想已收到请帖。

佛教文物館收到美國柏克萊加州大學函，建議共同影印房山石經（彼方出五十萬元美金），因彼間有百名學者從事譯釋典需此資料，并建議成立聯合委員會，紹良問我意見，我意此事似可行，委員會則非有我兄參加不可，彼亦同意也。

不知擬何時去，約一時間（用電話連繫）同去如何？

餘容後陳。并致

敬禮

弟　珏良　上

九月廿九日

不知擬何時去，約一時間同去如何？用電話連系。

佛教文物館收到美國柏克萊加州大學函建議出資影印房山石經（彼方出五十萬元基金），因彼尚有百名學者從事譯釋典籍（譯出資料），建議成立聯合委員會，紹良問我意見，我意此事似可行，委員會則非有我兄參加不可，彼亦同意也。餘容後陳。並致

敬禮

弟 珏良上 九月廿九

本市　北京大學
燕東園二十四號
周一良同志　收
外語學院北樓戊一〇一號周緘

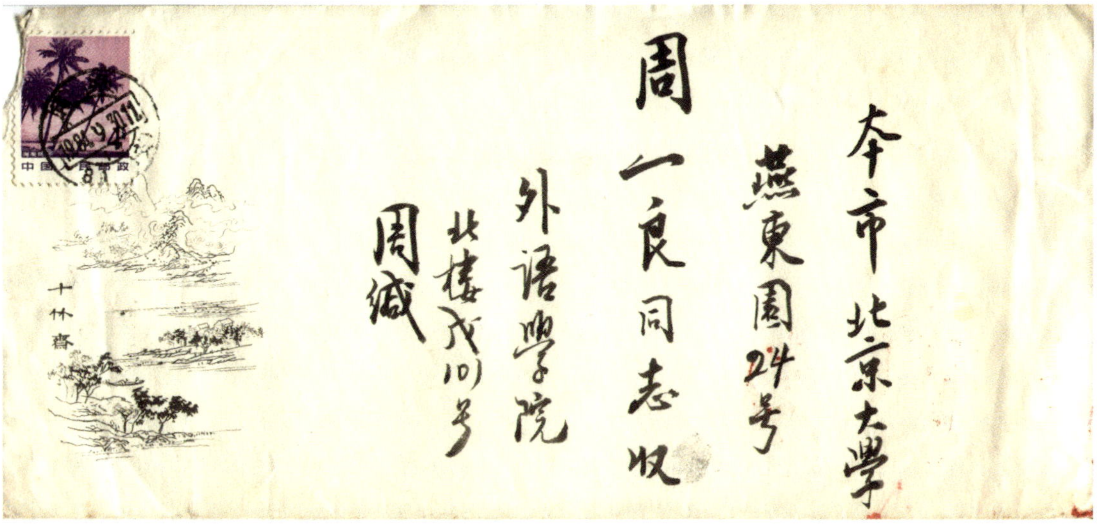
本市北京大學
燕東園24号
周一良同志收
外語學院
北樓戊101号
周緘

一九八五年八月二日

大哥：

在寫中英文交流一文中，亟需參考錢鍾書先生數十年前（四十年代末期）在中央圖書館英文刊物 *Philobiblon* 上發表的「China in 17th and 18th Century English Literature」一文，〔一〕但北圖有此刊物而無登載此文之一期，請上海友人找亦未找到，不知能否在北大圖書館内代我找一下。如有此文，請影印一份給我。這一刊物有中文名，叫《書林季刊》。

杲良寄來像片，郵寄怕損壞，等景良來我處時帶去。

匆此。并致

敬禮！

珏良

八月二日

〔一〕錢鍾書先生（一九一〇—一九九八），原名仰先，字哲良，後更名鍾書，字默存，號槐聚，為二十世紀中國著名文學研究專家、比較文學研究前驅，作家、翻譯家，著有《談藝録》《管錐編》《圍城》等。錢先生為珏良先生在西南聯大讀書時期之師長，師生相得，畢生莫逆。錢先生主編 *Philobiblon* 事，參見《聽楊絳談往事》第十二章：「抗戰勝利後兩個月，鍾書出任國立中央圖書館英文總纂，主編《書林》季刊 *Philobiblon*；擔任中文總纂的是鄭振鐸。中央圖書館館長是圖書館專業科班出身的蔣復璁（慰堂），跟極欣賞鍾書才華的徐鴻寶（森玉）非常要好，徐老先生曾說：『像錢鍾書這樣的人才，二三百年才出一個。』鍾書在上海辦公，每月到南京彙報一次工作。總是趕早班火車去，當天乘夜車回。他主編的《書林》季刊於一九四六年六月創刊，一九四八年八月停刊，前後共出七期。他在前幾期的《書林》上發表過英文書評，受到學術界重視。」

大哥：

在写中英文化交流一文中要参考钱锺书先生数十年前（四十年代末期）在中央图书馆英文刊物 Philobiblon 上发表的"China in 17th and 18th Century English Literature"一文，但北图藏此刊物而无登载此文之一期。请上海友人找，亦未找到，不知能否在北大图书馆内代找一下。如有此文，请影印一份给我。这一刊物有中文名，叫"书林季刊"。

果良寄来像片，邮寄时损坏，等果良来我处时带去。

匆此 并致 敬礼！

珏良 八月二日

15×20＝300　　第＿＿页

【附紙】

090

Au 58　Philobiblon

Aungerville, Richard, Known as Richard de

Bury, bp. of Durham, 1287–1345

The Love of Books: The Philobiblon of

Richard de Bury, tr.(translated) from the Latin by E.C.

Thomas. London, chatto & Windus, 1925.

xxi, 148p. incl. front.

090
Au58 Philobiblon

Aungerville, Richard, known as Richard de
Bury, bp. of Durham, 1287-1345.
The love of books: the Philobiblon of
Richard de Bury, tr. from the Latin by E.C.
Thomas. London, Chatto & Windus, 1925.
xxi, 148 p. incl. front.

北京大學
燕東園二十四號
周一良同志　收
外語學院北樓戊一〇一號周寄

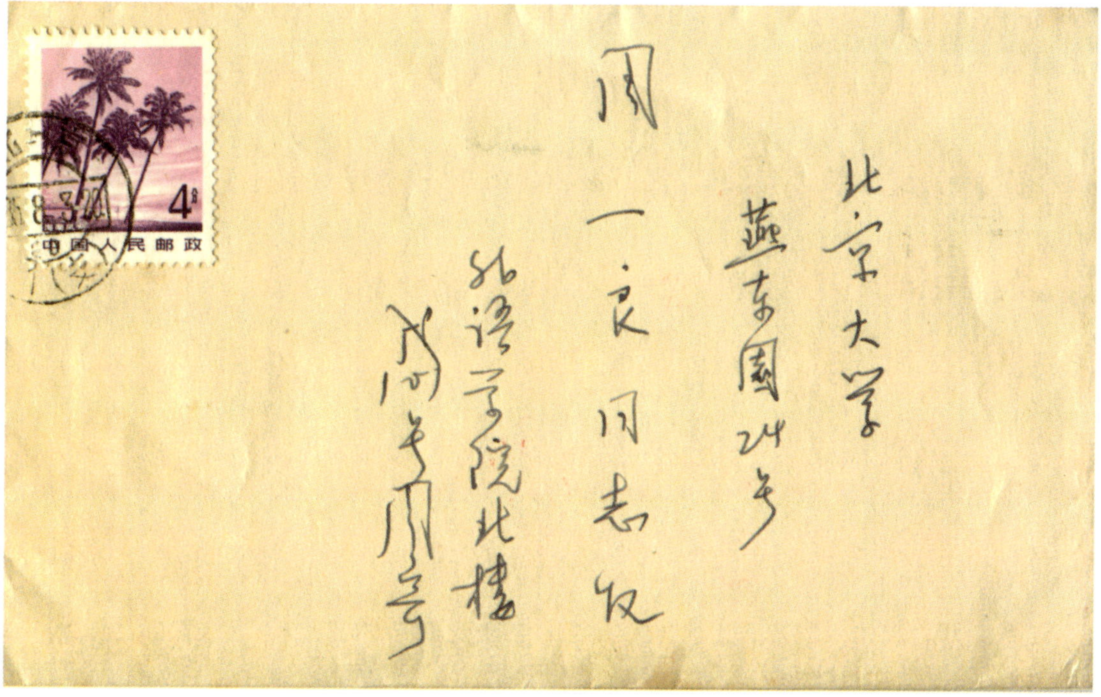
中国人民邮政
4分
北京大学
燕东园24号
周一良同志收
外语学院北楼

一九八六年十一月二十七日〔一〕

大哥：

書簽寫好寄去。殊不愜意，如不合用，可以重寫。〔二〕

弟十一月去廈門，并至福州一遊。方緗同行，〔三〕因從未回過家鄉也。

謹此。并致

敬禮

弟　珏良白

十一月廿七日

〔一〕原函僅署「十一月廿七日」，未注年份。據函中「弟十一月去廈門，并至福州一遊」，知珏良先生當月有廈門、福州之行。復據《譯林》一九八七年第二期一九五頁《海明威學術討論會在廈門舉行》（未注撰人）：「一九八六年是諾貝爾文學獎獲得者、美國著名小説家厄尼斯特·海明威逝世二十五周年。全國美國文學研究會於一九八六年十一月在廈門大學舉行了海明威學術討論會。廈大楊仁敬首先介紹了一九八六年六月在意大利舉行的第二屆海明威國際學術會議的情況。主萬、董衡巽、錢青、趙一凡、吴勞、常耀信、周珏良等在會上作了專題發言。」另案《福建外語》一九八六年第四期「學術動態」黄修齊先生《海明威學術討論會在廈門舉行》，知此次會議時間為一九八六年十一月十一日至十五日。則珏良先生此函年份為一九八六年無疑矣。

〔二〕繁之案：珏良先生為大哥一良先生題寫書簽，共有兩次：一為一九六三年十二月中華書局出版的《魏晋南北朝史論集》。此書一良先生戲稱「我的前半生」，封面書名為珏良先生題耑。二為一九八七年十一月河南人民出版社出版的《中日文化交流史》。此為一良先生主編，封二書名係珏良先生題寫。珏公此處所言「書簽寫好寄去」，當指《中日文化交流史》一書之書簽也。

〔三〕「方緗」，案即珏良先生夫人方緗女士。方緗女士祖籍福建閩侯，一九二〇年生於北京，為民國名醫方石珊先生（一八八四—一九六八；石珊先生原名方擎，少為林徽因女士尊人林長民先生伴讀，同到日本留學）第三女。早年畢業於西南聯大歷史學系，後任北京師範大學教育學系講師，畢生從事兒童教育工作。曾任北京市第六屆政協委員，北京市家庭教育研究會副會長。

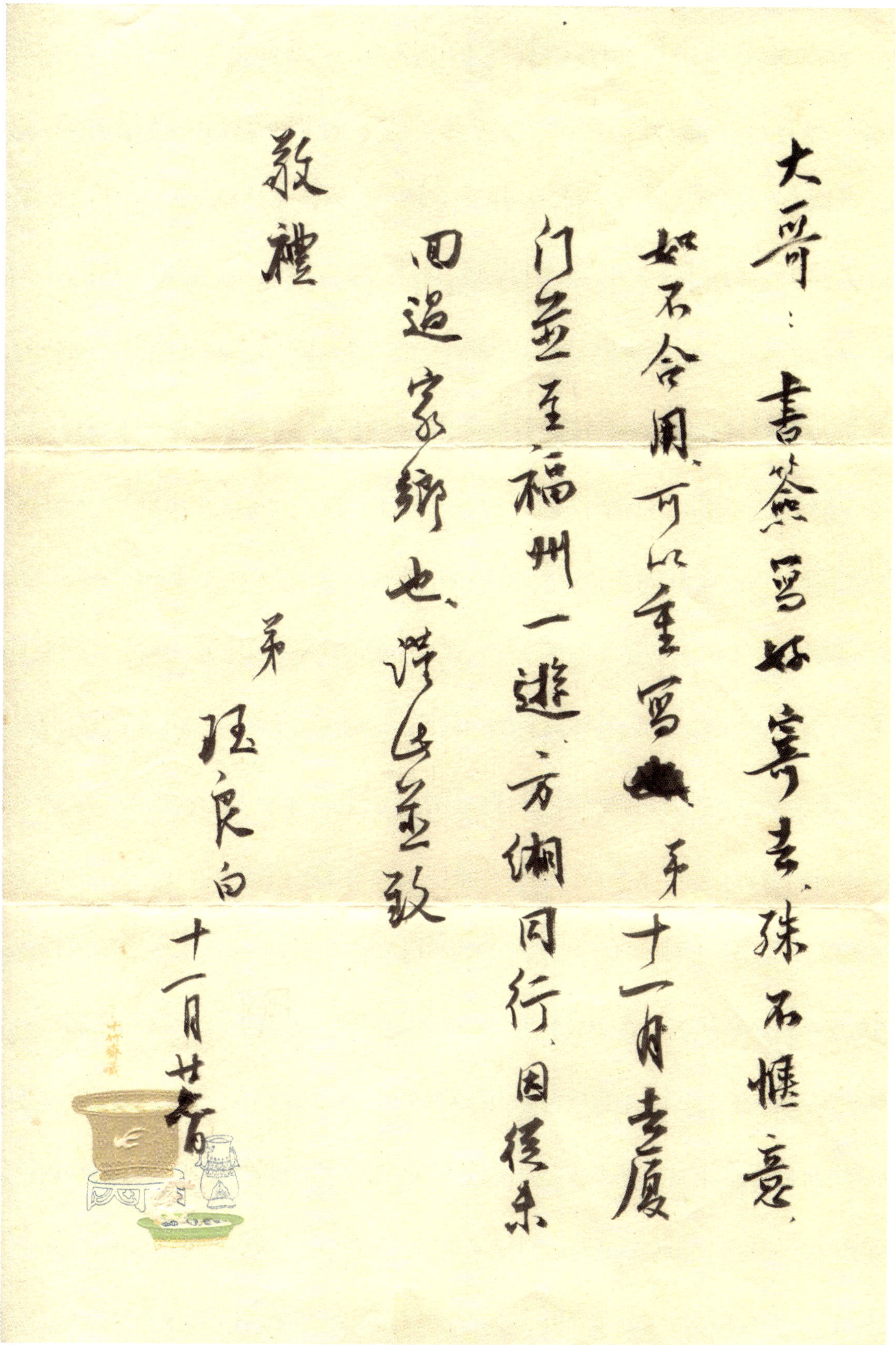

大哥：

書簽寫好寄去，殊不愜意，
如不合用，可以重寫。弟十一月去廈
門，並至福州一遊，方綱同行，因從未
回過家鄉也。詳後函致

敬禮

弟
珏良白
十一月廿右

一九八九年一月十二日

大哥：

景良帶來《論〈周曇詠史詩〉》一文，我意關於亂改跋一事，還可提得兇一些，因為實在可惡也。今日檢手中《詠史詩》景本，發現有致吾兄便條一紙，特寄上。

老太太生日正日為二十日，我擬十九日去（方緗明日先去），與景良同行。事先籌備，我完全幫不上忙，先去只會給那裡添亂也。

匆此。并候

時佳

弟　珏良　上

八九年一月十二日

同時在天津者，尚有宋本胡曾《詠史詩》，不知下落。

景良處有半部知聖道齋抄本《周曇詠史詩》。

大哥：景良带来论周昙咏史诗一文，我意关于乱政跋文一事还可提得晚一些，因为实在可恶也。今日检手中咏史诗景本，发现有致吾兄便條一纸，特寄上。老太太生日正日为二十日，我拟十九日去（方翊明日先去），与景良同行，事先筹备我完全帮不上忙，先去只会给那里添乱也。

匆此草草條，

时佳

弟 珏良上 八九年一月十二日

同时在天津者尚有宋本胡曾咏史诗，不知下落

景良处有半部知圣道斋抄本周昙咏史诗

15×20=300 第＿＿页

本市　北京大學
燕東園廿四號
周一良教授　啟
一〇〇〇八一外語學院北樓
戊一〇三號周寄

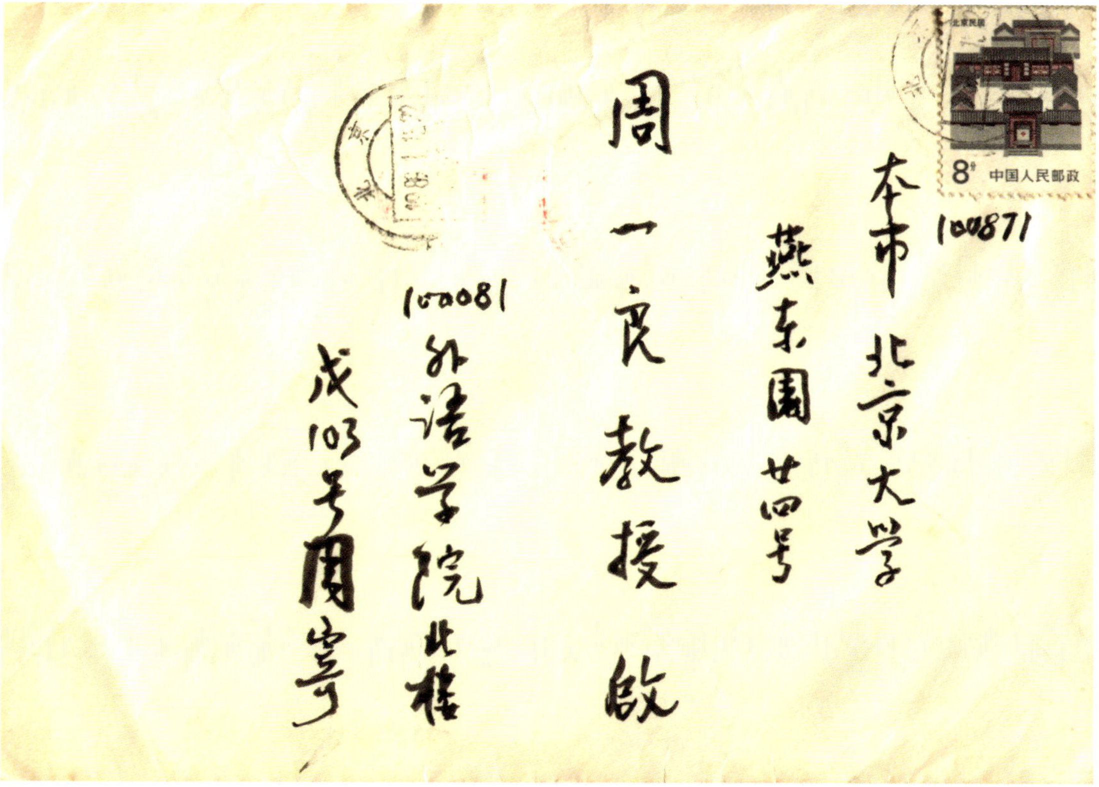
中国人民邮政
本市 北京大学
100871
燕东園 廿四号
周一良教授 啟
100081
外语学院北楼
戊103号周寄